AF198782

Der
Nagler Franz

Eine Familiengeschichte

über

meinen Urgroßvater

von

Siegfried Diller

Bibliografische Information der Deutschen Nationalbibliothek:
Die Deutsche Nationalbibliothek verzeichnet diese Publikation
in der Deutschen Nationalbibliografie; detaillierte bibliografische
Daten sind im Internet über http://dnb.dnb.de abrufbar.

© 2018 Siegfried Diller
Herstellung und Verlag:
BoD – Books on Demand, Norderstedt

ISBN: 9783748183846

Inhaltsverzeichnis

So könnte es gewesen sein ... oder so ähnlich oder auch ganz anders. Dieser Familienroman ist eine fiktive, also erdachte und angenommene, Geschichte über meinen Urgroßvater väterlicherseits, mit historischen Daten und geschichtlichem Hintergrund. Im Laufe meiner hobbyhaften Ahnenforschung traten immer neue Fakten zu Tage über den Nagelschmied Franz Diller. Der „Nagler Franz", wie der Titel dieses Buches lautet, lebte im 19. Jahrhundert, im Übergang zur Neuzeit, die geprägt war von der beginnenden Industriealisierung. Er erlebte den schleichenden Niedergang seines Handwerks, die Landflucht und das Aufblühen neuer Berufe. Er verspürte noch das harte, entbehrungsreiche Landleben der einfachen Bevölkerung und musste mit ansehen, wie Krankheiten und hohe Kindersterblichkeit die Menschen oft schon in jungen Jahren hinwegrafften. Seine Lebensstationen waren in Bayern die Regierungsbezirke Oberfranken, Niederbayern und Oberpfalz. So musste er mit den Eigenheiten und Gepflogenheiten der jeweils dort lebenden Menschen und mit den verschiedenen Dialekten zurecht kommen. Sein Leben und Wirken war geprägt von den gesellschaftlichen und religiösen Konventionen des 19. Jahrhunderts. Seine Katholizität half ihm in vielen Lebensbereichen, der christliche Glaube gab ihm Halt und Zuversicht, auch wenn ihm verschiedene Frömmigkeitsformen der damaligen Zeit übertrieben vorkamen und er mit manchen Aussagen der Geistlichkeit haderte. Letztere Aussage ist aber eine angenommene Behauptung meinerseits im Roman.

Am Romanende ist der Stammbaum meiner Vorfahren angefügt – so wie ich ihn in den Archiven der Diözesen Regensburg und Bamberg sowie in Falkenberg/Taufkirchen erforschen konnte. Die Geburts-, Hochzeits- und Sterbedaten sind dabei allerdings auf meinen Urgroßvater, dessen erste Ehefrau, seine Kinder aus erster Ehe, seine Eltern und Brüder begrenzt. Weitere Angaben über die Nachkommen bis in unsere Zeit sind – auch aus datenschutzrechtlichen Gründen – nicht aufgeführt. Im Anhang ist auch Wissenswertes zu Personen, Orten, geschichtlichen Vorkommnissen und Gegebenheiten zu finden.

Leider haben meine Vorfahren über ihr Leben, Wirken und ihre Erfahrungen keine schriftlichen Zeugnisse hinterlassen. Ich habe, mit den wenigen Daten, die mir zur Verfügung standen, versucht, ein wenig die Vergangenheit meines Urgroßvaters zu erhellen und nachzuzeichnen. Wenn sein Lebensweg, seine Einstellungen und seine Erlebnisse anderer Art gewesen sein sollten, so möge er mir meine literarische Abhandlung über ihn verzeihen.

Auf dem Feldweg von Merkendorf nach Laubend

Für die herrlichen Feldblumen am Wegesrand hatte Franz heute wirklich keinen Blick übrig, denn zu sehr plagten ihn die quälenden Gedanken, bald auf die nicht ganz ungefährliche Walz gehen zu müssen. Der Abschied von seiner geliebten Heimat Merkendorf bei Bamberg fiel ihm wahrlich nicht leicht. Den Weg zu den Großeltern ins nahe gelegene Bauerndorf Laubend war er in seiner Kinder- und Jugendzeit schon öfter gegangen, um bei der Stall- und Feldarbeit immer wieder Neues zu entdecken. Er war gerne als Kind den gackernden Hühnern hinterhergelaufen, hatte gerne die Hasen oder die Katze gestreichelt und die Tauben verjagt; nur zu den stinkenden Schweinen hatte er nicht gehen wollen und sich vor dem Füttern gedrückt. Hin und wieder hatte er später auch dem Großvater geholfen, die vier Kühe zu melken und den angrenzenden Stall hinter dem Wohnhaus auszumisten, denn die Gicht hatte dem Bauern in den letzten Jahren immer wieder schwer zu schaffen gemacht. Auch wegen der Kochkunst der Oma war er öfter auf den kleinen, bescheidenen Hof gekommen, vor allem wenn es freitags Rohrnudeln mit Rosinen gab. Das war sein Leibgericht, auch wenn seine beiden Brüder Petrus, einfach Peter gerufen, und Josef die Weinbeerl'n immer herauspulten und den Hühnern verfütterten. Doch heute suchte er den Trost und die guten Ratschläge beim Opa und bei der fürsorglichen Oma. Denn lange Zeit würde er sie wohl nicht mehr sehen oder aufgrund ihres hohen Alters – vielleicht gar nicht mehr sehen können. Auf der Walz war eine Verbindung nach Hause bekanntlich kaum möglich – auch wenn er sich mehrere Wochen oder Monate am gleichen Ort aufhalten würde und einen Brief schreiben und so vielleicht Antwort erhalten könnte. Die Großeltern konnten einigermaßen gut lesen, auch wenn sie als Kinder bei ihren Eltern bei der Feldarbeit hatten mithelfen müssen und so, außer in den Wintermonaten, den Unterricht in der Schule versäumt hatten. Würde der Brief per Post bei ihnen überhaupt ankommen? Oder wenn er einem anderen Fremden auf der Walz eine Nachricht übergeben würde in der Hoffnung, dass dieser irgendwann bei Merkendorf vorbeikäme, weil dieser in Richtung Norden mit Ziel Bamberg unterwegs wäre – würde dieser sie dann wohl gewissenhaft überbringen? Eigentlich verstand Franz nicht, warum er die Heimat verlassen musste. Er würde viel lieber in seinem Heimatdorf bleiben – auch deshalb, weil er hier seine Freunde hatte, mit denen er des Öfteren im gemütlichen Dorfwirtshaus gerne eine Maß Bier trank und die tristen Abende mit derben Späßen und Sprüchen verbrachte. Das kleine, urige Dorfwirtshaus lag nicht weit weg von seinem Vaterhaus des Johannes Diller in Merkendorf, Haus Nr. 32, und deshalb konnte er meist länger sitzen bleiben, da er im Gegensatz zu seinen Freunden keinen langen Heimweg hatte. Ja, und da war auch noch die hübsche Brauerstochter Lisa, die ihm in letzter Zeit verstohlen schöne Augen machte. Und bei einem

Spassetl, einer Faschingsgaudi, hatte er sie sogar in den Arm genommen und ihr einen flüchtigen Kuss auf die Lippen gedrückt. Ihr Vater, der Gastwirt, zischte jedoch sofort scharfzüngig: „Da wird nichts d'raus. Lass' die Finger von meinem Madel!" Aber was nicht ist, könnte ja noch werden, dachte sich Franz insgeheim.

Sollte er das jetzt wirklich alles aufgeben? Sein Lehrherr in der Nagelschmiede hatte zu ihm nach Beendigung der dreijährigen Lehrzeit gesagt: „Franz, es hilft nichts: Du musst, wie jeder andere Handwerker auch, nach der Ausbildungszeit auf die Walz gehen und bei anderen Nagelschmieden dazulernen. Und das kannst Du nicht im Nachbarort tun, denn Du weißt ja, dass Du während der mehrjährigen Walz nicht Deine Heimat im Umkreis von 50 Kilometern betreten darfst." Das hatte Franz zu Beginn seiner Lehrzeit nicht gewusst und bedacht. Er meinte immer, dass dies nur die Zimmererleute betreffe, die er hin und wieder in ihrer schwarzen Kluft, mit dem breitkrempigen Hut und dem Wanderstock durch das Dorf marschieren sah. Aber die Zunftordnung war ein festgeschriebenes Gesetz, das jedermann einhalten musste. Und wenn er Nagelschmiedmeister werden und nicht ein Leben lang Hilfsarbeiter bleiben wollte, dann musste er die zwei- bis vierjährige Gesellenzeit auf der Wanderwalz als Fremdgeschriebener auf sich nehmen. Immerhin gehörten die Nagelschmiedemeister zu den angesehenen Handwerksberufen und man verdiente dabei nicht unerheblich. Allerdings hatte Franz auch schon gehört, und das beunruhigte ihn ein wenig, dass die zunehmende Industrialisierung – in seinem Fall die Herstellung von maschinell gefertigten Nägeln aus Draht – seinem Handwerk zusetzte. Aber dass das Handwerk des Nagelschmieds aussterben könnte, war für ihn noch unvorstellbar. Es wurden doch nach wie vor so viele, unterschiedliche Nägel benötigt. Allein der örtliche Dorfschuster benötigte für die Anfertigung und Reparatur der Arbeitsschuhe täglich Hunderte von Nägeln – und er, der Geselle Franz, schaffte als Tagespensum schon fast 2.000 Schuhnägel. Denn was gab es nicht alles für verschiedene Berufe, die die unterschiedlichsten Nägel benötigten: Es gab kantige und runde Nägel, Nägel mit kleineren und größeren, ganzen und halben Köpfen, viereckige Hufnägel, ferner Brettnägel, Lattennägel, Schindelnägel, Schiefernägel, Kutsch-, Reif und Bandnägel, Schlossernägel, Mauerernägel, Bootsnägel und Tornägel. Ja sogar für Fischerboote oder Holzkähne sowie für Zillen und Fähren waren Schiffsnägel mit 20 bis 25 Zentimetern Länge nötig. Und sogar für große Schleusennägel, die bis zu 45 Zentimeter lang waren, war Bedarf vorhanden; und daneben gab es noch die kleinen Zwecken, die von Sattlern gebraucht wurden und die so winzig waren, dass 1.000 Stück nur lediglich 125 Gramm wogen.

Es war keine leichte Arbeit in der Schmiede. Der heiße Schmelzofen, der ständig Hitze abgab und einem die Schweißperlen auf die Stirn trieb, und der schwere Schmiedehammer, mit dem man das glühende Eisenstück auf dem Amboss formte, setzten einem gewaltig zu und erforderten viel Kraft und Ausdauer. Hin und wieder musste ihn der Meister auch schimpfen, wenn er tags zuvor, besser gesagt nachts, dem dunklen Bier allzu süffig zusprach und ihm dann am nächsten Tag die Konzentration fehlte. Franz entschuldigte sich dann beim Meister meist mit dem Hinweis, dass er doch noch jung sei und das Leben ein wenig genießen müsse.

Angelangt beim großelterlichen Bauernhof musste Franz feststellen, dass nur die Magd das Anwesen hütete, weil die Großeltern mit den Nachbarn in deren Kutsche in die nahe gelegene Erzbistumsstadt Bamberg gefahren waren, um auf dem Josefimarkt Einkäufe zu erledigen. Schweren Herzens trat Franz deshalb grübelnd wieder den Heimweg an. Er würde es dann am nächsten Sonntag – dem einzigen freien Tag in der Woche – noch einmal probieren, und vielleicht kamen die Großeltern ja auch zur Messe nach Merkendorf in die Kirche. Und wenn nicht, dann würde er eben am Sonntagnachmittag den Weg zum Hof gehen.

Gespräch im Elternhaus mit der Mutter

Zuhause wieder angekommen begrüßte ihn die Mutter bereits mit den vorwurfsvollen Worten: „Wo hast Du Dich wieder rumgetrieben? Oder hast Du gar den ganzen Sonntagnachmittag im Wirtshaus verbracht? Du weißt doch, dass Du noch das Walzgesellenbuch mit Deinen persönlichen Angaben ausfüllen und Deinem Meister zur Bestätigung am Montag vorlegen musst!" Mürrisch setzte sich Franz folgsam an den Küchentisch, holte Tintenfass und Federhalter aus der Tischschublade hervor und begann mühsam, das Formular zu lesen und auszufüllen. „Mutter", seufzte Franz, „die wollen jetzt wissen, wie mein Taufname ist. Was soll ich jetzt eintragen: Johannes oder Franz?" „Natürlich musst Du beide Taufnamen eintragen: Johannes Franz", antwortete die Mutter. „Aber, warum werde ich dann nur Franz gerufen, wenn ich eigentlich Johannes Franz heiße? Kannst Du mir das erklären?" „Das ist ganz einfach zu erklären: Dein Vater heißt ja mit Vornamen Johannes, und nach alter Sitte ist es Brauch, die Söhne nach dem Vater zu benennen. Damit man aber unterscheiden kann, wer der Senior und wer die Juniorbuben sind, bekommen die Söhne einen zweiten Namen, den Rufnamen. So heißen Deine Brüder ja auch Johannes Petrus und Johannes Josef. Im Taufbuch von Merkendorf ist es bei ihnen und bei Dir so verzeichnet." „Und wie bist Du für mich auf den Namen Franz gekommen?" „Schau, Du bist doch am 6. Oktober 1817 geboren", sagte die Mutter und erklärte ihm weiter: „Und zwei Tage vor Deinem Geburtstag ist der Festtag des heiligen Franziskus. Und so haben wir Franz von Assisi, dessen Namensfest die Kirche am 4. Oktober begeht, zu Deinem Namenspatron gewählt. Ich hab' nämlich noch zwei Tage vor Deiner Geburt zu dem Heiligen um einen glücklichen Geburtsablauf gebetet und ihm versprochen, mein Neugeborenes nach ihm zu benennen. Und weil die Geburt komplikationslos um sieben Uhr abends zuhause mit der Hebamme verlaufen ist, hab' ich mein Versprechen eingehalten und Dich durch den Geistlichen Profisor Lindner auf die beiden christlichen Namen Johannes und Franziskus taufen lassen. Taufpate war übrigens Dein Verwandter Johannes Dippold aus dem Nachbardorf Wiesengich. Das hat ganz gut gepasst, denn der heißt ja wie Dein Vater ebenfalls Johannes. Du kennst ihn schon – wir haben Dich doch immer wieder einmal zu ihm auf seinen Bauernhof geschickt, um Eier zu holen. Kannst Du Dich noch daran erinnern, wie Du einmal das Geldstückel verloren hast, das ich Dir in die Hand gedrückt habe, und Du noch einmal den Weg als Achtjähriger an einem heißen Augusttag gehen musstest?" „Ja", sagte Franz, „Gott sei Dank hatte die Bäuerin Mitleid mit mir und gab mir ein Glas Milch zu trinken. Damals war ich noch froh darüber; heute würde ich dankend ablehnen und nach einem Schoppen Bier verlangen." Die Mutter schüttelte nur den Kopf über soviel Unverfrorenheit ihres Sohnes, während Franz hellauf zu lachen begann.

In der Nagelschmiede zu Merkendorf

Am Montag in aller Früh vor Arbeitsbeginn übergab Franz das ausgefüllte Gesellenwalzbuch seinem Meister zur Unterschrift mit den Worten: „Würde der Herr Meister so gütig sein und seinen Servus darunter setzen?" Darauf legte der Meister wert, dass er ihn in der dritten Person anredete, so wie es damals üblich war. Nach dem Durchlesen und der getätigten Unterschrift hakte Franz nach und fragte ängstlich: „Kann ich vielleicht nicht doch bei Ihnen bleiben?" „Das geht nicht, Franz", sagte der Meister. „Du kennst doch die Gesellenordnung; und außerdem kann ich Dich als Geselle nicht behalten; denn dann müsste ich Dir mehr Lohn bezahlen und das wirft meine kleine Schmiede nicht ab." „Kann ich dann wenigstens in die nahe gelegene Hauptstadt Nürnberg gehen?", warf Franz zaghaft ein. „Ich habe nämlich gehört, dass sie dort eine neue Herberge gebaut haben für uns Walzbrüder." Der Meister schüttelte abermals verneinend den Kopf und gab Franz zur Antwort: „Ich glaube, das ist nichts für Dich, Franz. Du weißt, dass Du als Katholischer im protestantischen Nürnberg nur ungern gesehen bist. Weißt, auf der Walz müssen das Umfeld, das Milieu und die Religion stimmen. Du bist besser dran, wenn Du von Oberfranken mehr ins Niederbayerische oder nach Oberbayern gehst – das sind überwiegend katholische Landstriche." Franz schaute ganz entsetzt und meinte: „Was? So weit ins südliche Bayern soll ich gehen und womöglich alles zu Fuß? Das schaff' ich doch nie!" „Ja, so ist es nun einmal", gab der Meister zur Antwort. „Du darfst nicht mit einem eigenen Gefährt, einem Pferd, einem

Einspänner oder gar einer Kutsche unterwegs sein, sondern nur zu Fuß; außer Dich nimmt unterwegs ein vorbeifahrendes Gefährt eine Wegstrecke mit – aber nur eine Etappe, so verlangt es die Zunftordnung." „Aber, da brauch' ich doch ewig, um an ein Ziel zu kommen", erwiderte Franz. „Du hast ja als Wandergeselle fast vier Jahre Zeit, und da ist eben auch die Wanderschaft miteingerechnet." Franz wollte noch mehr wissen und fragte: „Das sind ja geschätzte 100 bis 200 Kilometer, wenn nicht gar mehr. Ich schaff' aber doch höchstens mit dem Wandersack und den darin enthaltenen Utensilien vielleicht fünf Kilometer. Und wo schlaf' ich unterwegs?" „Nun ja", sagte der Meister, „Du musst natürlich nach jeder Tagesetappe einen Unterschlupf suchen, entweder bei einem Bauern in der Scheune oder in einer Herberge oder in einem Gasthof. Aber die verlangen meist einige Groschen für Essen und Schlafen." „Aber das kostet ja Geld. Ich weiß nicht, woher ich das nehmen soll", gab Franz zur Antwort. Kopfschüttelnd erwiderte der Meister: „Dann musst Du halt unterwegs immer wieder eine kleine Arbeit annehmen und etwas verdienen. So kann es sein, dass Du eben mehrere Tage oder gar Wochen an einem Ort bleiben musst, um bei einem Bauern oder Schmied auszuhelfen. Dann hast Du gleich zwei Fliegen mit einer Klappe geschlagen: nämlich Unterkunft und Verpflegung und einen kleinen Arbeitslohn." Franz schaute ganz verzagt drein, denn so hatte er sich das alles nicht vorgestellt. Mit den Worten: „Jetzt stell' Dich nicht so an, es wird schon alles gut werden", versuchte der Meister ihn aufzumuntern und fuhr dann mit den Worten fort: „Denk' an die Worte Deines Namenspatrons, des heiligen Franziskus, von dem der Spruch stammt: ‚Wir müssen jeden Tag von Neuem anfangen!' Schau' also hoffnungsvoll in die Zukunft und beginne jeden Tag mit den Worten: ‚In Gott's Nam'!" Dann drückte der Meister seinem vor Kurzem vom Lehrling freigesprochenen Gesellen den schweren Schmiedehammer in die Hand und murmelte ihm zu: „Jetzt ist aber genug geredet; fang' Dein Tagwerk an, es gibt heute viel zu tun!"

Abschied von den Toten auf dem Friedhof

Am nächsten Sonntag hatte Franz die Großeltern leider nicht beim sonntäglichen Kirchgang in Merkendorf angetroffen, weshalb er sich nach dem Frühschoppen und der Einnahme des Mittagessens nach Laubend begab. Unterwegs am Ortsrand von Merkendorf kam Franz am Gottesacker vorbei. Nach kurzer Überlegung, ob er seinen Weg unterbrechen oder weitergehen sollte, begab er sich doch in den kleinen parkähnlichen Friedhof, um auch von den Toten der Familie Abschied zu nehmen. Durch die Gräberreihen gehend steuerte er auf das Familiengrab der Dillers von Laubend zu. Hier lagen seine Vorfahren, die Ur-, Urgroßeltern, begraben. Auf dem sehr großen, breiten schwarzen Grabstein waren viele Namen, sowie die Geburts- und Sterbedaten seiner Ahnen verzeichnet. Da waren beispielsweise die Namen der Urgroßeltern Andreas Diller mit der Uroma Barbara und die Ururgroßeltern Johannes Diller mit seiner Ehefrau Barbara, geborene Kauffmannin, in den Stein eingemeißelt zu lesen. Man konnte es kaum glauben, dass sein Ururgroßvater, dessen zweiten Vornamen er mit ihm teilte, schon 1679 geboren war.

Wie er es von Kindheit an gelernt hatte, nahm er Weihwasser und besprengte damit das Grab. Franz bekreuzigte sich und betete leise vor sich hin, murmelte ein „Vater unser", ein „Gegrüßet seist du, Maria" und „O Herr, gib ihnen die ewige Ruhe", wie er es in den Kindheitstagen nach jeder Sonntagsmesse in der Glaubensunterweisung vom Pfarrer gelernt und eingeübt hatte. Mit Schaudern erinnerte sich Franz an so manche Sonntagskatechese zurück. Der hochwürdige Herr Pfarrer konnte nämlich richtig laut und zornig werden, wenn jemand aus der Kinderschar keine oder eine falsche Antwort aus dem Katechismus gegeben hatte. Außerdem musste bis zur Erstkommunion jedes Kind biblische Geschichten, die Zehn Gebote, verschiedene Gebete, das Glaubensbekenntnis sowie die Antworten, die man bei der heiligen Messe zu geben hatte, auswendig können. Letztere sogar in Latein, so wie das Credo und das Pater noster. Und die vorausgegangene Sonntagspredigt des Pfarrherrn musste man auch sinngemäß wiedergeben können. Und wenn einer etwas nicht wusste oder aufsagen konnte, dann zog der Pfarrer ihn am Ohrwaschel aus der Kirchenbank und musste sich in eine Ecke stellen. Da war einer natürlich schön blamiert vor den anderen, und der anschließende Spott und die Hänseleien der Kameraden waren einem gewiss, ebenso das hämische Gegrinse der Mädchen. Manchmal, wenn dem hochwürdigen Herrn die Zornesröte wegen der Dummheit der ihm anvertrauten Kinder ins Gesicht schoss, dann konnte es auch passieren, dass der Watsch'nbaum umfiel oder der spanische Rohrstock zum Einsatz kam. Gott sei Dank dämpfte die Lederhose der Buben die Stockschläge etwas ab. Auch eine halbe Stunde auf den kalten Altarstufen knien gehörte zum Strafenkatalog des Pfarrers. Beschwerte man sich zuhause über die rauhen Erziehungsmethoden bei den Eltern, fing man womöglich zusätzlich eine Watsch'n vom Vater ein – mit den Worten: „Du hast es sicherlich verdient, weil Du etwas nicht gewusst oder weil Du wieder gestört und geschwätzt hast." Die zusätzliche Watsch'n hätte man ja noch verschmerzen können, aber wenn die Mutter rief: „Ab in die Küchenecke zum Holzscheit'l knien", da hörte der Spaß auf, denn das tat verdammt höllisch weh. Aber diese Zeiten, dachte Franz, sind nun schon lange vorbei, schließlich war man nach der Firmung ein vollwertiger Christ und musste nicht mehr in die kirchliche Sonntagsschule gehen. Da war dann der Sonntagsfrühschoppen in der Dorfwirtschaft schon angenehmer, süffiger und rauschiger. Nur das 12-Uhr-Mittagsläuten, den Angelus, vom nahen Kirchturm, durfte man nicht im lauten Wirtshausgegröle überhören. Ansonsten konnte es vorkommen, dass einem die Mutter den zwei Jahre jüngeren Bruder Josef, genannt Sepp, vorbeischickte, um einen abzuholen. Wenn dagegen auch der Vater am Stammtisch den Glockenschlag beim Watt'n oder Schafkopf'n überhörte, war es nicht so schlimm. In so einem Fall schickte sie zwar auch den Josef, aber der traute sich dann nur zu sagen: „Herr Vater, die Mutter schickt mich und lässt fragen, ob er wohl die Glocken überhört hätte, denn der Schweinebraten sei schon fertig und die Knödel würden schon dampfen." Nach dem Sprücherl-Aufsagen drehte sich der Sepp dann immer flugs um und verließ fluchtartig die Gaststube – leicht hätte er sich nämlich eine Watsch'n vom Vater einfangen können. Und die Mutter traute sich schon gar nicht, den Vater zu holen – da wäre etwas los gewesen, schließlich hatten die Weiber ihrem Ehemann zu gehorchen. Trotzdem führte zuhause das Eheweib meist das Regiment und dann war zumindest dort so mancher Sonntag mit Streit und Gezänk im Eimer. Da hieß es dann für die Kinder: am besten auf und davon, verstecken oder zu den Großeltern laufen, um aus der Schusslinie zu sein.

Aus all diesen Gedanken schreckte Franz plötzlich auf, als er das laute Schnalzen einer Pferdepeitsche und die Anfeuerungsrufe eines Kutschers hörte. Er verabschiedete sich schnell von den Verstorbenen, indem er noch einmal kurz Weihwasser spritzte und zu den verstorbenen Seelen sagte: „Also, denkt's an mich vom Himmel runter und passt's auf mich auf, dass mir nichts auf der Walz passiert!" Mit einem Blick zum wolkenlosen blauen Himmel verließ Franz den Ort der Stille und schloss leise das Friedhofstor hinter sich zu.

Abschiedsbesuch bei den Großeltern in Laubend

Nachdenklich ging Franz seinen Weg zu den Großeltern nach Laubend weiter. Kurz vor dem Bauernhof angekommen wollte er auch noch von der fränkischen Landschaft Abschied nehmen und bog deshalb links in einen Feldweg ein. Zwischen den Äckern und Feldern schlängelte sich der von den Fuhrwerken und Pferdegespannen durchfurchte Weg aufwärts. Da am Sonntag die Feiertagsruhe einzuhalten war, waren heute auf den Feldern keine Mägde und Knechte bei der Feldarbeit zu sehen. Nach einigen hundert Metern war er auf der Anhöhe angekommen und vor seinen Augen breitete sich eine beeindruckende, friedvolle Hügellandschaft aus. Franz konnte alle ihm bekannten Dörfer und Weiler in der Ferne gut erkennen: Weichendorf, Wiesengich, Scheßlitz mit dem Spital St. Elisabeth, für das sein Großvater Martin Diller als Zehntschultheiß (Gemeindevorsteher) in Laubend für das Hochstift Bamberg tätig war, und natürlich Memmelsdorf mit der grandiosen Schlossanlage „Seehof". Es war einst die Sommerresidenz der Bamberger Fürstbischöfe vor der Säkularisation 1803 gewesen, ehe es in den Besitz von Privatleuten übergegangen war, die sich allerdings mit der Instandhaltung schwer taten. Zwei- oder gar dreimal schon war er dem imposanten, gigantischen Schloss nähergekommen auf dem Weg nach Bamberg, als er dort im Auftrag des Meisters verschiedene Nägel hatte überbringen müssen. Natürlich war er nicht ins Schloss hineingekommen, nicht einmal in die wunderschöne Rokokogartenanlage, sondern der Pförtner am Schlosstor hatte ihm die Kiste abgenommen. Die Hochwohlgeborenen hatten ihre eigenen Bediensteten, Lakaien und Handwerker. Nicht einmal ein Schluck Wasser oder gar ein Humpen Bier wurde ihm für die mühsame Schlepperei und Anlieferung gereicht. Diesen beschwerlichen Weg musste er aber nicht oft zurücklegen; meist kam ein Schlossdiener bei der Nagelschmiede vorbei und holte die bestellten Nägel mit einem Pferdefuhrwerk selbst ab. Franz sog die würzige Landluft in sich auf und nahm gleichzeitig Abschied von der ihm bekannten Heimat. „Wird er sie jemals wiedersehen?", dachte er wehmütig. Aber alles Sich-dagegen-Sträuben half eh nichts. So drehte er sich abrupt um und ging schnellen Schrittes hinab zum Hof der Großeltern nach Laubend, Anwesen Nr. 4. Auch die ihm vertraute Hofstelle nahm Franz noch einmal in den Blick, und das im fränkischen Stil erbaute steinerne Wohnhaus mit dem angeschlossenen Viehstall und der Scheune aus dunklem, verwittertem Holz prägte sich in sein Gedächtnis ein. Knarrend ließ sich die unversperrte Haustüre öffnen und Franz betrat schweren Herzens den Vorraum und ging von dort in die Küche. Am kantigen Holztisch unter dem Herrgottswinkel saßen die Großeltern vor einem Haferl Malzkaffee. Der Großvater blätterte im Sonntagsblatt mit den amtlichen, kirchlichen und politischen Nachrichten, und die Oma las in einer geistlichen Hauspostille. „Ja, das ist aber schön, Franzl, dass Du bei uns vorbeischaust. Haben es von der Magd schon gehört, dass wir uns letzten Sonntag verpasst haben. Tut uns leid, Franzl!", rief die Oma freudestrahlend und legte das Gazettenblatt zur Seite. „Setz' Dich zu uns!", forderte ihn der Opa auf. „Was führt Dich denn zu uns? Wissen es ja eh, haben es schon gehört, dass Du jetzt Geselle bist. Glückwunsch! Wirst wohl bald auf die Walz gehen müssen und wir werden Dich lange nicht mehr zu Gesicht bekommen oder gar nicht mehr, wenn wir Alten die Radieserl'n von unten sehen", witzelte Opa Martin. „Letzteres hoffen wir doch nicht!", gab Franz zur Antwort. „Aber es ist tatsächlich so, dass ich von Euch Abschied nehmen muss, denn Ende der Woche muss ich wohl oder übel auf die Walz. Und das fällt mir sauschwer." „Schau', Franz", sagte Oma Kunigunde zu ihm, „brauchst keine Angst zu haben, es wird alles nicht so heiß gegessen, wie es gekocht wird. Du darfst nie die Hoffnung verlieren. Denk' an den Spruch, den ich Dir schon als kleines Kind beigebracht habe: ‚Wenn du meinst, es geht nicht mehr, kommt von irgendwo ein Lichtlein her'." Da öffnete die Oma eine kleine Holzschatulle und entnahm einen Rosenkranz. „Den hab' ich auf dem Markt beim Devotionalienhändler gekauft – extra für Dich. Trag' dieses Geschenk immer bei Dir und in schweren Stunden nimm ihn zur Hand und lass' die Perlen durch Deine Finger gleiten und bete ein Rosenkranzgesätz. Und Du wirst sehen, schon schaut die Welt wieder anders aus. Und dann hab' ich Dir noch ein Heiligenbilderl vom Franziskus gekauft. Auch das will ich Dir geben. Da steht ein aufmunternder Spruch vom heiligen Franz darauf. Den solltest Du auch beherzigen: ‚Tu' zuerst das Notwendige, dann das Mögliche, und plötzlich schaffst du das Unmögliche'." Mit der Plauderei, auch von früheren Zeiten, verging die Zeit, und nach zwei Stunden meinte der Opa: „Du, Franzl, es wird Zeit, dass Du Dich auf den Heimweg machst, ich glaub', es zieht ein Gewitter auf, und wir wollen doch nicht, dass Dich der Blitz erwischt und Deine Lehrzeit umsonst gewesen ist." So standen sie alle auf und gingen zur Haustüre. Dort griff die Oma in den Weihkessel und bespritzte Franzls Gesicht mit dem Weihwasser, und während sie ihm ein Kreuzerl auf die Stirn zeichnete, sprach sie: „Gott, alle Engel und Heiligen mögen Dich begleiten und auf Dich aufpassen. Bleib' so brav und anständig, wie wir Dich kennen. Und jetzt geh', bevor ich meine Tränen nicht mehr zurückhalten kann." Nach einer herzlichen Umarmung und einem Handschlag verließ Franz den Hof, ohne zurückzuschauen.

Eine ereignisreiche Abschiedswoche

Wie gewohnt war Franz am Montagmorgen in der Nagelschmiede und erledigte gewissenhaft die ihm vom Meister aufgetragenen Arbeiten. Während der Mittagspause durfte er beim Meister in der Stube die gekochte Gemüsesuppe aus dem gemeinsamen Topf mitlöffeln. „Pass auf, Franz.", begann plötzlich die Nagelschmiedsfrau Gretl das Gespräch: „Überall auf der Walz lauern Gefahren. Vor allem die Weiberleut' sind nicht zu unterschätzen. Da gibt es die ‚Giftspritzen', die Falsches und Schlechtes über einen verbreiten, und die weiblichen ‚Schlangen', sprich ‚Dirnen', die mit ihren Reizen einen Mann verführen und einfangen wollen. Womöglich haben sie schon von einem anderen einen ‚Bangert' zuhause und suchen nur bei einem anständigen Mann einen Unterschlupf und Versorgung für sich und ihr uneheliches Kind. Im Umgang mit den Weibern brauchst Du einen gesunden Menschenverstand und darfst Dich nicht hinreißen lassen und Deinen männlichen Trieben nachgeben." Da lachte der Meister schallend und fügte hinzu: „Du hast mich doch auch mit dem Fangeisen, sprich Ehering, eingefangen und jetzt komm' ich nicht mehr von Dir los." „Sag' bloß, Dir geht es schlecht bei mir", erwiderte sie und stemmte drohend, mächtig die Arme in die Hüften. „Dann kochst und wascht Dir die Wäsche in Zukunft selber. Du bist doch zum Vatern gegangen und hast um meine Hand angehalten, oder irre ich mich da?" „Das ist schon richtig", sprach der Meister kleinlaut und fügte dann schon etwas mutiger hinzu: „Weil Du von zuhause unbedingt auch fort und mit mir die Bettstatt teilen wolltest. Und ohne den kirchlichen Segen hätten Dich Deine Eltern nicht gehen lassen. Also hast Du mich schon ein wenig überredet und gezwungen." Da blieb der Gretl kurzzeitig die Luft weg und sie wusste nicht sofort um eine passende Antwort. Deshalb ergriff Franz die Gelegenheit, bevor die Unterhaltung in ein Streitgespräch ausartete, und erhob sich und verabschiedete sich mit den Worten: „Vergelt's Gott, Frau Meister, es hat gut geschmeckt; aber ich muss jetzt wieder in die Schmiede, sonst schaff' ich mein Tagwerk nicht."

„Jetzt geht's also schon los mit den guten Ratschlägen", dachte sich Franz und überlegte, was in dieser letzten Woche in seinem Heimatdorf er noch alles für gut gemeinte Abschiedsworte zu hören bekommen würde. Tatsächlich ging es abends zuhause bei Muttern gleich weiter; als wenn sich die Meistersfrau und seine Mutter abgesprochen hätten, begann sie das Gespräch: „Franz, bleib' mir auf der Walz anständig und geh' am Sonntag auch in die Kirche. Vergiss nicht, Dich zu waschen, und auch Deine Leibwäsche gehört öfters mit Wasser und Seife gebürstet und ausgewrungen. Und sei bei den Weibern vorsichtig: Nicht alle meinen es ehrlich und nicht alle sind treu. Überall lauern die Sünde und der Teufel." Franz nahm es mit Humor und spitzbübig gab er zur Antwort: „Ich dachte der Satan ist schwarz, mit Hörnern auf dem Kopf, mit einer Fratze und einem Schwanz. Jetzt behauptest Du gar, er hätte eine schöne weibliche Gestalt, mit einem hübschen Gesicht." „Jetzt mal ernsthaft, Franz! Du weißt doch, dass der Teufel jede Gestalt annehmen kann, um einen zu verführen. Dein Namenspatron, der heilige Franziskus, hat einmal gesagt: ‚Wer mit dem Weibe verkehrt, der ist der Befleckung seines Geistes so ausgesetzt wie jener, der durchs Feuer geht, der Versengung seiner Sohlen'." Jetzt konnte sich Franz vor Lachen kaum mehr halten und er erwiderte prustend: „Seid Ihr Weiber alle so schlecht und vom Teufel besessen, dass man vor Euch Angst haben muss – auch vor Dir, Mutter? Auf Vaters Füße habe ich noch keine Brandblasen gesehen, obwohl es zwischen Euch auch manchmal feurig zugeht." „Aber Franz, ich bin doch eine ehrbare, verheiratete Frau und da ist der Beischlaf sogar von der Kirche geboten, wenn wir ein Kind zeugen sollen. Ich bin auch noch jungfräulich in die Ehe gegangen." „Ob ich das glauben kann?", erwiderte Franz spontan. „Meine Freunde im Wirtshaus sagen immer: ‚Man kauft keine Katze im Sack' und ‚Probier'n geht über studier'n'. Was soll ich jetzt glauben?" Mutters Stimme wurde jetzt schon erregter: „Diese Aufschneider und Sprücheklopfer! Nichts dahinter, nur angeben. Schämen sollen sich Deine Freunderln. Ich an Deiner Stelle wäre vorsichtig im Umgang mit leichtfertigen Weibern. Du bist dann der Ausgeschmierte, wenn Du Alimente für ein Kind zahlen sollst. Eine sittsame Frau erkennst Du daran, dass sie nicht sofort Deinem Begehren und Verlangen nachgibt. Mit so einer kannst Du Dich dann vermählen. Aber solange Du nicht selber Meister bist, noch nichts Erspartes für eine Ehegründung beisammen hast, brauchst Du an eine Eheschließung nicht denken. Also langsam mit der Braut, wie man bei uns in Bayern zu sagen pflegt." „O je", sagte Franz, „bist jetzt fertig mit Deinen Belehrungen und der Moralpredigt." „Ich mein' es Dir nur gut, Franz, und auf der Walz seh' ich ja nimmer, was Du so treibst, und habe keinen Einfluss mehr auf Dich!" „Soll auch gut sein, denn ich will selbstständig werden und nicht mehr am Rockzipfel hängen", gab Franz zur Antwort und dachte sich abermals: „Das kann noch heiter werden diese Woche. Wer wird wohl als Nächster einen Redeschwall über mich ausgießen?"

Am Dienstagmorgen schälte sich Franz noch schlaftrunken und müde aus den Federn, wobei Federn gut gesagt ist, denn er hatte nur ein Strohbett und die Halme piksten ganz gemein durch den Leinensack und hinterließen rote Einstiche auf der Haut. Im Sommer kamen dann noch die schmerzhaften Stiche der Mücken hinzu, die einem den Schlaf rauben konnten. Um sieben Uhr hatte er in der Schmiede zu sein, deshalb schlüpfte er sogleich in die bereitliegende Hose und stopfte das Nachthemd, das gleichzeitig das Oberhemd war, hinein. Jetzt noch die schweren Stiefel angezogen und eine Joppe übergezogen. Die Mutter wartete derweil in der Küche mit einem Holzteller voll heißer Milch, und Franz brockte eine Scheibe Brot hinein und löffelte sie aus. Mit einem „Ich geh jetzt", war er auch schon draußen. Auf seinem Weg zur Arbeit kam er am Schulhaus vorbei und sogleich kamen ihm wehmütige Erinnerungen an seine Schulzeit. Es waren keine leichten Zeiten, denn die Lehrer waren genauso streng wie die geistlichen Herren. Und der ,Spanische' sauste des Öfteren über den Hosenboden oder das Lineal des Lehrers über die ausgestreckte Schülerhand oder die geballte, knöcherne Faust des Lehrers an den Kopf. Wenn man es gar zu bunt trieb, nicht aufpasste und Blödsinn machte, zog der Lehrer einen sogar an den Gänsefedern, den kleinen Haaren vor dem Ohrwaschel, vom Stuhl empor. Meistens traf es die Buben, seltener die Mädchen. Aber im Pausenhof sorgten die Buben dann für ausgleichende Gerechtigkeit und zogen die Mädchen an den Zöpfen, schubsten oder zwickten sie, dass auch sie den vom Lehrer erlittenen Schmerz zu spüren bekamen. Wenn ihnen dann die Tränen über ihre Backen rollten, wurden sie als Heulsusen verspottet. Mit dem ABC-Erlernen und dem Gedichte-Aufsagen, war das ebenfalls so eine Sache, über die man heute nicht mehr so gerne sprach. Auch das Zeugnis mit den Zensuren war meist kein Ruhmesblatt zum Herzeigen. Lobeshymnen waren selten darin zu finden, schon eher abfällige Bemerkungen, so dass es schmerhafte Bestrafungen zuhause gab. Es war keine unbeschwerte Schulzeit und unter wehmütigen Erinnerungen war eher der ,wehe' Schmerz zu verstehen. Zudem hatte man neben der Werktagsschule die sonntägliche Glaubensschule – somit eine 7-Tage-Schulwoche. Überdies musste man noch im Haushalt, auf dem Hof und bei der Ernte helfen. Aber irgendwie gingen die Schuljahre auch vorüber und

Franz hatte Glück, eine Lehrstelle als Lehrjunge beim Nagelschmied ergattert zu haben. Die sich anschließende Lehrzeit war zwar ebenfalls kein Honigschlecken, denn beim Meister saß die Hand auch schnell locker. Aber Lehrjahre waren nunmal keine Herrenjahre.

Mit diesen Gedanken dahingehend war Franz in der Schmiede angekommen. Nach dem Morgengruß hatte er den Meister gebeten, ob er nachmittags früher frei bekommen könnte, da die Mutter meinte, er, der Franz, hätte noch einen Besuch beim Bader nötig. Wenn er schon auf die Walz ging, dann sollten die Haare noch kurz geschnitten und die Bartstoppeln abrasiert werden. Auch sollte er noch zum Kramer gehen, einen Rasierpinsel und dazu ein klappbares Rasiermesser für die Walz kaufen, falls der Bader diese nicht vorrätig hätte. Dazu eine Kernseife zum Rasieren, zum Waschen von Händen und Gesicht und zum Waschen der Leibwäsche. Auch beim Schneider sollte er noch vorbeischauen und fragen, ob die weite Schlaghose, die dazu passende Weste und die Jacke, die ihm der Meister geschenkt hatte, auf seine Größe fertig abgeändert sei. So war auch der Dienstag mit Arbeit und Erledigungen ausgefüllt. Der Bader meinte: „Pass auf, so ein neues Rasiermesser ist scharf, und so ein junger Spund hat schnell eine blutige Schnittwunde im Gesicht und schnell ein vernarbtes, zerfurchtes Gesicht und dann bekommst Du keine hübsche Braut mehr — stattdessen, wenn überhaupt, nur mehr eine ,Schiache' oder gar eine Vogelscheuche." Und auch der Schneider gab noch seinen Senf dazu: „Gib auf die Knöpfe acht, denn wenn Du einen abreißt und verlierst, dann wirst Du keinen passenden finden. Und welche Dirn' wird Dir dann einen annähen? Die haben nur das eine im Kopf, Dir den Kopf zu verdrehen und weniger für Dich zu arbeiten." Auch der Kramer verkündete lautstark im Laden, so dass alle anwesenden Kunden es hören und mitverfolgen konnten: „Franz, die Seife ist zum Waschen da, verlier' sie nicht, sonst stinkst Du wie ein alter Bock." Alle lachten über diesen derben Scherz, während Franz' Gesicht rot anlief wie eine Tomate. Für heute hatte er von den sogenannten ,guten Ratschlägen' die Nase voll und ging eilends mit den eingekauften Waren nach Hause.

Am Mittwochvormittag in der Schmiedewerkstatt fing dann plötzlich auch noch der Meister zu reden an und meinte, gute Ratschläge mit auf die Reise geben zu müssen: „Franz, pass gut auf Dich auf. Die Walz- und Tippelbrüder, die Bettler und Hausierer sind oft derbe Gesellen. Die machen auf Deine Kosten ihren Spaß, nützen Dich oft aus und verführen Dich zum Saufen. Der Alkohol, ob Bier, Wein oder Schnaps — alles ist Teufelszeug! Merk Dir das gut und schreib' es Dir hinter die Ohren. Du kommst schnell in eine Suffabhängigkeit und das schwer erarbeitete Geld fliegt mit ,guten Freunden' zum Fenster hinaus. Denk' an die biblische Geschichte vom verlorenen Sohn, der landete letztendlich bei den Schweinen, weil er das ganze Erbe mit Dirnen und Saufen verschleuderte.

Wenn Du so tief gesunken bist, dann kannst Du kaum mehr Deinem Vater und Deiner Mutter unter die Augen treten und Dich schon gar nicht mehr in Merkendorf sehen lassen." Aber Franz wusste darauf sofort eine Antwort: „Der verlorene Sohn ist doch nach Hause gegangen und hat einen barmherzigen Vater gefunden, der ihn in die Arme nahm und ihm verzieh." „Ja", gab der Meister zu bedenken: „So steht es in der Bibel und mit dem barmherzigen Vater ist Gott gemeint. Aber die Mitmenschen sind nicht so gütig, sondern überschütten einen mit Spott und Hohn. Und wer weiß, ob Du nicht vom Dorf dann hinausgejagt wirst. Du kennst doch mittlerweile die Dorfbewohner und weißt, wie gehässig, neidisch und bösartig sie sein können. Auch in den anderen Nagelschmieden musst Du gehörig aufpassen. So manche Schmiedemeistersfrau kann Dir schmeicheln und Dich verführen, wenn der Meister einmal aus dem Haus ist. Da hast Du schneller ein blaues Auge vom gehörnten Meister als Du denkst, wenn er dahinter kommt; im schlimmsten Fall ein Messer im Rücken oder eine durchgeschnittene Gurgel." Franz schüttelte ungläubig den Kopf: „Jetzt übertreiben Sie aber gehörig, Herr Meister. Oder haben Sie vielleicht auch schon einmal auf Ihrer Walz ein ‚blaues Veilchen' abbekommen?" Der Meister wollte schon ausholen zu einer Watsch'n, hielt aber dann inne, denn er hätte fast vergessen, dass Franz ja kein Lehrling mehr war, sondern nun Geselle, ermahnte ihn aber weiterhin: „Sei bitte nicht leichtfertig, ich mein' es Dir ja nur gut. Aus Dir soll ein ehrbarer Nagelschmiedmeister werden, vor dem man Respekt hat. Wie willst Du einmal Besitzer einer Nagelschmiede werden, wenn Du einen schlechten Leumund hast? Schandtaten sprechen sich herum, und der Klatsch und Tratsch können Dir Deine Existenz kosten!" Nach dieser Standpauke des Meisters arbeiteten beide in gedrückter Stimmung weiter.

Donnerstagmittag ging Franz wie gewöhnlich während der Mittagspause in die Gastwirtschaft zum Schlachtschüsselessen. Deftige Blut- und Leberwürste mit Kartoffeln und Sauerkraut frisch und dampfend aus der Wirtsküche waren sein Leibgericht. In der Gaststube saß schon – vor einer Halben Dunklem – sein Kumpel und Freund aus Kinder- und Schultagen, der Schreinerlehrling Karl, genannt Kare. „Setz' Dich her, Franze, ich hab' gleich etwas mit Dir zu besprechen: Nachdem Du doch am Sonntag auf die Walz gehst, gehört es sich schon, dass Du von Deinen Freunden Abschied nimmst und eine Maß und a Stamperl für jeden ausgibst. So ähnlich wie bei einem Polterabend vor der Hochzeit, also Dein Junggesellenabschied für Deine bevorstehende Walz. Die Freude musst uns schon machen und uns einen feucht-fröhlichen Abend schenken." Franz verzog das Gesicht und meinte dazu nur: „Mir wird wohl nichts anderes übrig bleiben, als in den sauren Apfel zu beißen und eine Runde auszugeben. Aber mehr ist nicht drin: Ich brauch' das Ersparte für die ersten Tage und Wochen auf der Walz." Das Gespräch zwischen den beiden Freunden zog sich während des Mittagsmahls noch eine Weile so hin, bis sie die Zeche zahlten und jeder wieder in seine Werkstatt ging.

Der Nachmittag war ebenfalls sehr arbeitsreich und anstrengend. Für einen Nagel waren je nach Nagelsorte 15 bis 60 Schläge nötig. Das ging an die Substanz beim Franz, schließlich steckte noch das dunkle Bier zur Mahlzeit in seinen Knochen und lähmte die Muskeln. Abermals nahm er ein vierkantiges Stabeisen aus dem Schmelzfeuer und bearbeitete es durch Schmieden und Gegenschmieden auf dem Amboss mit dem Hammer, so dass es zum Ende hin konisch geformt und angespitzt war. Dann drehte er den Stab ab und steckte den zu formenden Nagel mit der Spitze voraus in eines der Löcher am Amboss und klopfte das überstehende Ende zur gewünschten Kopfform zurecht. Dabei stellte er sich dieses Mal so ungeschickt an, dass er vom Dreifußschemel rücklings auf den Boden fiel und der Hammer aus seinen Händen glitt. Fast wäre er dem Meister auf die Füße gefallen. „Was ist denn heute mit Dir los, Franz?" polterte der Meister. „Ist Dir das Bier in den Kopf gestiegen? Jetzt reiß' Dich zusammen und konzentrier' Dich." Franz rappelte sich wieder auf, wischte den Schweiß von der Stirn und setzte sich wieder auf den Schemel. Dann wollte Franz vom Meister noch einige Informationen zur Walz und zur Meisterprüfung wissen: „Herr Meister, kann Er mir noch sagen, wie es mit meiner Laufbahn als Nagelschmied weitergeht?" Der Meister gab ihm zur Antwort: „Ich hab' Dir doch schon erklärt, wie lange die Gesellenwanderung, also die Tippelei, dauern soll und dass Du wenigstens eine bestimmte Zeit, oft ein halbes Jahr, Dich bei einem Nagelschmied verdingen musst. Erst nach Beendigung der Wanderschaft und einer weiteren mehrjährigen Arbeitszeit, den sogenannten Mutjahren, kannst Du an Deinem letzten Ort den Antrag zur Meisterprüfung stellen und dein Meisterstück anmelden. Voraussetzung für die Zulassung zur Meisterprüfung ist aber, dass Du während all den Jahren neue Arbeitspraktiken kennengelernt und Lebenserfahrung gesammelt hast. Und wenn Du dann Meister bist, kannst Du eine eigene Schmiede übernehmen und auch an eine Heirat denken. Diese Möglichkeit besteht aber erst, wenn Du eingetragener Bürger und Meister einer Stadt oder in einem Dorf bist. Aber bis dahin fließt noch viel Wasser die Pegnitz hinab."

Abschiedsfeier mit den Freunden im Dorfwirtshaus

Als Franz am Freitagabend so gegen acht Uhr das Nebenzimmer vom Dorfwirtshaus betrat, waren alle seine besten Freunde schon versammelt, die der Kare verständigt hatte: der Basti (Sebastian), der Rudi (Rudolf), der Luki (Lukas), der Bene (Benedikt), die Lisa (Elisabeth), die Kathi (Katharina) und die Fanny (Franziska). Sie klopften ihm bei der Begrüßung alle auf die Schulter, bedankten sich lautstark für die Einladung und riefen zusammen: „Hoch soll er leben, der Nagler Franz!" Den Spitznamen ‚Nagler' für Nagelschmied hörte Franz nicht so gerne, aber heute wollte er nicht gleich das Streiten beginnen und überhörte deshalb den Ausdruck. Die Wirtstochter Lisa ging selber an die Theke und zapfte für alle Bier vom Zapfhahn in die Gläser und ebenso goß sie eine Runde Schnaps in die Stamperlgläser. Anschließend stellte sie die Ge-tränke auf dem runden Tablett ab, ging damit an den Tisch und rief dem Franz zu: „Anschreiben geht aber heute nicht, Franz, denn Du bist ja übermorgen nicht mehr da. Also bezahl' lieber gleich, sonst nehm' ich alles wieder mit!" Der Franz holte das Geld aus dem Beutel und legte es der Lisa auf den Tisch. Dann griffen alle zu den Gläsern und stießen auf den Jungwanderer Franz an. Mit Erzählungen von früher, von den harten Zeiten in der Schule und als Lehrling, mit zweideutigen Witzen und derben Sprüchen verging der Abend im Nu. „Was", so meinten alle, „wirst Du wohl an Abenteuern erleben? Und welche schöne Maid oder hübsche Dirn wird Dir über den Weg laufen und den Kopf verdrehen?" Gerne wären sie wohl selber morgen aufgebrochen, um die Welt zu erobern.

Um Mitternacht verabschiedeten sich alle vom Franz und wünschten dem Neuling auf der Walz alles Gute. Lisa begleitete ihn noch in die Dunkelheit hinaus. Vor der Wirtshaustür drückte sie ihm noch einen Kuss auf den Mund und sprach dann leise: „Soll ich auf Dich warten, Franz? Es könnte doch aus uns etwas werden, was meinst?" Franz überlegte nur kurz und gab zur Antwort: „Ich glaub' nicht, Lisa, dass Du warten sollst. Es können Jahre vergehen, bis ich wieder komme. Du vertust Deine schöne Jugendzeit und endest als alte Jungfer und dann will Dich kein Mannsbild mehr haben. Ich kann Dir die Treue nicht versprechen. Behalt' mich in guter Erinnerung, aber als Braut kann ich Dich nicht vor den Traualtar führen. Mach's gut, Lisa!" Franz drückte ihr fest die Hände und drehte sich um, damit sie seine Tränen nicht zu sehen bekam, denn ihm fiel der Abschied jetzt noch schwerer. Als er auf dem Heimweg an der klei-nen Dorfkirche vorbeikam, schickte er noch ein Stoßgebet zum Himmel mit den Worten: „Steht mir bei, Ihr himmlischen Mächte und Gewalten!" Am Eltern-haus angekommen schlich er sich leise ins Haus und ging unbemerkt von den Schlafenden ins Bett. Er konnte nicht sofort einschlafen; der morgige Tag las-tete schwer auf seiner Seele und auch im Schlaf wälzte er sich unruhig hin und her und Alpträume ließen ihn immer wieder aufschrecken. Erst am frühen Mor-gen fiel Franz in einen tiefen Schlaf. Doch auch der war nur von kurzer Dauer, da der mehrmalige Weckruf seiner Mutter nicht zu überhören war.

Reisevorbereitung und Abschied vom Meister

Am Samstagvormittag packte Franz mit Hilfe der Mutter seinen Wanderranzen: das Rasierzeug, die Kernseife, ein Hemd und ein Paar Socken zum Wechseln, ein Schnaiztuachel, Hirschtalg zum Einpudern der Füße gegen das Wundlaufen, ein Schneidmesser und Proviant für die ersten Tage und Wochen, außerdem ein Laib Brot, vier gekochte Eier ... Da öffnete sich die Haustüre und ein Cousin vom Bauernhof aus Laubend stand im Hausflur und rief: „Die Oma schickt mich, sie lässt den Franz schön grüßen, und ich soll dieses ‚G'selchte' überbringen. Der Franz soll es sich auf der Walz schmecken lassen." Franz nahm ihm das geräucherte Stück Fleisch ab und trug ihm auf, der Oma ein herzliches ‚Vergelt's Gott' auszurichten. Schon war der Bursche auch wieder zur Haustüre hinaus und verschwunden. Nach dieser Unterbrechung legte sich Franz für den nächsten Tag noch die Kleidung zurecht: die weite schwarze Schlaghose, ein frisch gewaschenes Hemd, die Weste mit den silberfarbenen Knöpfen, die Jacke, den breitkrempigen Hut, den Stenz, das Wandernachweisbuch, natürlich auch noch die vom Schuster neu aufgedoppelten genagelten Wanderschuhe und, fast hätte er es vergessen, die schwarze Krawatte als Zeichen der Ehrbarkeit.

„Z'sampackt is'",rief Franz laut und verließ noch einmal kurz das Elternhaus und begab sich ein letztes Mal in die Nagelschmiede. Der Meister legte bei seinem Erscheinen den Hammer aus der Hand und wischte sich die schmutzigen Hände an der Schürze ab. „Schön, Franz, " sagte der Meister, „dass Du an Deinem Tag vor der Walz noch einmal vorbeischaust, um Abschied zu nehmen. Ich habe Dir noch ein paar Gulden und Kreuzer bereit gelegt für Deine jahrelangen, hilfreichen Dienste. Das ist zwar nicht üblich, aber weil Du in der Lehrzeit so ein fleißiger, arbeitsamer und lernwilliger Bursche warst, sollst Du nicht leer ausgehen und diesen Obolus erhalten." Franz nahm das Geld freudestrahlend entgegen, machte eine Verneigung und bedankte sich höflich beim Meister: „Das ehrt Sie, Herr Meister. Vergelt's Gott und aufrichtigen Dank. Ich werde nie Ihre Bereitschaft vergessen, mir das Handwerk beizubringen. Es war eine harte, aber auch lehrreiche Zeit bei Ihnen in der Nagelschmiede. Grüßen Sie mir auch die Frau Meisterin mit dem Dank, dass ich des Öfteren das Mittagsmahl bei Ihnen einnehmen durfte. Wenn mich der Weg in vielen Jahren nach Merkendorf führen sollte, dann wird einer meiner ersten Wege zu Ihnen sein, um Bericht zu erstatten. Behüte Sie Gott." Der Meister nahm Franz in die Arme und klopfte ihm auf die Schultern: „Mach's gut, Franz, pass' auf Dich auf und lass' mal etwas von Dir hören; ich würde mich darüber freuen." Franz verließ eilends die Nagelschmiede, die ihm für viele Jahre zu einer Heimstätte geworden war, denn der Meister sollte seine Tränen nicht sehen. Er begab sich nicht sofort nach Hause, sondern durchstreifte sein lieb gewordenes Heimatdorf. Er ging durch die mit Kopfsteinpflaster versehene Hauptstraße, am Brau- und Wirtshaus vorbei, durch einige unbefestigte Seitenstraßen, grüßte vor dem Haus sitzende ältere Bewohner und winkte ihnen zu, schaute sich die Fassaden einiger Häuser an und betrat das Haus des Nachbarn, um sich persönlich zu verabschieden.

Kirchgang und Abschied von den Eltern und Geschwistern

Am Sonntag, in der Osterzeit, anno domini (im Jahre des Herrn) 1835, nach dem Weckruf der Mutter in aller Frühe, zog Franz seine Walzkleidung an und begab sich zu den Eltern und dem jüngsten Bruder Josef in die Küche. Jedoch nicht zum Frühstück, sondern zum gemeinsamen Kirchgang. Das Kirchengebot, drei Stunden vor dem Kommunionempfang keine feste Nahrung einzunehmen, war streng und die Eltern hielten sich daran. „Also, Franz, jetzt nimm Deinen gepackten Walzsack und den Geldbeutel, denn nach dem Kirchgang ist auf dem Kirchplatz die Verabschiedung", sagte die Mutter. Der Vater gab ihm noch ein paar Gulden und Kreuzer Zer- und Weggeld, das Franz dankend in den Geldbeutel steckte. Die Eltern waren nicht mit Reichtümern gesegnet, sondern einfache, arme Leute, die nur ein kleines bäuerliches Anwesen besaßen, das nicht viel an Ertrag abwarf. Die Mutter wirtschaftete im Haushalt recht sparsam und hielt so die kinderreiche Familie über Wasser. Von den Großeltern wurde die Familie auch hin und wieder mit Mehl, Kartoffeln und Fleisch unterstützt. Die Frühmesse um sieben Uhr war an diesem Sonntag sehr gut besucht. Franz musste sogar während der Liturgie stehen, weil alle Sitzplätze schon belegt waren, vor allem von den reichen Bauern und Handwerkern, die einen festen Kirchplatz dank ihres Stuhlgelds hatten. Das lange Stehen war schon einmal ein Vorgeschmack auf die beschwerliche Walz. Stundenlang jeden Tag auf den Beinen zu sein war er nicht gewohnt – in der Werkstatt saß er meist auf dem Schemel. Am Ende des Gottesdienstes, kurz vor dem Segen, wandte sich der Pfarrer vom Hochaltar um und Franz hörte den Pfarrer plötzlich sagen: „Heute müssen wir uns von dem Gesellen Franz Diller, ehelicher Sohn der ehrbaren Eheleute Johannes und Margaretha Diller, vom Anwesen Haus Nr.32 in Merkendorf, verabschieden. Nach bestandener Lehrzeit und Freisprechung als Nagelschmied begibt der Jüngling sich nun auf die mehrjährige Walz. Wir wünschen ihm auf all seinen Wegen den Schutz des Allmächtigen, den Segen der Jungfrau Maria und den Beistand seiner Namenspatrone. Ich möchte dem jungen Nagelschmied noch ein Wort und ein Gebet seines Patrons, des heiligen Franziskus, mit auf den Weg geben: ‚Herr, in Deinem Arm bin ich sicher. Wenn Du mich hältst, habe ich nichts zu fürchten. Ich weiß nichts von der Zukunft, aber ich vertraue auf Dich.' Mögen diese hoffnungsvollen Worte Deinen Lebensweg begleiten." Nach dem Schlusslied ging der Pfarrer durch den Mittelgang zum Kirchenportal, schüttelte dort jedem Kirchenbesucher die Hand und wünschte einen gesegneten Sonntag. Als Franz an der Reihe war, nahm er dessen Hand, drückte sie fest und sagte: „Mach's gut, Franz, bewahre Deinen Glauben, sei tugendsam und sittsam, so wie Du es von mir und Deinen Eltern gelernt hast". Auf dem Kirchenvorplatz blieben noch viele Bürgersleute stehen zu einem Plausch, einige umringten Franz und wünschten ihm eine unfallfreie

Walz. Nun waren seine Eltern und sein jüngerer Bruder Josef an der Reihe: „Franz", sagte der Vater mit mahnendem Unterton, „mach' mir keinen Kummer, und jetzt behüt' Dich Gott. Auf ein Wiederseh'n." Die Mutter konnte vor lauter Weinen nicht mehr aus den Augen sehen, der Abschied tat ihr sehr weh. Franz war unter allen Söhnen ihr liebster Sohn gewesen, der ihr am wenigsten Kummer bereitete. „Franz, mein Liebster", stammelte die Mutter, „behalt' Deine Mutter lieb und in guter Erinnerung." Weinend gab Franz ihr zur Antwort: „Du kannst Dich auf mich verlassen, ich versuche den geraden Weg zu gehen. Danke der Frau Mutter und dem Herrn Vater für alle erbrachten Wohltaten. Gott möge Euch dafür belohnen. Ich werde jeden Abend für euch das Gebet für die Eltern sprechen. Ich hab' Euch lieb." Nachdem er seinem Bruder Josef noch über den Kopf streichelte, drehte sich Franz um, nahm seinen Wandersack über die Schulter und den Stenz in die rechte Hand, drehte sich um und verließ mit festen Schritten den Kirchplatz und das Dorf, ohne sich noch einmal umzudrehen. Die Eltern und viele Dorfbewohner winkten ihm noch nach, doch Franz blickte mit nassen Augen nur nach vorne, geradeaus. Er bog von der Hauptstraße in den Landweg nach Memmelsdorf ein, am Schloss „Seehof" vorbei, Richtung Bamberg. Dort wollte er erste Station machen und den Zunftmeister aufsuchen, damit auch dieser sein Wanderbuch beglaubigte, um so seinen Zunftverpflichtungen nachzukommen. Es war ein frühlingshafter Sonntag, nicht zu warm, aber auch nicht zu kalt. Jedoch, so meinte Franz, weinte auch der Himmel über seinen traurigen Abschied, da es auf dem Weg in die Erzbistumsstadt unentwegt nieselte. Als er nach zwei Stunden in Bamberg ankam, war er durchnässt und hoffte, dass er beim Zunftmeister für ein, zwei Stunden trockenen Unterschlupf finden könnte und zur Sonntagssuppe mit einem Stück Brot eingeladen werden würde. So könnten seine Kleider wieder trocknen und seine Vorräte an Lebensmitteln geschont werden. Als er in Bamberg eintraf, läuteten gerade die Glocken von den Domtürmen den Angelus. Franz bekreuzigte sich und betete leise den Angelus (Engel des Herrn). Er fragte sich zum Haus des Zunftmeisters bei vorbeigehenden Leuten durch und gelangte so nach einer halben Stunde dorthin. Franz klopfte dreimal mit dem eisernen Türring an die schwere Holztüre. Nach einiger Zeit öffnete ihm eine Dienstmagd und fragte nach seinem Begehr. Franz trug sein Anliegen vor, die Türe schloss sich wieder, er musste draußen warten auf die Aufforderung zum Einlass. Die Magd kam nach kurzer Zeit wieder an die Haustüre zurück und ließ vom Zunftmeister ausrichten: „Der Nagelschmied Franz solle im Hausgang warten, bis die Herrschaften das Mittagsmahl eingenommen haben. Erst dann kann seinem Begehr entsprochen werden." Die Magd öffnete die Haustüre und ließ den Franz eintreten und wartend im Hausflur stehen. „Pech gehabt", dachte sich Franz, das köstliche Mittagsmahl des Zunftmeisters vor seinem geistigen Auge sehend. Scheinbar war der Zunftmeister nicht zu sehr von höflicher und zuvorkommender Art. Hoffentlich würde ihn der Herr des Hauses nicht zu sehr abkanzeln, weil er am heiligen Sonntag gestört hatte. Über eine halbe Stunde musste Franz warten, bis er schließlich von der Magd in das Dienstzimmer des Meisters geführt wurde. Mit den Worten „Grüß Gott, Herr Meister, ich hätte gerne ihr Zunftsiegel in meinem Walzbuch …" Zum Satzende kam Franz nicht, denn der Handwerksmeister polterte gleich los, ob er nicht wisse, dass die Sonntagsruhe einzuhalten sei und das auch für den Zunftmeister und für ihn, den Gesellen, gelte. Und was sei überhaupt sein Begehr? Und woher komme er und wer sei er? Franz erwiderte kleinlaut, dass heute sein erster Tag auf der Walz sei und er von Merkendorf vom dortigen Meister der Nagelschmiede käme und sein Walzbuch zur Siegelung vorlegen wolle. „Dann will ich einmal nicht so sein und auch nicht päpstlicher als der Papst. Gib her! Ich will schauen, ob alle Eintragungen stimmen, dann kannst Du meinen Servus und das Siegel bekommen, damit deiner Walz nichts mehr im Wege steht." Nachdem der Zunftmeister die ersten beiden Seiten mit den Personalien und der Freisprechung gelesen hatte, gab er seine Beglaubigung dazu. Franz bedankte sich höflich und wollte mit einem Gruß das Dienstzimmer verlassen, doch der Meister rief ihm noch zu: „Bleib' kurz noch stehen, ich will Dir aus der Küche noch ein Stück Brot und eine Rotwurst holen lassen. Ich will meiner Christenpflicht gerecht werden und Dich nicht hungrig gehen lassen." Nachdem die Magd das Gewünschte gebracht hatte, verstaute Franz die Lebensmittel in seinem Umhängesack. „Wohin soll's denn gehen", fragte ihn der Zunftmeister noch und Franz gab zur Antwort: „Gen Süden, Richtung Niederbayern oder Oberbayern, denn da bin ich als Katholischer besser aufgehoben als im überwiegend protestantischen Franken, meinte mein Meister." Der Zunftmeister gab ihm noch den Rat: „Da gehst Du am besten von Bamberg aus am Regnitzufer entlang, da läufst Du nie verkehrt, denn der Fluss führt bis zum Städtchen Fürth bei Nürnberg. Du musst halt unterwegs Deinen Mund aufmachen und die Einheimischen nach dem Weg fragen. Allein der Nase entlang laufen, führt Dich nur im Kreis herum. Auf der Landstraße entlang gehen ist gut und recht, aber führt Dich nicht immer ans Ziel, denn es gibt nur wenige Orientierungssteine und es fehlen oft Hinweistafeln an den Weggabelungen."

Erste Walzetappe von Bamberg nach Strullendorf

Als Franz vor das Haustor trat, hatte es aufgehört zu nieseln und die Sonne blickte hervor und schob die Wolken beiseite. Da kam ihm noch eine Idee in den Sinn. Wenn er schon in Bamberg ist, könnte er noch einen kleinen Abstecher in das allseits bekannte Wirtshaus „Zum Schlenkerla" machen. Im Fachwerkhaus der Wirtschaft angekommen bestellte er sich in der mit dunklem

Holz ausgestatteten Gaststube ein Seidel Rauchbier. Interessiert las er an der weiß getünchten Wand einen in großen Buchstaben gemalten Spruch: „Geh' Deinen Weg und lass' die Leute reden." Er prägte sich den Spruch ein, passte er doch zu ihm und seinem Vorhaben.

Nachdem er sein Bier ausgetrunken hatte, machte sich Franz frohgemut nun endgültig auf die Walz, in der Hoffnung bald eine Nagelschmiede zu finden, bei der er bleiben und Neues dazulernen konnte. Er begab sich dem Ratschlag entsprechend an das Regnitzufer, das steinerne Fischerhäuser und Fachwerkhäuser mit zweistöckigen, hohen Dächern mit Dachgauben säumten. Franz ging stromaufwärts, gegen die Fließrichtung, wohlwissend, dass flussabwärts die Regnitz in den Main mündet. So könnte er bis Fürth nie verkehrt gehen. Aber bis dahin war es noch ein weiter, vielleicht sogar wochenlanger Weg.

Es musste schon über zwei Stunden nach Mittag sein, denn die Sonne hatte ihren höchsten Stand bereits verlassen. Auf seiner stundenlangen Wanderung begegnete ihm fast kein Mensch. Er war mit sich und der Natur alleine. Langsam machten sich Hunger und Durst bemerkbar und er wollte vom Landweg schon abbiegen, um ans Ufer zu gehen und dort mit den Händen Wasser zu schöpfen und zu trinken. Da vernahm er plötzlich Geräusche aus dem Ufergebüsch und eine hilferufende Stimme. Als er näher kam, sah er einen jungen Burschen mit einer einfachen Angelrute, der verzweifelt versuchte, einen größeren Fisch aus dem Wasser zu ziehen. „Wart', ich helfe Dir", rief Franz und ergriff mit seinen kräftigen Händen die Weiderute, an der eine Schnur mit einem zum Haken gebogenen Nagel gebunden war, an dem sich der Fisch festgebissen hatte. Mit vereinten Kräften zogen sie den Fisch an Land. „So ein Glück", frohlockte der Junge, „es ist ein Hecht!" Franz hielt den glitschigen Fisch in beiden Händen, und der Junge versuchte, vorsichtig den Haken zu entfernen. Doch der gefährliche Raubfisch wand sich und schlug mit der Flosse hin und her. Franz ließ ihn auf das steinige Ufer fallen und versetzte dem Hecht mit einem großen Stein einen Schlag auf den Kopf. Nun gab der Fisch kaum noch ein Lebenszeichen von sich und der junge Bursche konnte den gebogenen Nagel herausziehen. „Danke, Vergelt's Gott, ohne Deine Hilfe hätte ich es wohl nicht geschafft und womöglich wäre ich mit der Angelrute ins Wasser gefallen", sagte der Bub. „Wie heißt Du denn und wie alt bist Du?", fragte Franz ihn. „Ich bin zehn Jahre alt und heiße Ludwig, wie der König von Bayern. Als ich nämlich auf die Welt kam, hat der König Ludwig I. gerade den Thron von Bayern bestiegen. Und weil er sich auch Herzog von Franken nannte, hat mein Vater gemeint, einem solchen frankenfreundlichen König muss man die Ehre erweisen. Aber nenn' mich einfach Wigg, das ist der bayrische Rufname für Ludwig. Und wer bist Du und was machst Du so?" Franz nannte seinen Namen und erzählte ihm, dass er auf der Walz sei und jetzt hungrig und durstig wäre. Der leutselige und redefreudige Wigg sagte zu Franz: „Weißt was, geh', begleit' mich doch nach Hause. Ich wohn' bei meinen Eltern einige hundert Meter entfernt in Strullendorf. Ich hab' nämlich im Korb noch ein Rotauge und einen Zander. Heute hatte ich wirklich einen guten Fang gemacht. Aber sag's nicht weiter, es wird nicht so gern gesehen von der Obrigkeit. Deshalb hab' ich mich zum Angeln auch ins Gebüsch gesetzt, damit mich keiner sieht. Sie meinen, dass die Fischbestände in der Regnitz von Hecht, Zandern, Barsch, Karpfen, Schleien, Brachsen, Krebsen und Aalen merklich zurückgehen und sie Einbußen hätten. Die da oben, so sagt mein Vater, können ausgiebig tafeln und unsereins muss selbst in der Osterzeit Fisch essen, weil wir uns kein Fleisch leisten können. Nimm den Korb und hilf mir, den Fang zu tragen, alleine schaffe ich es nicht. Kannst bei uns zum Dank einen Krug Brunnenwasser zum Trinken bekommen und vielleicht steckt der Vater die Fische noch auf einen Stecken und die Mutter brät sie über dem offenen Feuer. Bekommst sicher auch noch einen Bissen ab. Wirst sehen, meine Alten sind anständige Leut' und teilen mit Dir, wenn ich ihnen von Deiner Hilfsbereitschaft erzähle." Franz nahm den schweren Korb mit den Fischen und der Wigg dafür Franzls Wanderstab. So kamen beide zur Wohnstatt des kleinen Wigg, und tatsächlich wurde Franz von den Eltern freundlich aufgenommen und nach dem Verzehr der Fischmahlzeit sogar zum Bleiben und Übernachten überredet. Franz war insgeheim froh darüber und nahm dankend an. Beim ersten Hahnenschrei schälte sich Franz aus dem Strohlager, denn er wollte heute noch eine größere Etappe zurücklegen. Mit den Worten: „Hättest gerne bei uns bleiben können, aber in unserem Dorf gibt es weder einen Schmied noch eine Nagelschmiede", wird er am nächsten Morgen verabschiedet. Franz gab zur Antwort: „Dann hätte ich dem Wigg einige Angelhaken angefertigt, auch wenn ich das bisher noch nicht gemacht habe. Wäre Neuland gewesen für mich als Nagelschmied." Mit diesen Worten verabschiedete sich Franz.

Glück- oder Unglückstag?

Auch wenn die aufgehende Sonne im Osten schon sichtbar war, so war es dennoch kühl. Trotz der warmen Kleidung fröstelte Franz und er sehnte sich nach dem warmen Strohlager zurück. Aber Franz musste weiter und eine passende Nagelschmiede finden. Am frühen Vormittag kletterten dann die Temperaturen durch den warmen Sonnenschein dann doch noch in die Höhe und Franz kam sogar ins Schwitzen. Er legte eine kurze Rast ein und legte sich auf eine Wiese und schloss die Augen. Plötzlich krabbelte ein Ungeziefer über sein Gesicht – eine Spinne, die er mit einem Händewischen hinweg fegte. Franz verzog sein Gesicht, wegen seines Ekels vor Spinnen. „Hoffentlich", dachte Franz, „ geht das heute nicht so weiter und trifft das Sprichwort zu: ‚Spinne am Morgen, bringt Unglück und Sorgen'."

Er rappelte sich wieder auf und setzte seinen Weg fort. Nachmittags erreichte er den kleinen Ort Hirschaid. Auf der Dorfstraße kam ihm ein Trauerzug entgegen. Voran ging ein Kreuzträger und hinter diesem wurde ein Sarg auf einem Pferdefuhrwerk gefahren; dahinter ging die in schwarz gekleidete Trauergemeinde. Franz blieb am Wegrand stehen, nahm seinen Hut ab, verneigte den Kopf und bekreuzigte sich, wie er es zu Hause gelernt hatte. Dann setzte er seinen Marsch fort und dachte dabei insgeheim: „Das wird doch kein Unglück bringen und ihm heute noch etwas passieren. Franz verwarf den Gedanken sofort wieder, indem er sich vorsagte: „Aber das ist doch Aberglaube, ein Falschglaube, hat der Pfarrer einmal in der Glaubensunterweisung gesagt."

Außerhalb vom Dorf legte Franz eine ausgiebige Rast ein und vesperte von den mitgeschleppten Vorräten. Er schnitt sich eine dicke Scheibe vom geräucherten Schinken ab und dazu eine mittlerweile hart gewordene Scheibe Brot. Er lehnte sich dazu sitzend an einen Baumstamm und schlief nach der Mahlzeit ein. Ein Donnergrollen schreckte ihn aus dem Tiefschlaf und Franz merkte, dass sich mittlerweile ein Gewitter am Horizont zusammengebraut hatte. Er sprang auf, sich daran erinnernd, dass sein Vater ihn immer davor gewarnt hatte, bei einem Gewitter, Schutz unter einem Baum zu suchen. „Merke Dir den Spruch", hatte der Vater gesagt: „Vor den Eichen sollst Du weichen und die Weiden sollst Du meiden. Zu den Fichten flieh' mitnichten. Doch die Buchen musst Du suchen." Letzteres glaubte Franz nicht: Denn Baum ist Baum, da kann der Volksmund sagen, was er will. Deshalb schnürte er seinen Beutel rasch wieder zu, schulterte ihn, griff nach dem Wanderstock und rannte eilends auf eine Scheune zu. Das Scheunentor war Gott sei Dank nicht versperrt und er warf sich keuchend und um Atem ringend von dem kurzen, aber schnellen Lauf auf den vom letzten Herbst übrig gebliebenen aufgeschichteten Heuhaufen. Unter dem Dach fühlte er sich viel wohler, auch wenn es nur das Holzschindeldach einer Scheune war und der Wind durch die Ritzen der Bretterwände pfiff. Hier fühlte er sich geschützt vor dem nun niederprasselnden Regen und den Gewitterblitzen. Natürlich hatte er in seiner Heimat auch erlebt, dass in eine Scheune ein Blitz einschlug und diese abbrannte; aber vom Blitz getroffene und gespaltene Bäume hatte er vergleichsweise öfter gesehen.

Das Gewitter hatte sich zwar am Abend wieder verzogen, aber an ein Weiterkommen war heute nicht mehr zu denken. Er musste also in der Scheune übernachten, da er eine Herberge so spät in der Dunkelheit nicht mehr erreichen würde. Und Hausbewohner von entlegenen Höfen würden zu dieser Uhrzeit für einen Fremden die Türe nicht mehr öffnen.

Er war schon im Einschlafen begriffen, als ihn ein Rascheln aufschreckte. Hatte die Scheune noch einen Mitbewohner? Das Miauen verriet ihm, dass es sich um eine Katze handelte, die sich vertrauensvoll an ihn schmiegte. Es war eine kleine schwarze Katze mit leuchtenden Augen, die ihm aus der Dunkelheit entgegenfunkelten. Ausgerechnet am Ende dieses Tages, der mit der Spinne am Morgen und dem Leichenzug am Nachmittag nur Unheilvolles versprach, suchte eine schwarze Katze bei ihm im Heu Unterschlupf. War das nun ein gutes oder ein schlechtes Zeichen? Kam die Katze von rechts oder links? Im Volksmund heißt es bekanntlich: „Schwarze Katze von rechts nach links bringt Glück und von links nach rechts Unglück!" Das war natürlich in der Dunkelheit nicht feststellbar. „Egal", flüsterte Franz der kleinen Katze zu, „von welcher Seite Du gekommen bist. Ist eh' nur Aberglaube. Du bist auf jeden Fall jetzt mein Glücksbringer." Er drückte die Katze an sich und beide schliefen im noch schwach duftenden Heu dem nächsten Morgen entgegen.

Erlebnisse auf einem Bauernhof

Je weiter sich Franz von Bamberg entfernte, umso fremder wurde ihm die Umgebung. Auf der staubigen Landstraße immer in der Nähe der Regnitz wanderte er die nächsten Tage über Altendorf nach Buttenheim und weiter nach Eggolsheim. Dort angekommen bat er in einem Bauernhof um einen Becher Milch. Nachdem er die letzten Nächte teils in Scheunen oder gar im Freien verbracht hatte, fragte er bei einem Bauern um ein Nachtquartier an. „Du kannst gerne länger auf dem Hof bleiben", bot ihm der Hofherr an. „Hast dann freie Unterkunft und Verpflegung. Hab' eh' zu Lichtmess den Knecht verloren, weil er sein Arbeitsverhältnis mit den üblichen Worten: ‚Bauer, wir zwei machen Lichtmess', beendet hat. Er hat sich dann sein Verdingbuch mit einem guten Zeugniseintrag und den Jahreslohn von mir geben lassen. Leider habe ich keinen neuen Knecht gefunden. Kann deshalb einen kräftigen Burschen gebrauchen. Na, wie wär's? Ich bin zum Aushalten und habe noch keinen gefressen. Schlag' ein!" Franz überlegte nur kurz, dann willigte er ein und bekräftigte dies mit Handschlag und den Worten: „Aber nur für vier Wochen, und einen Monatslohn zahlst mir auch; doch dann muss ich wieder weiter". „Ja, gut, dann für einen Monat", bestätigte der Bauer. „Und jetzt lass' Dir von der Obermagd das Anwesen und die Schlafkammer zeigen."
Die Obermagd Ursula, kurz gerufen Ursel, wurde vom Bauern herbeigerufen und dieser machte sie mit dem neuen Knecht Franz bekannt. Ursel musterte den Neuen mit einem Blick von oben nach unten und von unten nach oben: „Ein sauberes Mannsbild, den Du da eingestellt hast, Bauer." Und zu Franz gewandt: „Komm' mit, bevor ich mich in Dich verschau' und zu keiner Arbeit mehr komm'." Die Obermagd führte Franz durch die Stallungen, die Scheune und dann durch das Wohnhaus. Sie zeigte ihm die Kammer für die Gerätschaften, die gemeinsame Wohnstube, die Küche, die Speisekammer und die Mägdekammer und die Schlafkammer für den Knecht. „Nachdem Du eh nur einen Monat

bleibst und ein armer Wandergesell' bist", sagte Ursel zu ihm, „brauchst mir kein Wachsstöckel unter's Kopfkissen als Belohnung für's tägliche Bettenmachen legen." Franz schaute ganz verwundert über diesen ihm bis dato unbekannten Brauch. „An Lichtmess", sagte Ursel erklärend, „ist es nämlich Brauch, dass der Knecht der Magd zum Dank ein Viertelpfundwachstöckel schenkt. Hab' schon einige in meiner Aussteuerkiste gesammelt, damit ich viel Lichter mitbringe, wenn mich einmal ein Bräutigam zum Eheweib in sein Anwesen nimmt." Franz war erleichtert, dass er keinen Heller für den Dienst der Magd ausgeben musste. „Aber", fragte Franz dann die Magd: „Seh' ich richtig, dass ich durch die Mägdekammer in meine Knechtskammer gehen muss?" „Ja und?", antwortete die Magd keck. „Hast Angst vor einem jungen adretten Weib oder davor, dass ich Dich auf meine Bettstatt ziehen oder nachts zu Dir in die Kammer gehen könnte?" Bei diesen Worten warf ihm Ursel einen verführerischen Blick zu, der es in sich hatte. Franz dachte bei sich: „Da muss ich aufpassen, dass mich dieses Weibsstück nicht rumkriegt und ich schneller am Bandel häng' als gedacht. Da heißt es, flott an ihrer Bettstatt jeden Abend vorbei in die Kammer gehen und von innen verriegeln, sofern dies möglich ist. Ansonsten muss ich einen Stuhl mit der Lehne unter die Türklinke stellen und auf diese Weise den Zutritt verwehren und erschweren." Ursel zwinkerte mit den Augen und sagte noch spitzbübig: „Das ist doch gut geregelt auf diesem Hof, da brauchst nicht zum Fensterln in meine Kammer kommen. Auch kannst Du Dir nicht das Kreuz und den Hals brechen, wenn Du beim Fensterln von der Leiter fallen solltest. Hast es viel einfacher." „Das schon", meinte Franz, „den Hals würde ich mir nicht brechen, aber mich um Kopf und Kragen bringen, wenn ich Dich dann am Hals hätte und nicht mehr los bringen würde." „Geh, Franz, wer wird denn gleich ans Heiraten denken, wenn man in der Nacht beieinander liegt, sich gegenseitig wärmt und miteinander Spaß haben kann. Gehst ja eh wieder in vier Wochen vom Hof und kannst mich nicht mitnehmen, weil Du noch keine Existenz aufgebaut hast. Aber eine schöne Erinnerung hätten wir beide von unserer Affäre. Meinst nicht?" „Nein", gab Franz zur Antwort: „Dein Angebot ist mir zu gefährlich. Wer weiß, was dabei herauskommen könnte – vielleicht ein Kind? Der Bauer könnte es spitz kriegen und der Zunft melden. Dann ist es mit meiner Ehrbarkeit schneller vorbei als gedacht und ich bin als Hallodrie verschrien." Franz wandte sich nach diesen Worten von der Magd ab und ging wieder in die Wohnstube zum Bauern hinunter, wo er sich von diesem in die Arbeit einweisen ließ. Er verrichtete an diesem Nachmittag sogleich noch mehrere Aufgaben im Stall und versuchte dabei das Gespräch mit der Magd zu vergessen. Nach der gemeinsamen Abendmahlzeit und einer Sitzweil in gemütlicher Runde in der warmen Stube gab der Bauer die Anweisung: „Es ist Zeit zur Bettruhe. Morgen ist wieder ein arbeitsreicher Tag." Die Familie und das Gesinde standen vom Tisch auf und sprachen noch gemeinsam das Abendgebet und jeder verabschiedete sich mit den Worten: „Eine gute Nachtruhe allerseits!". Franz hatte es besonders eilig, da er noch vor der Magd in seiner Kammer sein wollte. Dort stellte er, wie angedacht, einen Stuhl vor die Türe, da diese keinen Schlüssel hatte, um Ruhe vor der aufdringlichen Ursel zu haben. Todmüde nach diesem ereignisreichen Tag schlief Franz sofort ein und nichts und niemand hätte ihn mehr aus dem Tiefschlaf aufwecken können. In der Morgendämmerung krähte der Hahn jedoch mehrmals aufdringlich und weckte alle im Bauernhaus auf. Auch Franz, der vergessen hatte, das Fenster zu schließen, wurde aus dem Schlaf gerissen.

Sonntäglicher Kirchgang

Da heute Sonntag war und somit Ruhetag, auch für den Knecht und die Mägde, waren nur die notwendigsten Arbeiten auf dem Bauernhof zu verrichten: die Tiere füttern, die Kühe melken und den Stall ausmisten. Die Feld- und Gartenarbeit durfte heute nicht verrichtet werden. Der Bauer bestimmte außerdem, dass sich alle zum Gottesdienst das Sonntagsgewand anziehen und zum gemeinsamen Kirchgang im Hof einfinden sollten. Nur die Obermagd Ursel blieb an diesem Sonntag auf dem Bauernhof, überwachte den Ofen, schürte nach und beaufsichtigte das Anwesen. Da Franz neu war, durfte er diesmal mit zur Kirche gehen und seiner Sonntagspflicht nachkommen. Nächsten Sonntag war umgekehrt er dann an der Reihe und musste auf dem Hof zur Aufsicht bleiben. So gingen die Bauersleute mit ihren drei kleinen Kindern, die Mittelmagd und Franz zu Fuß zur nahe gelegenen Pfarrkirche St. Martin. Der gotische Turm war weithin sichtbar und das festliche Glockengeläut nicht zu überhören. Allerdings musste Franz beim Betreten der Kirche feststellen, dass diese noch nicht vollständig fertig gebaut war. Der Bauer merkte ihm seine Verwunderung an: „Jetzt bist wohl enttäuscht, Franz. Aber bereits vor acht Jahren, im Jahre 1827, wurde der Neubau begonnen und ist immer noch nicht vollendet. Mal fehlt das Geld zum Weiterbau, dann sind die Handwerker nicht zur Stelle, und in den kalten Wintermonaten geht sowieso nichts voran. Da setz' Dich in eine der letzten Bankreihen; vorne ist für die Bauern reserviert, die Stuhlgeld bezahlt haben." Franz setzte sich andächtig ins Gestühl und faltete die Hände zum Gebet. Durch die Finger seiner Hände glitten die Rosenkranzperlen, die er von der Großmutter zur Walz bekommen und bisher nicht verloren hatte. Dabei kullerten ihm einige Tränen über die Wangen; gerade in der Kirche wurde er besonders an die Heimat und an die Lieben zuhause erinnert, und Heimweh beschlich ihn. Während der lateinisch gesprochenen Messe betete er den Rosenkranz. Er unterbrach das stille Gebet, als der Pfarrer die Kanzel bestieg und die Predigt hielt. Der geistliche Herr redete über den Patron der Pfarrkirche von Eggolsheim, den heiligen Martin. Es war, wie in der damaligen Zeit üblich, keine Frohbotschaft, sondern eher eine Drohbotschaft. Er redete vom Gebot Jesu zur Nächstenliebe und mahnte die Gläubigen zum Teilen mit anderen – so wie es der Pfarrpatron der heilige Martin, getan hatte, als er seinen Mantel mit einem Bettler teilte. Wenn sie dies nicht nachahmten, würden sie in der Hölle landen und im ewigen Feuer brennen, warnte der Prediger die Gläubigen mit dem Finger auf die gegenüber liegende Figurengruppe zeigend. Dort dargestellt war der heilige Erzengel Michael mit einem flammenden Schwert und einem Schild in der Hand mit der Aufschrift „Wer ist wie Gott". Mit dem rechten Fuß tritt er den am Boden liegenden schwarzen Luzifer hinab in die Hölle. Die Hörner auf Luzifers Kopf zeigen an, dass er vom Engel zum Teufel geworden ist. Franz lief es eiskalt über den Rücken und es überkam ihn Höllenangst. Zum Ende der Ansprache zitierte der Prediger noch ein Wort von Franziskus, der gesagt hatte: „Wenn jeder einzelne darauf verzichtet, Besitz anzuhäufen, dann werden alle genug haben." Franz freute sich, dass er wieder einmal an seinen Namenspatron erinnert wurde und er wieder ein neues Zitat von diesem erfahren hatte. „Dem ist zuzustimmen", dachte Franz außerdem, „denn dann hätte er immer genug zum Leben und bräuchte sich keine Sorgen über das Morgen machen." Nach der Predigt betete jeder wieder still vor sich hin einige Rosenkranzgesätze. Erst das Läuten der Altarglocken durch die Ministranten ließ alle innehalten. Nun hieß es niederknien und nach vorne zum Altar schauen: Die Wandlung von Brot und Wein in den Leib und das Blut Christi musste jeder andächtig mitverfolgen. Auch die Turmglocken begleiteten mit dem Geläute weithin die heilige Handlung, und jene Bauern, die auf dem Kirchplatz stehen geblieben waren und nicht die Kirche betreten hatten, wie es mancherorts damals üblich war, unterbrachen ihren Diskurs, zogen ehrfürchtig den Hut und bekreuzigten sich. Jene, die wie Ursel zuhause bleiben mussten und dort das Geläute vernahmen, neigten kurz den Kopf, schlugen sich mit der Faust dreimal an die Brust und murmelten ein Gebet.

Zur Kommunion gingen nur einige ältere Frauen und die Kinder, die bereits bei der Erstkommunion waren. Hauptsächlich waren es die Männer, die schuldbewusst ihren Kopf neigten und sitzen oder stehen blieben; denn nur wer vorher gebeichtet hatte, war rein von Sünde und durfte zur Kommunionbank hintreten. So manches Mannsbild hatte bei der Feld- und Stallarbeit einen ‚Flucherer' losgelassen oder gar sündhafte Gedanken an ein anderes Weibsbild gehabt. Franz wusste nicht so recht, ob er auch die heilige Speise empfangen durfte, denn er hatte nicht immer das Freitagsgebot und die Sonntagspflicht erfüllt und außerdem die sündhaften Worte der Ursel angehört. Seine Gewissensbisse und der Gedanke an das Fegefeuer oder an die Hölle ließen ihn zweifeln und so blieb er doch lieber in der Kirchenbank sitzen.

Nach dem Wettersegen am Ende der Messfeier traten alle wieder den Heimweg an. Andere Bauern und Knechte gingen noch zum Frühschoppen ins Wirtshaus. Da sein Bauer kein Wirtshaushocker und Kartenspieler war, musste Franz dieser Verlockung widerstehen. Während sie im Gotteshaus waren hatte Ursel die Kartoffeln gerieben und den Teig zu Reiberknödeln geformt. Auch ein Stück Schweinefleisch brutzelte in einem Reindl im Ofen. Die Bäuerin übernahm nun die weitere Zubereitung und setzte Wasser im Topf für die Knödel auf, während Ursel den Tisch deckte. Noch vor dem Angelusläuten setzten sich alle um den klobigen Esstisch, sprachen ein Tischgebet und verspeisten den Sonntagsbraten. Da genügend Knödel in der Schüssel waren, griff Franz immer wieder zu und brachte es immerhin auf fünf Klöse. „Greif' nur zu", sagte die Bäuerin, „denn unter der Woche gibt's nur Suppe, Brei und Brot." Und tatsächlich musste er werktags feststellen, dass es während des Tages nur ‚Getreidebrei' gab, der ständig auf dem Herd vor sich hinköchelte und von dem jeder nahm, wenn eine Arbeit abgeschlossen war und eine Arbeitspause anstand. Erst abends versammelte man sich gemeinsam zur Suppe mit einem Stück Brot. Während die Mägde die Töpfe, Teller und das Besteck abspülten, rauchte der Bauer eine Pfeife und las im Bauernblatt die neuesten Nachrichten. Zur Sitzweil stellte die Bäuerin einen Krug Wein auf den Tisch und schenkte diesen in die Becher für den Bauern und den Knecht. Kurze Gespräche unterbrachen die abendliche Stille in der Stube. Von Ferne hörten sie plötzlich ein dumpfes Grollen von einem heranziehenden Gewitter. Die Bäuerin öffnete die Tischschublade und entnahm eine schwarze Wetterkerze, die sie auf den Tisch stellte und anzündete. Die Kerze sollte Unheil vom Hof abhalten und mit Gottes Hilfe die gefährlichen Blitze am Hof vorbeilenken.

Sündhaftes Begehren und ein Zeichen vom Himmel

Aus dem einen Becher Wein wurden zwei, gar drei, und der Alkohol stieg Franz gehörig in den Kopf. Von einem Rausch konnte man bei ihm noch nicht sprechen, aber die Sprechlaute wurden langsamer und undeutlicher. Nach dem Abendgebet löschte die Bäuerin vorsichtshalber die Wetterkerze wieder aus und alle begaben sich zur Nachtruhe. Während Franz in seine Kammer ging, stieß er mit dem Kopf an einen Holzbalken und holte sich eine schmerzhafte Beule. Er ließ sich in seine Bettstatt fallen und wollte sogleich einschlafen. Doch das Wetterleuchten vom nahen Gewitter, das seine dunkle Kammer durch das kleine Fenster immer wieder erhellte, und auch die heftiger werdenden Donnerschläge hinderten ihn daran. Das Gewitter zog immer näher heran und auf die Blitze folgte in immer kürzeren Abständen das Donnergrollen. Plötzlich hörte Franz an der Kammertüre ein leises Klopfen und eine weibliche Stimme: „Franz, bitte mach' auf, ich bin's die Ursel, ich hab' solche Angst." Die verzagte ängstlich klingende Frauenstimme wurde immer lauter und flehentlicher. Franz rief ungehalten: „Dann komm' rein, die Tür ist nicht versperrt, bevor Du mir noch die Bauersleute und ihre Kinder mit Deinem Geplärre aufweckst." Die Magd betrat die Knechtskammer und tastete sich im Dunkeln zur Bettstatt und legte sich zu ihm nieder. „Gib Ruhe, schlaf'ein, und lass' die Finger von mir", flüsterte ihr Franz zu. Doch nach einiger Zeit spürte Franz eine leichte Berührung und eine streichelnde Hand über seinen Körper wandern. Dazu flüsterte ihm Ursel ins Ohr: „Jetzt stell' Dich nicht so stur und kalt. Spürst Du nicht mein Verlangen? Und wo bleibt Deine Fleischeslust?" Fast war Franz geneigt, der listigen Frauenstimme nachzugeben, denn der Alkohol, das Heimweh und die Wärme des weiblichen Körpers weckten in ihm doch die Begierlichkeit. Als Franz sich zur Ursel umdrehte und sie umarmen und küssen wollte, erhellte ein kräftiger Blitzschlag die Kammer, dem ein Krachen und ein lauter Donnerschlag folgten. Auf den Blitz folgte nur eine kurze Dunkelheit, denn plötzlich erhellte sich die Kammer wieder und ein Prasseln wie von einem Feuer drang an sein Ohr. Franz sprang aus der Bettstatt, lief zum Kammerfenster und sah, dass der Blitz in den Taubenschlag eingeschlagen hatte. Die Flammen loderten gefährlich in die Höhe und es bestand Gefahr, dass der Funkenflug auf die Stallungen und das Wohngebäude übergreifen könnte. „Feuer, Feuer!", schrie Franz immer wieder und lief aus der Kammer hinunter in das Erdgeschoss. Mittlerweile waren auch die übrigen Bewohner durch die Rufe wach geworden und alle rannten auf den Hof hinaus. Der Blitzeinschlag hatte ganze Arbeit geleistet: Das schön geschnitzte, bemalte Taubenhaus, das auf einem Holzpfahl in drei Metern Höhe thronte, war zerstört und brannte lichterloh. Herabfallende, brennende Holzteile erhöhten die Gefahr. Schnell wurden Melkeimer aus dem Viehstall, Töpfe aus der Küche und ein ovaler Waschtrog herbeigeholt, um das Feuer zu löschen und noch größeren Schaden zu verhindern. In der Mitte des Hofes befand sich ein steinerner Wassertrog, in dem ständig das Wasser aus einer nahen Quelle sprudelte und der hauptsächlich dazu diente, die Milchkannen auszuwaschen und die gefüllten Milchkannen darin zu kühlen. Er war auch die Wasserquelle für Mensch und Tier, da es in den Gebäuden keinen Wasseranschluss gab. Jeder, auch die herbeigelaufenen Kinder, nahmen nun ein Gefäß, schöpften immer wieder Wasser und versuchten, das Feuer zu löschen. Franz bemerkte, dass durch den Funkenflug eine Holzschindel in der Nähe seines Kammerfensters zu brennen begann. Mit einem gefüllten Wassereimer lief er ins Haus, die Stiege empor, lehnte sich aus dem Fenster und schüttete das Wasser über die brennende Schindel. Gott sei Dank hatte er damit Erfolg und die kleine Feuerflamme erstickte sofort. Die im Hof stehende Bäuerin verfolgte das beherzte Handeln vom Franz und seinen Löscherfolg. Sie schlug die Hände vor das Gesicht, dann bekreuzigte sie sich und schickte ein Stoßgebet zum Himmel. Langsam brannte das Taubenhaus ab, die Flammen erloschen, und es blieben nur ein verkohlter Holzstamm und noch schwach glühende Holzstücke übrig. Mit dem Taubenschlag verbrannten auch alle Tauben, und nur einige Federn waren noch auf dem Hofgelände verteilt zu finden.

Nach dieser Aufregung versammelten sich alle in der Stube. Der Bauer bedankte sich bei allen für die geleistete Hilfe und zeigte sich sichtlich erleichtert, dass der Blitzeinschlag nicht in eine Feuersbrunst ausgeartet war. Dem Franz klopfte er auf die Schultern, da er wusste, dass ohne sein Eingreifen das Wohnhaus abgebrannt wäre: „Franz, ohne Deine Wachsamkeit und ohne Deine Mithilfe wären wir jetzt ruiniert und hätten kein Dach mehr über dem Kopf. Zum Dank, kannst Du bei uns bleiben, solange Du willst." Sichtlich gerührt erwiderte Franz: „Ist schon gut Bauer, ein ‚Vergelt's Gott' reicht mir. Ich würde Dein Angebot ja gerne annehmen, aber Du weißt ja, dass ich kein Knecht bin und in ein paar Wochen meine Walz fortsetzen will. Bis dahin werde ich Dir weiterhin für Kost und Logis auf dem Hof helfen."

Darauf verließ jeder die Stube und ging in seine Kammer zurück. Nur der Bauer blieb auf und hielt Nachtwache, um eingreifen zu können, wenn etwaige Glutnester wieder aufflammen würden. Franz schritt allein in seine Kammer, aber Ursel wollte ihm folgen. Er herrschte sie barsch an: „Komm' mir ja nicht mehr zu nahe und in meine Bettstatt, Du listige Schlange, Du Teufelsweib. Fast hättest Du mich um den Verstand gebracht und ich hätte aus dem biblischen Buch der Sprüche die salomonische Weisheit vergessen, die da lautet: ‚Ein schönes Weib ohne Zucht ist wie eine Sau mit einem goldenen Ring durch die Nase.' Der Blitzeinschlag war ein Zeichen, ein Wink des Himmels, dass dem Herrgott unser sündhaftes Treiben missfallen hat." Mit diesen Worten ließ er die Ursel stehen, schloss die Tür von innen, legte sich auf's Ohr und schlief erschöpft und übermüdet ein.

Als Franz am nächsten Morgen die Wohnstube betrat, sah er die Bäuerin mit verweinten Augen am Tisch unter dem Herrgottswinkel sitzen. „Warum greinst, Bäuerin, ist doch noch einmal alles gut ausgegangen?", sprach Franz sie nach einem „Guten Morgen"- Gruß an. „Weißt", seufzte die Hausherrin, „ich versteh's nicht, dass es uns heute Nacht getroffen hat. Wir sind doch brave und sittsame Christenmenschen, und warum bestraft und prüft uns der Herrgott mit einem Blitzschlag? Ich habe die Wetterkerze angezündet und der Herr Pfarrer hat doch den Wettersegen mit den Worten: ‚Gott … segne Euch und schenke Euch gedeihliches Wetter; er halte Blitz, Hagel und jedes Unheil von Euch fern …' heute früh nach der Messe gespendet!" Franz überlegte und sprach dann bedächtig: „Manchmal versteh' ich ihn auch nicht, unseren ‚Herrgotten'. Warum trifft es so oft die Guten und Braven, während die Haderlumpen, liederliche Menschen, Taugenichtse und Bazi's, die Gauner, ungestraft davonkommen? Wir müssen trotzdem aufpassen, dass wir den Glauben nicht mit dem Aberglauben, dem Falschglauben, verwechseln. Du meinst, weil Du eine Kerze anzündest, wird Dein Wunsch sofort von Gott erfüllt und Du bekommst, was Du haben willst. Damit wird eher der Gebrauch von Kerzen, Amuletten, Reliquien, Heiligenbildern und anderen heiligen Gegenständen zu einem mehr oder weniger abergläubischen Mittel, um einen Segen zu erhalten, wenn nicht gar zu erzwingen. Gläubige Menschen wissen: ,Wir sind in Gottes Hand geborgen und er wird alles zu einem guten Ende führen.' Mit diesem Gottvertrauen müssen wir zu Gott beten und unser Leben meistern. Schau', Bäuerin, vielleicht war es kein Zufall, dass ich vor einigen Tagen zu Euch gekommen bin und Ihr mich gastfreundlich aufgenommen habt. Gottes Wege sind oft unergründlich und er hat keine anderen Hände als unsere Hände." „Franz", sagte die Bäuerin, „an Dir ist ein Pfarrer verloren gegangen. Unser Pfarrherr hätte es nicht schöner formulieren und erklären können. Deine Worte haben mir wieder Hoffnung und Zuversicht gebracht. Vergelt's Gott. Setz' Dich her, dafür mach' ich Dir a Haferl Kaffee." Franz nahm Platz und druckste heraus: „Einen Wunsch hätte ich: Könnte die Frau Bäuerin mir nicht Rohrnudeln in der Rein herausbacken? Mit viel Weinbeer'ln, wie bei der Großmutter?" Die Bäuerin schaute verdutzt und nickte dann mit dem Kopf: „Ja, wenn's sonst nichts ist; diesen Wunsch erfülle ich Dir sehr gerne."

Abschied vom Bauernhof in Eggolsheim

Die Tage und Wochen als Aushilfsknecht vergingen wie im Fluge. Sie waren ausgefüllt mit Arbeit. Der Bäuerin half er zum Beispiel im Bauerngarten. Es war zwar ihr Refugium, sie war aber über jede helfende Hand dankbar. So half er ihr Ende Mai bei der ersten Ernte von Salat, Rettich, Kohlrabi und Rhabarber. Anfang Juni half er ihr beim Umgraben im Bauerngarten und Aussäen für die Sommerernte von Salat, Spinat, Karotten, Gurken, Kürbis und Kohlrabi sowie schon für die Winterernte von Grün- und Blumenkohl. Und dem Bauer und den Mägden half er Mitte Juni beim Unkrautjäten auf dem Kartoffelfeld und beim Auflockern des harten Bodens. Am Abend schmerzte ihm davon der Rücken, da diese stundenlange gebückte Arbeit für ihn eine ungewohnte Tätigkeit war. Zum Ausspannen blieb ebenfalls keine Zeit, da die Heuernte anstand. Obwohl durch das Schmieden der Nägel seine Hände keine zarte Haut mehr hatten, bekam er Blasen an den Händen vom Mähen mit der Sense und vom Zusammenhäufeln des Heus mit dem Rechen.
Der Obermagd Ursel ging er bei alledem, so gut es ging, aus dem Weg und vermied jede Gelegenheit, mit ihr alleine zu sein. Zusätzlich betete er jeden Abend das Gebet für die Reinheit des Herzens: „Heiligster Gott, ich kann Dir nicht vollkommen gefallen und Dein Angesicht nicht schauen, wenn ich nicht

ganz rein bin. Keine Schuld darf meine Seele beflecken … wenn ich in den Himmel will aufgenommen werden. Daher flehe ich zu Dir um Reinheit des Herzens …". Mit diesen Worten auf den Lippen schlief er beruhigt ein.

Ende Juni musste Franz von den guten Bauersleuten und dem Hof Abschied nehmen. Er durfte die Walz nicht länger unterbrechen, sondern eine für ihn passende Nagelschmiede finden. Zum Abschied bekam er seinen Wandersack von der Bäuerin noch mit Proviant gefüllt. Der Bauer gab ihm noch den guten Rat, über Schloss Jägersburg auf Forchheim zuzugehen. Dazu müsste er zwar vom Regnitztal auf eine Anhöhe steigen, jedoch von dort oben hätte er noch einen wunderschönen Ausblick ins weit zurückliegende Bamberg. Mit den Worten „In Gott's Nam'" marschierte er los. Der Bauer hatte ihm nicht zu viel versprochen: Auf der Anhöhe ließ er seinen Blick nochmals wehmütig zurück nach Eggolsheim schweifen und bewunderte zugleich die imposante Schlossanlage Jägersburg. Nach einer kurzen Rast begab er sich dann wieder talwärts Richtung Forchheim. In dem beschaulichen Ort gab es eine Glasschleif- und Spiegelfabrik, Mühlen und Brauereien mit gutem Bier in den vielen Felsenkellern, jedoch keine Nagelschmiede. Nach einer kurzen Einkehr im Biergarten mit einer süffigen Halbe, einem Radi und einem Stück Brot machte er sich somit wieder auf den Weg. Unterwegs überlegte sich Franz, ob er noch einen Umweg über Schloss Thurn einlegen sollte. Er hatte erfahren, dass es dort ein wunderschönes barockes Lustschloss, mit mehreren Wassergräben umgeben, von einem Bamberger Domkapitular erbaut, zu bestaunen gäbe. Doch die Besteigung der Anhöhe hinauf zum Schloss Thurn schreckte ihn angesichts der Hitze ab. Am Abend traf er schließlich in Baiersdorf ein und fand dort ein Nachtquartier im Dorfwirtshaus. Bevor er sein Nachtlager aufsuchte, genehmigte er sich noch eine Halbe Bier und setzte sich zu den einheimischen Stammtischbrüdern. Im Gespräch mit ihnen erfuhr er, dass es im Ort eine Papiermühle, eine Spiegelschleife, einen Eisenhammer und auch eine Nagelschmiede gäbe. Ansonsten würde es wenig Handwerksbetriebe geben, da im Ort viele Juden lebten, die Handel trieben. „Wir dulden sie im Ort, denn sie bringen Geld ins Dorf und das kommt auch den übrigen Bewohnern zugute. Solange der Ort von ihnen profitiert, können sie hier wohnen. Sie bleiben meist unter sich und haben sogar eine kleine Synagoge", erklärten die Männer. Franz las aus diesen Worten heraus, dass die Juden geduldet, aber nicht gerade beliebt waren. Diese abneigende Haltung den Juden gegenüber bereitete Franz innerlich Unbehagen, denn seiner christlichen Einstellung entsprechend betrachtete er sie als Brüder im Glauben.

Er verabschiedete sich bald von den Stammtischbrüdern und ging in die Schlafkammer. Am nächsten Morgen suchte Franz den hiesigen Nagelschmied auf und bot sich ihm als Geselle an. Dieser lehnte jedoch ab mit den Worten: „Ich kann Dich leider nicht aufnehmen und beschäftigen: Meine Nagelschmiede ist zu klein und ich habe nur wenige Abnehmer. Versuch' Dein Glück in Erlangen, da gibt es gleich drei Nagelschmiede. Da wird sicherlich einer dabei sein, der Dich gebrauchen kann. Erlangen ist zwar überwiegend evangelisch-lutherisch, aber ich weiß, dass es auch eine kleine Gemeinde Katholischer gibt. Im Gegensatz zu Baiersdorf ist Erlangen eine Großstadt mit fast 10.000 Einwohnern und weltoffener, auch im Umgang mit den verschiedenen Religionen und Konfessionen." Es blieb Franz also nichts anderes übrig, als weiter zu gehen und sich nach Erlangen zu begeben.

Gesellenplatz in Erlangen

Als er die Stadtsilhouette Erlangens erblickte, war Franz beeindruckt von ihrer Größe und Schönheit sowie von den vielen Bauten, die sich ihm beim Durchwandern der Stadt darboten: das Schloss, das Theater, die Universität, die vielen Schulen, das Krankenhaus und der botanische Garten. Als er sich zu den drei Nagelschmieden durchfragte, erfuhr er von Passanten, dass es in der Stadt die vielfältigsten Handwerksbetriebe gäbe: Bäcker, Bierbrauer, Buchbinder, Büchsenmacher, Drechsler, Drahtzieher, Kammmacher, Knopfmacher, Kürschner, Handschuhmacher, ja sogar drei Regenschirmmacher, 37 Krämer und 24 Metzger; und dazu noch eine Spiegel-, Tabak- und Tuchfabrik. Bei dieser Größe der Stadt war es für Franz nicht leicht, die drei Nagelschmieden ausfindig zu machen. Er musste mehrere Stadtviertel durchstreifen, Um- und Irrwege beschreiten, bis er endlich zur ersten Nagelschmiede gelangte. Dort hatte er sogleich Glück. Als er beim Meister vorstellig wurde, sagte dieser zu ihm: „Du hast ein Massel. In vier Wochen begibt sich mein derzeitiger Geselle wieder auf die Walz und dann bräuchte ich sowieso einen neuen Gesellen. Jetzt kommst Du unverhofft hereingeschneit. Ich nehm' Dich. Du gefällst mir und scheinst ein anständiger Bursche zu sein. Ich bin der Nagelschmied Brandner Josef, aber nenn mich einfach Sepp. Auf die Anrede in der dritten Person kann ich verzichten. Hauptsache, es herrscht ein gutes Betriebsklima. Allerdings musst Du die nächsten Tage in einem Gasthof oder einer Herberge wohnen, bis ich die Dachkammer für Dich hergerichtet habe. Den üblichen Gesellenlohn für einen Monat im Voraus bekommst Du natürlich sofort, damit Du Deine Unterkunft bezahlen kannst. Und jetzt mach' Dich auf den Weg und schau', dass Du eine Bleibe findest. Frag' nach beim ‚Ochsen' oder im ‚Drei Mohren', beim ‚Sternbräu' oder im ‚Goldenen Bären'. Morgen um sechs Uhr in der Früh erwart' ich Dich dann hier in der Schmiede."
Das hätte sich Franz nicht gedacht, dass er so schnell einen Arbeitsplatz finden würde. Er klapperte die einzelnen Gasthäuser ab und bekam tatsächlich im „Goldenen Bären" einen bezahlbaren Unterschlupf. Allerdings musste er sich

mit einem Schlafplatz in einem Massenquartier begnügen; es war sozusagen ein Bettenlager mit Stockbetten für mehrere Personen. Eine Dienstmagd zeigte ihm seinen Lagerplatz. Er bekam das obere Bett in einem Stockbett zugewiesen. Waschgelegenheit war nur draußen im Hinterhof am Brunnen möglich und für die Notdurft war in einem Bretterverschlag ein Plumsklo vorhanden. Nur für die gut betuchten Herrschaften gab es im Gasthof eigene Zimmer mit einem Wasserklosset auf dem Gang. Und zum Waschen war in deren Zimmer eine Schüssel mit einem Krug Wasser. Franz hegte allerdings keinen Neid, denn er war ja in ärmlichen Verhältnissen aufgewachsen und auf dem Bauernhof der Großeltern gab es auch nur ein Plumpsklo neben dem Stall beim Misthaufen, genannt ‚Schei…häusel'.

Seine Zimmergenossen waren noch auf der Arbeit und so er legte er sich zu einem Mittagsschläfchen auf die Strohmatratze. Im Traum sah er das Bildnis seiner Mutter vor sich, wie sie gütig zu ihm sprach: „Franz, Du hast es hier in Erlangen gut erwischt, aber pass' auf, denn auch hier lauern Gefahren und nicht alle meinen es gut mit Dir." Aus dem schönen Traum wurde er durch einen Schlag und eine rauhe Stimme herausgerissen: „Hey, wach' auf, wer bist denn Du und was machst Du hier?" Einer der Zimmergenossen war von der Arbeit heimgekommen und riss ihn aus dem wohltuenden Schlaf. Bevor er eine Antwort geben konnte, kam noch ein zweiter Zimmergenosse in den Schlafraum, der ihn sofort anmotzte: „Wenn Du bei uns im Zimmer überleben willst, dann führ' Dich ordentlich auf und halt's Maul. Wir sind hier die Platzhirschen und haben das Sagen. Du scheinst mir noch ein rechter Grünschnabel zu sein: Wie alt bist?" Franz erzählte ihnen bereitwillig, dass er 18 Jahre alt sei und gerade erst seine Lehrzeit beendet habe. „Ich bin der Balthasar, genannt Balti", sagte derjenige zu ihm, der ihn aufgeweckt hatte. Und der andere, der ihm gleich die Schneid abkaufen wollte, sagte: „Und ich bin der Markus, ohne Spitznamen, verstehst. Und dass Du Dich gleich auskennst: Heut' Abend in der Gaststub'n gibst Du Deinen Einstand und zahlst eine Runde." Franz merkte sofort, dass mit diesen Gesellen nicht gut Kirschen essen war und willigte in das Geforderte ein. Nachdem sich der Balti und der Markus am Brunnen den Schmutz vom Gesicht und den Händen mit Kernseife abgewaschen hatten, begaben sich alle drei in die Gaststube, genauer gesagt ins Nebenzimmer, denn die Gaststube war für die Honoratioren und für die zahlungskräftigeren Gäste reserviert. Das einfache Volk und die armen Schlucker, die Tippelbrüder und die Walzgesellen, mussten mit dem Nebenzimmer zufrieden sein. Zenzi, die Dienstmagd, die er schon kannte, kam zu ihnen und nahm die Bestellung auf. Jeder von ihnen nahm eine deftige Wurst- und Käseplatte und als Getränk eine Halbe Bier mit einem Stamperl Schnaps. Es blieb allerdings nicht bei einer Halben, sondern es folgten noch einige weitere Gläser. Was Franz nicht wusste, weil er mehrmals auf den Locus ging, war, dass die Zechkumpanen ihm heimlich jedes Mal ein Stamperl Schnaps in sein Bierglas schütteten. Zu später Stunde war Franz folglich sternhagelblau. Wie er später in sein Strohlager gekommen war, wusste er nicht mehr. Die beiden Zimmergenossen hatten ihn, ohne dass er es merkte, unter ihre Arme genommen und ins Zimmer befördert und auf sein Strohlager gehievt. Morgens, so gegen sieben Uhr, kam dann Zenzi und rüttelte ihn wach. Balti und Markus waren natürlich schon längst außer Haus an ihren Arbeitsstätten. Noch schlaftrunken und etwas benommen vom Alkohol registrierte Franz erschrocken, dass er verschlafen hatte. Zenzi erzählte ihm, wie die beiden ihn am Vorabend mit Schnaps und Bier abgefüllt hatten. Franz bekam feuchte Augen und hätte losheulen können wegen dieser Gemeinheit. Was würde der Meister wohl zu ihm sagen, wenn er bereits am ersten Arbeitstag zu spät kam? Kurz vor acht Uhr betrat Franz mit schuldbehaftem, gesenktem Blick die Nagelschmiede und war auf ein gehöriges Donnerwetter eingestellt. Der Meister war gerade am Amboss beschäftigt, als Franz vor ihm stand und mit stotternder Stimme sprach: „Entschuldigen Sie, Meister Brandner, ich habe verschlafen. Bitte werfen Sie mich nicht hinaus. Es soll nicht wieder vorkommen. In Zukunft werde ich jeden Morgen pünktlich zur Arbeit erscheinen und die zwei Fehlstunden heute Abend einarbeiten." Franz wusste nicht, wie ihm geschah, denn die Standpauke des Meisters blieb aus. Stattdessen sagte dieser in einem freundlichen Ton: „Lass' es gut sein, Franz, ich weiß, welch übler Streich Dir heute Nacht gespielt wurde. Und rede mich nicht in der dritten Person an; ich sagte Dir doch gestern, dass ich der Sepp für Dich bin. Aber jetzt an die Arbeit, hilf' dem Gesellen." Franz war verblüfft über die sanfte Art der Behandlung durch den Meister. „Aber woher wusste dieser von dem gestrigen Saufgelage?", dachte sich Franz. Als er zum Gesellen hinblickte, der sich gerade umdrehte und ihn grinsend anblickte, wusste er, woran er war und woher der Meister die Informationen hatte. Balti, einer seiner Zimmergenossen und Saufbruder war der erste Geselle in der Nagelschmiede. Zornesröte stieg Franz ins Gesicht, und am liebsten hätte er seiner Wut freien Lauf gelassen. Mit geballten Fäusten ging er auf Balti los, wollte diesen ‚vermöbeln' und mit Schlägen traktieren. Doch der Meister hielt ihn gerade noch zurück: „Hör' auf damit, Du Hitzkopf. Unter Schmiedegesellen ist es üblich, dass sie einem neuen, jungen Kollegen einen Streich spielen. Das wird sich nicht mehr wiederholen. Sie werden Dich ab jetzt in Ruhe lassen. Du hast die Feuertaufe mit ‚Feuerwasser' bestanden und stehst wieder auf den Beinen. Gebt Euch die Hand und vertragt Euch. Schließlich müsst Ihr noch vier Wochen miteinander in der Schmiede und einige Tage im Gasthof auskommen." Franz atmete kurz durch und langsam verrauchte sein Zorn. Tatsächlich herrschte in den nächsten Wochen zwischen den beiden Gesellen eine friedvolle Gemeinsamkeit. Sie arbeiteten gut zusammen und wären fast Freunde geworden. Doch wie vom Meister schon gesagt, musste der Balti nach vier Wochen die Schmiede verlassen und weiter auf die Walz gehen. Das Logieren im „Goldenen Bären" hatte für Franz bereits nach fünf Tagen ein Ende und er konnte im Haus des Nagelschmied's das Zimmerchen im Dachboden beziehen. Das war allerdings ebenso wenig kommod wie die Lagerstatt mit den Stockbetten im Gasthaus. Das Zimmer war klein und muffig; zwischen den Dachziegeln und Dachsparren pfiff der Wind herein, und nur durch eine kleine Dachluke drang etwas Licht. Allerdings musste Franz nicht frieren; es war ja mittlerweile August geworden, und ein heißer Sommer sorgte für die nötige Wärme. Es war fast zu warm in den Nächten, und auch das gekippte Dachfenster sorgte nicht sonderlich für Abkühlung. Deshalb wachte er meist am nächsten Morgen wie gerädert auf. Auch gab es in dem kleinen Zimmer keine Waschmöglichkeit; so musste er auch hier in den Hof zum Wassertrog gehen. Jeden Morgen um halb sechs Uhr wusch er seinen entblößten Oberkörper und tauchte seine Arme und den Kopf in das klare, kühle Nass. Das bot wenigstens für kurze Zeit eine Erfrischung, ehe in der Schmiede das Feuer im Ofen neu entfacht und zur Glut gebracht wurde. Der Schweiß, der einem tagsüber ununterbrochen von der Stirn rann, war nicht zu vergleichen mit dem bisschen Schwitzen auf dem Strohlager in der Nacht.

Verzinnte Nägel

Eines Tages sah Franz in einer Kiste Nägel, die schimmerten, als wären sie aus Silber. Er fragte deshalb seinen Meister: „Sind die Nägel in der Kiste aus echtem Silber oder nur versilbert oder nur silbrig angestrichen? Solche Nägel habe ich noch nie gesehen! Bei uns in der Nagelschmiede in Merkendorf haben wir nur Nägel aus Eisen angefertigt." „Nein, nein", sagte der Meister, „das sind verzinnte Nägel. Dann warst Du bisher nur bei einem Schwarznagelschmied in der Lehre. Ich bin aber ein Schwarz- und Weißnagelschmied. Weißnägel sind verzinnte Nägel. Du hast scheinbar bisher nur Schwarznägel gemacht, die nach dem Schmieden mit Leinöl schwarz gebrannt oder roh belassen wurden. Du kannst bei mir die Herstellung der verzinnten Nägel lernen. Allerdings verlängert sich dadurch auch Deine Gesellenzeit, denn dieses Verfahren muss man können und deshalb musst Du bei anderen Schwarz- und Weißnagelschmieden diese Technik weiter erlernen. Durch das aufwendigere Verfahren sind die verzinnten Nägel natürlich teurer und deshalb hält sich die Nachfrage noch in Grenzen. Morgen werde ich Dich in die Technik einweisen – ein größerer Auftrag ist eingegangen und dabei kannst Du mir gleich zur Hand gehen." Tags darauf erklärte ihm der Meister, „dass die verzinnten Nägel ebenfalls aus schwedischem Stangeneisen bestehen und wie die Schwarznägel ebenfalls zunächst schwarz aussehen. Im Gegensatz zu den Schwarznägeln werden sie jedoch in einen Kessel geschüttet, in dem sich Essig und Kupferwasser befinden. Dann bleibt der Kessel 24 Stunden bei dem Feuer der Esse stehen. Dadurch werden der Rost und der Hammerschlag verzehrt, so dass sie schon etwas weiß aussehen. Danach kommen die Nägel in einen eisernen Beiztopf, worin sich ein halbes Pfund Talch und ein halbes Pfund Probezinn befinden. Eine halbe Stunde werden die Nägel so in dem Topf über das Feuer gestellt, um sich zu verzinnen. Anschließend werden sie eine Viertelstunde in einer Seifensiederlauge gekocht, ehe sie in einem Beutel mit feinen Eichenspännenstaub eine Weile hin- und hergeschüttelt werden. Erst jetzt sind die verzinnten Nägel fertig und weiß wie Silber. Wenn nicht, dann haben wir etwas falsch gemacht – daher gut aufpassen, denn ein kleiner Fehler kann zum Misslingen der Verzinnung führen!"

Franz prägte sich alle Einzelheiten des Vorgangs ein. Er dachte bei sich: „Wenn er einmal selber – als Meister – einer Nagelschmiede vorstehen will, dann muss es eine Schwarz- und Weißnagelschmiede sein." Er wusste: „Die Zeit bleibt nicht stehen; die Nachfrage wird wachsen, und dann will ich keinen Kunden verlieren, nur weil ich das Verzinnen nicht gelernt habe."

Betrug beim Würfelspiel

Der August 1835 bescherte den Menschen im Königreich Bayern heiße Sommertage. Die Kinder und jungen Leute suchten in der Regnitz Abkühlung, die Älteren gingen in einen schattigen Biergarten, um sich bei einer Halben oder einer Maß Bier zu erfrischen. Die Hitze gepaart mit Alkohol machte die Menschen gereizt, und besonders unter den jungen Hitzköpfen kam es vermehrt zu Schlägereien. Die Fäuste und die Maßkrüge flogen bei den Streitereien im Biergarten, und als Unbeteiligter musste man aufpassen, nicht mithineingezogen zu werden. Franz gehörte eher zum ruhigeren Menschenschlag und ließ sich nicht so leicht provozieren. Doch wenn auch bei ihm der Alkoholspiegel stieg, dann konnte auch er hitzköpfig und aggressiv werden.

Nach einem schweren Arbeitstag ging Franz in den schattigen Biergarten „Zum Stern". Zwischen den Kastanienbäumen waren im Kies Holztische und Sitzbänke aufgestellt. Die Leute brachten ihre Brotzeiten meist selber mit, wie es in bayerischen Biergärten Brauch war. Hin und wieder wurde ein neues Bierfass herangerollt und der Zapfhahn in das Fass geschlagen. Der Schankkellner füllte gekonnt die Biergläser und die steinernen Bierkrüge mit hellem oder dunklem Bier, veredelt mit einer schönen Schaumkrone. Bevor Franz ein schönes Platzerl gefunden hatte, hörte er schon seinen Namen rufen: „He, Franz, setz' Dich doch zu uns, wir rücken zusammen." Es war Markus, der ihm mit Balti, am ersten Tag seiner Ankunft in Erlangen so übel mitgespielt hatte und nun seinen Namen rief. Gezwungenermaßen setzte sich Franz an den Biertisch. Die Kellnerin brachte ihm eine Maß Bier, und die Tischgenossen prosteten ihm zu. „Du

Franz", sagte Markus zu ihm, „wir vertreiben uns die Zeit beim Würfelspiel. Komm, mach' mit. Du brauchst nur einige Heller einsetzen und vielleicht gewinnst Du ständig und trägst ein schönes Sümmchen nach Hause." Die Verlockung war groß und das Spielen ein schöner Zeitvertreib zugleich. Franz willigte ein, legte seinen Einsatz auf den Tisch und würfelte. Beim ersten Durchgang verlor er, aber beim zweiten Würfeln gewann er. Bei jedem Einsatz wurde er immer mutiger und erhöhte die Summe. Aber das Glück war an diesem Abend nicht auf seiner Seite. Es war wie verhext. Markus würfelte immer eine höhere Zahl und Franz verlor den mitgebrachten Geldbetrag. Doch der Alkohol im Blut dämpfte seine Hemmschwelle und er spielte weiter, nachdem ihm Markus anbot, einen Gulden zu leihen. Markus nahm ein Bierfilzl, drehte diesen um und schrieb auf die unbedruckte Rückseite ein Art Schuldschein mit den Worten: „Ich, Franz Diller, schulde dem Markus einen Gulden." Ohne lange zu überlegen, setzte Franz seine Unterschrift darunter. Auch diesen Gulden verspielte er. „Ende September ist Zahltag", sagte Markus zu ihm, „denn da bekommst Du ja deinen Lohn." Als die Sperrstunde kam, der Schankkellner kein Bier mehr zapfte und die Kellnerinnen abkassierten, trennten sie sich und jeder ging nach Hause in seine Kammer. Ende September nach Feierabend wartete Markus im Hof auf den Franz und forderte sein Geld zurück. Franz wollte ihm den einen Gulden geben und staunte nicht schlecht, als Markus zu ihm sagte: „Du schuldest mir zehn Gulden. Also, her damit!" Franz begann zu stottern: „Aber, aber, das stimmt doch nicht. Ich schulde Dir doch nur einen Gulden." Markus zeigte ihm das Bierfilzl und sagte: „Kannst Du nicht lesen. Hier stehen ‚zehn Gulden' und Du hast unterschrieben." Franz war fassungslos: „Du hast die Null nachträglich dazugeschrieben, denn ich weiß genau, dass nur die Ziffer ‚1' vor dem Wort ‚Gulden' geschrieben stand. Jetzt erkenne ich meinen Fehler: Die Ziffer eins hätte als Wort da stehen sollen. Das hast Du ausgenutzt, Du gemeiner Lump. Du bist ein Betrüger!" Markus erwiderte: „Mit dieser Masche, lieber Franz, kommst Du nicht durch. Da schau', es haben sogar zwei von den Tischgenossen als Zeugen unterschrieben. Wenn Du mich anzeigen willst, dann bekommst Du von mir noch eine Verleumdungsklage. Also, zahl' Deine Schulden und halt's Maul. Ich gebe Dir noch zwei Wochen bis Mitte Oktober. Wenn Du dann nicht bezahlst, dann wartet auf Dich der Schuldturm und Du kannst monatelang darin schmachten und giltst als Betrüger und Verbrecher. Dann kannst Du Deinen Meistertitel vergessen. Die Zunft wird Dich verstoßen und Du kannst als ehrloser Hilfsarbeiter irgendwo Dein Brot verdienen oder als Bettler umherziehen. Willst Du das? Sicherlich nicht; also zahl'!" Daraufhin drehte sich Markus um und ließ den verzweifelten Franz stehen. Franz ging ins Haus zurück und wollte auf sein Zimmer gehen. Doch der Meister stand hinter der Eingangstüre und stellte Franz im Hauseingang zur Rede. „Was hast Du gerade draußen mit dem Markus für einen Diskurs gehabt? Will er was von Dir? Macht er Dir Ärger? Sag' es mir! Der hat auf meinem Anwesen nichts verloren. Wenn er wieder hier auftauchen sollte, dann ruf' nach mir, dann komme ich und verweise ihn vom Gelände." „Das ist nicht so einfach zu erklären", stotterte Franz. „Ich habe Spielschulden beim Markus und zwar einen Gulden. Den wollte ich ihm bezahlen. Aber er hielt mir den Schuldschein unter die Nase und sagte mir, dass ich ihm zehn Gulden schulde. Ich kann das nicht verstehen. Ich weiß genau, dass ich auf dem Schuldschein nur für einen Gulden unterschrieben habe. Er muss eine Null nachträglich dazugeschrieben haben, dieser gemeine Hund. Woher soll ich das viele Geld nehmen? Soviel hab' ich nicht und werde es auch bis Mitte Oktober nicht auftreiben oder erarbeiten können. Er hat mir mit dem Schuldturm gedroht!" Der Meister wiegte nach diesen Worten nachdenklich den Kopf und sagte: „Jetzt geh' erstmal auf dein Zimmer und schlaf' eine Nacht darüber. Morgen schaut die Welt schon wieder anders aus. Ich werde mir die ganze Sache auch durch den Kopf gehen lassen. Vielleicht fällt mir eine Lösung ein. Leicht wird der Fall nicht zu lösen sein. Aber mach' Dir jetzt keine übertriebenen Sorgen. Gute Nacht." Am anderen Morgen arbeitete Franz alleine in der Schmiede, denn der Meister hatte sich noch nicht blicken lassen. „Der Meister kommt später", rief die Gattin des Meisters ihm zu. Das gab es eigentlich noch nie: „Was das wohl zu bedeuten hatte?", überlegte Franz.

Der gelöste Betrugsfall

Der Meister hatte derweil schon in aller Frühe das Haus verlassen, um sich mit seinem guten Freund Alfons Brettschneider, dem Zunftmeister, über Franz' missliche Lage zu beraten. Er erzählte ihm den ganzen Vorgang und fragte: „Was können wir tun, um dem Gesellen Franz, den ich für unschuldig halte, aus der Patsche zu helfen? Ihm das Geld aus der Zunftkasse leihen? Der Gerechtigkeit wäre aber damit nicht genüge getan. Markus, der Betrüger, würde ungerechterweise Recht bekommen." „Weißt was", sagte der Zunftmeister, „ich geh' heute Vormittag in den Gasthof ‚Zum Stern' zum Frühschoppen. Ich kenn' die Kellnerin ganz gut und werde sie einmal ausfragen, ob sie etwas darüber weiß, beziehungsweise wer die Zeugen gewesen waren." Beide Freunde verabschiedeten sich und der Zunftmeister begab sich wie versprochen um zehn Uhr zum „Stern". Er setzte sich wie gewohnt an seinen Stammplatz und die Kellnerin brachte ihm die gewünschte Brotzeit und eine Halbe mit den Worten: „Prost, Zunftmeister, und lass' Dir's schmecken!". „Dank Dir, Resi!", gab der Brettschneider Alfons zur Antwort und fuhr fort: „Und wenn Du später zum Abräumen und Kassieren kommst, hätte ich mit Dir noch eine Kleinigkeit zu bereden." Gesagt, getan: Nach dem Bezahlen fragte der Zunftmeister die Resi: „Weißt Du, was da Ende August im Biergarten beim Würfeln zwischen dem

Gesellen Franz und dem Markus samt seinen Tischgenossen für eine Lumperei gelaufen ist? Oder sag' mir, wer alles mit am Tisch gesessen ist!" „Kann ich Dir eigentlich nicht sagen", gab die Resi zur Antwort. „Ich habe sie nur angeregt würfeln sehen. Aber es sind ja immer die gleichen Freunde, mit denen sich der Markus umgibt: der Huber Alois, der Brandner Melchior, und kennst ihn ja selber, der Feuerer Florian, Dein Gesell'." „Ja, da schau' her", murmelte der Zunftmeister. „Dank Dir, gut, dass Du mir das sagst." Der Brettschneider stand sofort auf und verließ eilends den Gasthof und begab sich in seine eigene Nagelschmiede. Dort angekommen schnauzte er seinen Gesellen an: „Leg' den Hammer beiseite, sonst landet er gleich auf Deinem Kopf. Mitkommen! Ich hab' was mit Dir zu besprechen!" Der Feuerer Alois zuckte bei diesen Worten zusammen und ging in geduckter Haltung hinter dem Meister her. In der Stube brüllte ihn der Zunftmeister an: „Sag' die Wahrheit, und wenn Du es nicht tust, dann gnade Dir Gott; denn dann werf' ich Dich sofort hinaus und Du landest als Ehrloser auf der Straße. Wieviel Gulden schuldet der Franz Diller dem Markus?" Der Florian antwortete leise und zaghaft: „Ich glaub', zehn Gulden." Der Zunftmeister packte seinen Gesellen an beiden Ohren und zog sie ihm lang: „Was sagst Du da? Du glaubst, zehn Gulden waren es? Du warst doch dabei und hast als Zeuge unterschrieben. Soll ich Deinem Gedächtnis auf die Sprünge helfen und den Ochsenfiesel holen? Mir scheint, es wird Zeit, dass ich Dir Mores lehre! Lüg' mich nicht an! Wenn Du mir auf der Stelle nicht sofort die Wahrheit sagst, dann kannst Du Deine Sachen packen und ich schreib' in Dein Walzbuch: ‚Ungeeignet wegen charakterlichem Fehlverhalten'. Also, wieviel schuldet der Franz dem Markus; spuck's endlich aus!" Florian druckste noch ein wenig herum, um dann doch die Wahrheit zu sagen: „Es war nur ein Gulden. Der Markus hat dann noch eine Null hinzugefügt. Es war seine Idee, nicht meine." Nach diesem Geständnis war das Donnerwetter für den Florian allerdings noch nicht zu Ende. Eine gehörige Standpauke prasselte noch auf ihn herab. „So, Du kommst jetzt mit", sagte sein Meister ärgerlich. „Wir gehen jetzt zu Deinem Markus und dann wiederholst Du vor Ihm und mir Dein Geständnis. Dann wollen wir einmal sehen, ob dieser noch bei seiner falschen Behauptung bleibt oder den getürkten Schuldschein herausrückt. Als der Markus den Florian und dessen Meister kommen sah, ahnte er nicht sofort, was dieser Aufmarsch zu bedeuten hatte. „Was gibt's?", fragte der Markus. „Du kannst ruhig Deine Unschuldsmiene ablegen, denn ich weiß, dass Du beim Würfeln den Franz betrogen und den Schuldschein gefälscht hast", fuhr der Zunftmeister in erregtem Tonfall den Markus an. Der versuchte anfangs noch zu leugnen, aber das Geständnis des Florian, belehrte ihn dann doch eines Besseren. „Rück den Schuldschein heraus, zerreiß' ihn vor meinen Augen und wirf ihn in das Feuer der Esse. Sofort, oder ich hol' den Gendarmen und lass' Dich abführen in den Arrest." Es blieb dem Markus nichts anderes übrig, als den Schuldschein herauszurücken. Der Zunftmeister staunte nicht schlecht, als der Markus ihm das Bierfilzl zeigte und es dann zerriss. „Ein Bierfilzl als Schuldschein – das habe ich noch nie gesehen. Das hätte vor Gericht wohl keinen Bestand gehabt und wäre wertlos gewesen. Das ist kein amtliches Dokument. Der Richter hätte Dich aus dem Gerichtssaal hinausgeworfen oder verhaften lassen. Den einen Gulden kannst Du auch vergessen. Der Franz braucht ihn Dir nicht zu bezahlen, denn das Bierfilzl ist zerrissen und ins Feuer geworfen. Und lass' Dich nicht mehr in der Nähe vom Franz und der Nagelschmiede seines Meisters sehen, sonst bekommst Du es mit mir zu tun. Dann kannst Du Deinen Beruf an den berühmten Nagel hängen. Wenn Du Dich in Zukunft ordentlich benimmst und ich keine Klagen mehr höre, dann will ich die Sache vergessen." Und zu seinem Gesellen Florian sagte er: „Halt' Dich von Markus in Zukunft fern, er ist ein schlechter Umgang für Dich. Da lernst Du nur Lumpereien. Ich werde auf Dich in der nächsten Zeit ein wachsames Auge und Deinen Lebenswandel im Blick haben. Komm', die Arbeit wartet auf Dich. Die verlorenen zwei Stunden wirst Du heute Abend nacharbeiten."

Abschied von Erlangen und Fahrt nach Fürth

Die Gesellenzeit beim Brandner Josef neigte sich für Franz dem Ende zu. Mitte November 1835 sagte der Meister zu Franz: „Du bist jetzt schon fünf Monate bei mir und Du solltest an den Abschied denken. Der Winter kommt mit riesigen Schritten immer näher. Du solltest die Wintermonate nicht mehr unterwegs sein, sondern wieder einen festen Platz haben. Ich will Dich gut versorgt wissen, deshalb habe ich bei meinem Zunftfreund in Fürth anfragen lassen, ob er Dich aufnehmen würde. Du kannst bei ihm Anfang Dezember Deine Gesellenzeit bis in das Frühjahr hinein fortsetzen und sogar Unterkunft bei ihm beziehen. Außerdem kannst Du Dir den mehrtägigen Fußmarsch nach Fürth ersparen, denn ich bekomme in der ersten Dezemberwoche eine Anlieferung von Stabeisen aus Nürnberg und dann kannst Du mit dem Fuhrwerk sicherlich bis in die Nähe von Fürth mitfahren, wenn er zurückfährt. Du wirst zwar zehn bis zwölf Stunden auf dem Kutschbock hin- und hergerüttelt und Dein Hinterteil arg strapaziert, aber es ist eine wesentliche Zeitersparnis. Schlecht gefahren ist immer noch besser, wie sich die Füße wund gelaufen." Wehmut kam bei Franz auf, denn die Zeit in Erlangen war neben den unguten Erfahrungen mit dem Markus doch eine schöne Gesellenzeit gewesen.

Tatsächlich kam das Fuhrwerk, von zwei schwarzen Rössern gezogen, in Erlangen Anfang Dezember an. Nach dem Versorgen der Pferde und dem Abladen verbrachte der Kutscher noch die Nacht im Gasthof. Anderntags konnte der Franz in aller Frühe nach dem Einspannen der Pferde auf dem Kutschbock mitfahren. Der Kutscher war froh, die weite Rückfahrt nicht alleine antreten zu müssen, denn die einsamen Landstraßen waren nicht ungefährlich. Schlaglöcher auf der unbefestigten Landstraße sorgten immer wieder für einen Rad- oder Achsbruch und da war es gut, wenn noch eine hilfreiche Hand zugegen war. Unbehagen bereiteten dem Kutscher auch die vielen Nachrichten von Überfällen durch allerlei Gesindel. Einen Raubüberfall auf zwei kräftige Männer auf dem Kutschbock trauten sich dann einzelne Räuber doch nicht so leicht zu. Außerdem hatte der Kutscher nun einen Gesprächspartner, der ihm die Langeweile vertreiben konnte. Denn immer nur schweigend dahinkutschieren oder mit sich Selbstgespräche führen oder mit den Pferden reden, die keine Antwort gaben, war auf die Dauer eintönig.

Ohne lange Umschweife musste Franz in aller Frühe Abschied nehmen, da der Kutscher am Abend in Nürnberg sein und sich eine Zwischenübernachtung in einer Herberge ersparen wollte. Der Kutscher hatte Gott sei Dank noch eine zweite Wolldecke dabei. Mit den gutgemeinten Worten: „Wickle Dich warm ein, denn es ist kalt und zugig auf dem Kutschbock", reichte er Franz die Decke. Auch wenn es nicht regnete oder Schneeflocken vom Himmel fielen, kroch die Kälte dem Franz gehörig in die Glieder und er bibberte am ganzen Leib. Rudi, der Kutscher, reichte ihm eine Flasche Rum: „Da, nimm einen Schluck, das wärmt Dich von innen, damit Du Dich nicht erkältest." Franz nahm einen kräftigen Schluck, und der hochprozentige Schnaps weckte seine Lebensgeister. Unterwegs redete der Rudi ununterbrochen auf den Franz ein. Er erzählte ihm von den neuen Zeiten, die bald anbrechen würden. Ihm sei zu Ohren gekommen, dass Stahlrösser in Zukunft die Wägen auf Schienen zögen und Pferdefuhrwerke bald überflüssig würden. Seinen Arbeitsplatz sah er schon in Gefahr, zu verlieren, aber vielleicht könnte er dann die Stahlrösser kutschieren, sinnierte der Pferdelenker weiter. Und das alles sollte bald in Fürth stattfinden und er, der Nagelschmiedgeselle, könnte bei dieser Sensation dabei sein. Franz konnte sich auf das Gehörte keinen rechten Reim machen. So etwas hatte er bisher nie gehört, gelesen oder gar gesehen. Franz dachte bei sich: „Da bin ich an einen Geschichtenerzähler geraten. Das sind doch alles nur Fantastereien. Die Einsamkeit auf dem Kutschbock bei den langen Überlandfahrten hatten wohl seinen Geist verwirrt. Das sind doch unglaubliche Erzählungen. Der muss aufpassen, dass er nicht der Hexerei verdächtigt wird. Es sind zwar schon lange keine Hexen mehr verbrannt worden, die letzte vor 42 Jahren, um 1793, aber mit dem Kirchenbann könnte er allemal belegt und als Todsünder aus der Kirche ausgeschlossen werden. Gut, dass ich in der Nähe von Fürth wieder absteigen kann; zum Schluss komme ich auch noch in den Verdacht an diesen Hexereien beteiligt zu sein." Franz kam überhaupt nicht zu Wort, und der Redeschwall des Kutschers strengte ihn zusehends an. Deshalb konnte er auch die schöne Landschaft nicht richtig genießen, bei der sich rechts der Landstraße kurvenreich, das Flussbett der Regnitz durch die Wiesen und abgeernteten Felder schlängelte.

Nach stundenlanger, holpriger Fahrt kamen sie endlich in die Nähe des kleinen Städtchens Fürth. „Brrr, brrr", rief der Kutscher Rudi den beiden dampfenden Rössern zu und zog kräftig an dem Lederriemen und stoppte gleichzeitig die Räder mit dem Anziehen der hölzernen Bremsbacken, die sich knirschend auf die Eisenringe der hölzernen Speichenräder pressten. „Jetzt musst Du absteigen und Deinen Weg zu Fuß weitergehen, denn vor uns kommt die Flussgabelung, wo Pegnitz und Rednitz sich zur Regnitz vereinen. Ich zweige nun nach links ab Richtung Nürnberg und folge in etwa der Pegnitz. Du hältst Dich am besten rechts und folgst der Rednitz, dann wirst du Fürth nicht verfehlen. Mach's gut und schau Dir das stählerne Dampfross an; es soll noch kräftiger aus einem Schlot dampfen und rauchen als meine Rösser aus ihren Nüstern."

Ein neues Zeitalter beginnt

Es war zwar schon dunkel, als Franz zu Fuß in Fürth ankam; aber trotzdem fand er den Weg zur Nagelschmiede des Jürgen Brunner. Der Erlanger Meister hatte ihm den Weg genau erklärt und ein Begleitschreiben mitgegeben. Nach mehrmaligem Klopfen wurde ihm die Haustüre geöffnet und es wurde nach seinem Begehr gefragt. Dann stand seinem Einlass ins Brunner'sche Anwesen nichts mehr im Wege. Die ihm zugewiesene Schlafkammer befand sich im ersten Stockwerk und nicht mehr unterm Dach. „Du hast morgen frei, denn die Schmiede bleibt geschlossen", sprach der neue Meister zu ihm. „Es ist zwar kein offizieller staatlicher oder kirchlicher Feiertag, doch in Nürnberg und Fürth findet ein großes, bedeutendes Fest statt. Das Datum, 7. Dezember 1835, musst Du Dir merken und wirst es auch nie vergessen, denn morgen wirst Du den Beginn eines neuen Zeitalters erleben: die Eröffnung der ersten Eisenbahnstrecke zwischen Nürnberg und Fürth. Dieses Jubiläum kannst Du als Zeitzeuge miterleben. Da musst Du unbedingt hingehen und dabei sein. Wenn Du einmal selber Kinder hast, dann kannst Du ihnen davon erzählen, dass Du, der Nagelschmiedgeselle Diller Franz, dabei gewesen bist. Also, geh' unbedingt hin, denn sonst versäumst Du dieses epochale Ereignis. Und jetzt wünsche ich Dir eine gute Nachtruhe und träum' was Schönes, denn wie sagt der Volksmund: ‚Was Du in der ersten Nacht in einem neuen Zuhause und Bett träumst, das geht in Erfüllung'." Am nächsten Morgen lernte Franz die übrigen Familienmitglieder kennen. Er durfte zur Feier des Tages mit ihnen das Frühstück einnehmen. Am Esstisch saßen die Frau Meisterin Erna, die beiden Zwillingsbuben Klaus und Hubert und die ältere Tochter Lina, die er auf 17 Jahre schätzte, sowie seine Wenigkeit. Eine eigene Hausmagd servierte allen Tee oder Kaffee und Brote mit

Marmelade. Eine silberne Platte mit Wurst und Käse stand ebenso auf dem Tisch. Franz staunte Bauklötze, da der Tisch mit einer weißen Stoffdecke bedeckt war. So etwas hatte Franz bisher noch nicht erlebt; bei ihm zuhause aß man nur auf einem ungedeckten Holztisch.

Normalerweise durfte bei den Brunners zu Tisch beim Einnehmen der Mahlzeiten nicht geredet werden, vor allem die Kinder hatten zu schweigen, doch an diesem Tag war alles anders: Die beiden Buben zappelten unruhig auf ihren Stühlen und fragten unentwegt, was eine Lokomotive sei und wie diese funktioniere und ob sie auch einmal mitfahren dürften. Die etwas ängstlich wirkende Tochter hatte Bedenken, ob der schnell fahrende Zug die Passagiere krank machen würde. Auch die besorgte Mutter hatte Angst um die Familie, wenn sie beim Zuschauen all den Gefahren ausgesetzt wären. Doch der Hausherr zerstreute alle Ängste und Sorgen und meinte: „Ihr könnt die neue Zeit nicht aufhalten. Vieles wird sich verändern. Die Leute kommen schneller von A nach B und die Verwandten können öfter und bequemer zu Besuch aus Nürnberg kommen. Das wird sicherlich nicht die einzige Bahnstrecke bleiben; noch andere Bahnverbindungen werden gebaut werden, wenn einmal der Anfang gemacht ist und sich durchschlagender Erfolg, sprich Gewinn, einstellt." Auch Franz beteiligte sich am Gespräch: „Alles Neue sorgt zuerst für eine gewisse Verunsicherung, weil es unbekannt ist. Für die nächste Generation ist das Neue dann bereits nichts Neues mehr. Es wird zur Gewohnheit. Man muss das Neue nur im Griff haben und beherrschen. Deshalb bin ich gespannt auf das Dampf-ross. Vorstellen kann ich mir es nicht; aber ich muss es erst gesehen haben. Deshalb freue ich mich auf das Unbekannte. Es ist sicherlich ein neues Aben-teuer und ich will gerne dabei sein." Der Meister wog bedächtig den Kopf und sagte: „Du hast weise gesprochen, Franz; so denke ich auch. Wenn die ganze Familie mit dem Frühstück fertig ist und sich warm angezogen hat, dann kannst Du mit uns gehen. Wir zeigen Dir den Weg zum Endpunkt der Eisenbahnstrecke. Wenn wir uns bei dem Gedränge aus den Augen verlieren sollten, dann findest Du alleine wieder zurück."

Tatsächlich war ganz Fürth auf den Beinen, und auch aus dem Umland strömten die Menschen herbei. Es hatte sich seit Tagen herumgesprochen, dass heute ein besonderes Schauspiel in Fürth geboten werde. Um neun Uhr sollte der Zug in Nürnberg vom Plärrer aus losfahren, und man erwartete ihn so kurz vor halb zehn Uhr in Fürth. Als Franz mit den Brunners zum Fürther Haltepunkt kam, sah er, dass mehrere Buden, Pavillone und Zelte um die Endhaltestelle herum und entlang der Gleise auf zwei- bis dreihundert Metern Länge aufgestellt waren. Bis zur Ankunft der Lokomotive mit den Wägen wollten und sollten sich die Leute die Zeit vertreiben können. Die Kinder konnten sich beim Ringelspiel, Stelzengehen, Jonglieren, Versteckspielen, Sackhüpfen und anderen

Hüpfspielen die Zeit vertreiben. Die Erwachsenen diskutierten eifrig über das baldige Ereignis, und trotz der winterlichen Temperaturen schmeckte den Männern das frisch gezapfte Bier aus den Steinkrügen. Dann endlich war es soweit: Von Ferne kündigte eine aufsteigende Rauchsäule die kurz bevorstehende Ankunft des Zuges an. Gendarmen drängten die Kinder und Erwachsenen von den Gleisen und riefen immer wieder: „Haltet Abstand!". Fauchend und lärmend rollte die Lokomotive auf die Menschenmenge zu. Eine Blaskapelle begann einen Marsch zu spielen. Die Leute jubelten dem ankommenden Zug entgegen. Vorneweg fuhr die Lokomotive mit einem langen Schlot, aus dem schwarzer Rauch quoll. Ein Lokomotivführer mit einem schwarzen Frack und einem Zylinder auf dem Kopf stand hinten auf der Lok. Als die Lokomotive an Franz vorbeifuhr, konnte er den Namen des Ungetüms lesen: Es hieß „Adler". „Ja," dachte sich Franz, „genauso schnell wie ein Adler rauscht sie dahin." An die Lokomotive angehängt waren bis zu neun Wägen, in denen die Passagiere saßen und fröhlich den Umstehenden zuwinkten. Die Wägen waren festlich geschmückt mit Girlanden, die mit weiß-blauen Bändern, den bayerischen Landesfarben, umwickelt waren. Franz war beeindruckt von dem Geschehen und von dem, was seine Augen sahen. Es war keine Hexerei, dass die Lokomotive ohne Pferdekraft auf den Gleisen sich fortbewegte. Erst jetzt sah er, dass auf der Lok noch ein Heizer stand und mit einer Schaufel ständig die Maschine befeuerte. „Kohlen braucht also das Dampfross", dachte sich Franz, „und keinen Hafer, wie die Pferde." Mit so einem Eisenbahnzug wollte er auch einmal fahren und sich den Wind um die Nase pfeifen lassen. Besonders hatte es ihm aber der Lokomotivführer angetan. „Lokomotivführer, das wäre doch was für Dich, Franz. Immer fein gekleidet, keine schmutzigen Hände, keine Zügel in der Hand, keinen Ärger mit widerborstigen Pferden, angesehen bei den Leuten – ist sicherlich ein lohnender, erstrebenswerter Beruf", hörte Franz plötzlich die Stimme seines Meisters hinter ihm sagen. Aber Franz gab zu bedenken: „Zuerst muss ich meine Gesellenzeit erfüllen und Meister werden. Ja, dann vielleicht! Es ist eine Überlegung wert! Aber warten wir alles ab, wie sich die Eisenbahn entwickeln wird." Franz begutachtete die Wägen und die Lokomotive, ging an ihnen mit einem prüfenden Auge vorbei und stellte dann dem Heizer verschiedene Fragen. Dieser gab bereitwillig Auskunft: „Der ‚Adler' ist eine Dampfmaschine, die das Wasser im Kessel durch das Feuer zum Dampfen bringt. Der Dampfdruck treibt dann die großen Eisenränder an. Die Dampflokomotive ist so stark wie die Kraft von 20 Pferden und deshalb kann sie die vielen Wägen mit den Reisenden von einem Haltepunkt bis zum nächsten ziehen. Wir haben jetzt von Nürnberg nur knapp eine Viertelstunde gebraucht. In dieser Zeit könnte es niemals ein Pferdegespann schaffen." Franz war begeistert und fasziniert von der neuen Technik. Das war wirklich eine fortschrittliche Entdeckung, ja eine

Meisterleistung. Die Personenwägen der ersten Klasse waren sogar mit einem Dach vor den Unbilden des Wetters geschützt. Neben den Wägen der zweiten Klasse gab es auch noch die Wägen der dritten Klasse. Diese waren nach oben offen und nur bei schönem Wetter zu empfehlen. In ihnen mussten die Frauen und Männer ihre Hüte festhalten, damit der Fahrtwind sie nicht in die Luft davon wirbelte.

Nachdem die Fahrgäste ausgestiegen waren, musste die Lok mit Wasser aufgefüllt werden. Auch der angehängte Tender wurde mit Kohlen bestückt, damit unterwegs auf der Rückfahrt nach Nürnberg genügend Dampf vorhanden war. Franz konnte sich nicht satt sehen und wäre am liebsten auf der Dampflok mitgefahren. Aber nur das Bahnpersonal war befugt, die Lokomotive zu bedienen und zu betreten. Die Fahrgäste hatten sich in der Zwischenzeit bei den Buden und Zelten gestärkt, und als das Signal zur Rückfahrt ertönte, nahmen alle ihre Plätze wieder eilends ein. Die Räder der Lok und der Wägen fingen an, sich zu drehen, und der Zug nahm langsam wieder Fahrt auf. Lange schaute Franz dem Zug nach, bis er ihn nicht mehr sehen konnte und nur noch die Rauchwolke den Himmel dunkel färbte. Diese Premierenfahrt sollte für ihn in der Tat unvergesslich und so einprägsam werden, dass er später, nach vielen Jahren, seinen Beruf als Nagelschmied aufgab und bei der Eisenbahn in Dienst trat. Heute konnte Franz dies natürlich noch nicht erahnen und so trat er beeindruckt, aber mit der Erlangung des Nagelschmiedemeistersbrief als festes Ziel vor Augen, ge-meinsam mit der Familie Brunner wieder den Heimweg an. Die beiden Buben Hubert und Klaus quengelten unentwegt unterwegs und gaben keine Ruhe. Ständig fragten sie die Eltern: „Wann dürfen wir mit der Eisenbahn mitfahren? Wir wollen das auch einmal erleben!" Die Eltern vertrösteten die Buben auf später und meinten: „Im Frühjahr, nach Ostern, wenn es wärmer wird, dann können wir dieses Abenteuer wagen. Bis dahin wird sich zeigen, ob die Loko-motive mit den Wägen verkehrssicher ist." Es war nicht einfach, die Buben zu beruhigen. Erst nachdem der Vater das Versprechen zu einer Bahnfahrt mit der ganzen Familie gab, hörten die Buben auf, zu quengeln. Lina, die Tochter des Hauses, sagte keck: „Der Franz muss aber auch mit, sonst traue ich mich nicht." Erst jetzt wurde Franz auf das junge Mädel aufmerksam – bisher hatte er nur Augen für die neue Technik gehabt. Doch so ein 18-jähriger Bursche übersieht langfristig doch nicht so leicht ein 17-jähriges hübsches Mädchen. Nicht nur die Eisenbahn hatte heute in ihm Interesse geweckt, sondern jetzt auch das andere Geschlecht. „Die Lina", dachte Franz," könnte mir gefallen."

Vorweihnachtliche (Miss-) Stimmung

Franz lebte sich schnell bei den Brunners in Fürth ein. Das Arbeitsklima war bestens, der Meister freundlich. Er war gut untergebracht, ein passables Zimmer und sogar Familienanschluss waren gegeben. An den gemeinsamen Mahlzeiten durfte er teilnehmen. Das Essen schmeckte ausgezeichnet, ja es fehlte ihm an nichts. Wenn er an das nahe rückende Weihnachtsfest dachte, bekam er allerdings Heimweh. Aber gemäß der Zunftordnung durfte er von der Walz nicht nach Hause. Wenigstens wollte er den Eltern und Großeltern einen Brief schreiben. Die Postbeförderung war kein großes Problem, da es in Fürth eine kleine Poststation und Posthalterei für die Postkutsche gab. Nur rechtzeitig musste er seine Post aufgeben, wenn sie noch vor Weihnachten die Empfänger erreichen sollte. Er besorgte sich einen Bogen Papier mit Kuvert, Tintenfass und Federhalter und schrieb also nach Feierabend: „Liebe Eltern und Großeltern! Ich bin mittlerweile in Fürth angekommen und sehr gut untergebracht beim Nagelschmied Brunner. Werde bis ins Frühjahr nächsten Jahres hier bleiben. Mir geht es gesundheitlich gut. Macht Euch keine Sorgen. Wäre gerne zum Fest gekommen, aber leider verbietet das die Zunftordnung. Das Heimweh plagt mich schon. Denke in Liebe an Euch und an alle Geschwister und Verwandten. Grüßt mir auch all meine Freunde, wenn Ihr den einen oder anderen seht. Frohe, gesegnete Weihnachten. Euer Franz." Mitte Dezember brachte er den Brief zur Poststation, bezahlte die Beförderungskosten und hoffte, dass der Brief noch vor dem Weihnachtsfest bei den Eltern ankam.

Die Familie Brunner war katholisch und dementsprechend war auch die Adventszeit geprägt. Kirchlich gesehen war der Advent eine Fastenzeit und so wurde auf üppiges Essen und Naschereien verzichtet. Für das Fest liefen aber bereits die Vorbereitungen: Christstollen und Plätzchen wurden gebacken, auch Lebkuchen und Klezenbrot – alles fein säuberlich verpackt und verstaut in Dosen. Die beiden Buben durften beim Ausstechen der Plätzchen helfen; mit den Fingern strichen sie dabei die Teigreste aus der Schüssel und hatten zum Schluss einen klebrigen Mund. Nur von den gebrochenen und ein wenig verbrannten Plätzchen durften sie naschen. Ansonsten kamen die gefüllten Blechdosen – unerreichbar für die Buben – oben auf den Kleiderschrank oder wurden in einer Kiste versperrt. An jedem Adventsabend wurde eine kleine Hausandacht gehalten. Adventslieder wie „Macht hoch die Tür, die Tor macht weit, es kommt der Herr der Herrlichkeit" oder „O Heiland, reiß die Himmel auf, herab, herab vom Himmel lauf" wurden gemeinsam gesungen und ein Gesätz vom freudenreichen Rosenkranz gebetet. Tochter Lina begleitete die Lieder auf der Flöte oder spielte dazwischen eine passende Melodie. Auf dem Ofen brutzelten die Bratäpfel und verströmten einen süsslichen Duft in der Stube. Franz war angetan von der heimeligen, vorweihnachtlichen Stimmung und, nicht zu verschweigen, vom musikalischen Talent und Liebreiz der Tochter des Hauses. Zusehends war Franz von ihrer Schönheit beeindruckt und konnte sich nicht daran satt sehen, blickte aber nur verstohlen hin und wieder zu ihr. Auch Lina wagte es nur in unbeobachteten Augenblicken, Franz mit ihren rehbraunen Augen länger anzublicken. Zwischen den beiden, begann ein Funke überzuspringen und eine erste schwärmerische Liebe zu entzünden. Wenn sie in der Stube aufeinandertrafen, suchten sie die Nähe des anderen. Sie versuchten, am Tisch nebeneinander zu sitzen, berührten sich zufällig und doch beabsichtigt mit den Händen, begannen miteinander zu reden und leise zu tuscheln. Die knisternde Spannung zwischen Lina und Franz blieb der Frau des Hauses nicht verborgen. Sie wusste, dass diese Liebelei nur von kurzer Dauer sein konnte, da der Geselle nur auf Zeit hier war. Also versuchte sie dem Treiben Einhalt zu gebieten, indem sie Lina nicht aus den Augen ließ und den beiden keine Gelegenheit zum Alleinsein gab. Abends besprach Frau Brunner in der Schlafkammer die aufkeimende Liebschaft mit ihrem Mann: „Du, Mann, ich habe beobachtet, dass es zwischen der Lina und dem Franz funkt. Die beiden schauen sich mit ganz verliebten Augen an. Dagegen müssen wir einschreiten; das können wir nicht dulden. Wir kommen noch ins Gerede und könnten wegen Kuppelei angeklagt werden." „Du hast recht, Frau", sagte der Gatte, „wir müssen dagegen einschreiten. Morgen werde ich mir den Franz in der Werkstatt vornehmen und ihm meine Meinung sagen. Und Du, Frau, sprichst ein ernstes Wort mit der Lina. Das muss sofort aufhören." Am nächsten Tag nahm der Meister den Franz in der Schmiede beiseite: „Du, Franz, hör' einmal. Meine Frau hat beobachtet, dass sich zwischen Dir und unserer Tochter etwas anbandeln könnte. Das geht nicht. Das muss sofort aufhören. Du bist noch ein Geselle, und es werden noch mindestens fünf Jahre vergehen, bis Du eine eigene Schmiede führen kannst. Du musst Dir erst eine eigene Existenz aufbauen, und erst dann kannst Du eine Bindung mit einer Frau eingehen. Solange kann Lina nicht warten, und wir als ihre Eltern können derzeit keine Einwilligung geben. Und ohne den elterlichen Segen geht nichts. Wenn Du bei uns die sechs Monate Gesellenzeit weiterhin verbringen willst, dann musst Du mir jetzt sofort in die Hand versprechen, dass Du der Lina keine schönen Augen mehr machst. Ich weiß, Du bist ein aufrechter Kerl und in den zwei Wochen Deines Hierseins habe ich gemerkt, dass Du anständig bist. Du kannst deshalb weiter bei uns bleiben, aber Du musst mir auf die Bibel versprechen, dass es kein Techtelmechtel zwischen Dir und der Lina gibt." Franz schaute ganz betreten mit gesenktem Kopf zu Boden und gab dann nach kurzer Überlegung zur Antwort: „Entschuldigen Sie bitte mein Verhalten, dass ich es gewagt habe, Ihrer Tochter zu nahe zu treten. Natürlich respektiere ich Ihre väterlichen Rechte und werde mich in Zukunft von Ihrer Tochter fernhalten und keine anstößigen Handlungen vornehmen. Es wäre sehr schön gewesen, und ich hätte mir eine Beziehung vorstellen können. Aber Sie haben recht, es darf nicht sein. Ich verspreche Ihnen hoch und heilig, dass ich keine despektierlichen Liebesversuche mehr unternehmen werde. Sie können sich auf mich verlassen; ich werde das in mir gesetzte Vertrauen nicht missbrauchen und ich werde mich an Ihre Anweisungen halten. Ich bitte Sie höflich, mein Versprechen auch Ihrer Gemahlin zu übermitteln. Es wäre sehr schön, wenn ich in Ihrem Hause bleiben könnte, denn ich fühle mich sehr wohl und schätze die großherzige Aufnahme und Geborgenheit in Ihrer Familie." Schon etwas milder gestimmt sagte der Meister: „Gut, Franz, dann will ich Dein Versprechen annehmen. Du kannst weiter bei uns und mit uns wohnen. Meine Frau wird mit der Lina die Angelegenheit besprechen, und ich gehe davon aus, dass auch Sie sich an unsere elterlichen Weisungen halten wird. Als Ihre Eltern wollen wir nur das Beste für Sie. Sie soll einmal gut versorgt sein und als Ehefrau einem gutbürgerlichen Haushalt vorstehen und eine glückliche Mutter werden. Das kannst Du doch verstehen!" Franz musste, ob er wollte oder nicht, sich den Anordnungen des Meisters fügen, wenn er nicht seinen beruflichen Werdegang aufs Spiel setzen wollte.

Erstes Weihnachten in der Fremde

Endlich war der Heilige Abend gekommen, auf den die beiden Buben sich schon sehnlichst gefreut und hingefiebert hatten. Ihre Weihnachtswünsche hatten sie dem Christkind bereits geschrieben. Den Brief ans Christkind legten sie einige Tage vorher auf das Fensterbrett. Darin listeten sie auf: „Liebes Christkind! Bitte schenke uns zu Weihnachten einen Ball, einen Hampelmann, ein Kasperltheater mit den Handpuppen Kasperl, Gretl, Polizist, Krokodil und Teufel, und noch einen Holzreifen mit Stock zum Antreiben, bunte Schusser und, und, und …" So lautete das Briefende, weil ihnen nichts mehr einfiel, aber vielleicht würde das Christkind noch eine Idee für ein weiteres Spielzeug haben. An praktische Dinge, wie etwa Kleidung oder Schuhe, dachten sie dabei natürlich weniger. Dafür aber umso mehr die Eltern, wie sich später bei der Bescherung herausstellen sollte. Franz hatte keine Wünsche, denn er konnte ja von den Brunners keine Geschenke erwarten. Er war Gast im Hause und durfte froh und dankbar sein, dass er Unterkunft und die Mahlzeiten kostenlos bekam.
Alle Hausbewohner versammelten sich am frühen Abend vor der verschlossenen Türe der guten Stube. Die Buben wollten unbedingt durchs Schlüsselloch schauen, doch von innen war ihnen mit einem Tuch die Sicht versperrt. Außerdem ermahnte die Mutter: „Da werdet Ihr blind, wenn Ihr das Christkind vorbeifliegen seht!" Das wirkte und sie reihten sich in den Kreis der Übrigen ein und sangen fröhlich zuerst die Weihnachtslieder mit. Lina stimmte die Lieder an und alle mit ihr: „Zu Bethlehem geboren ist uns ein Kindelein …" und „Ihr Kin-

derlein, kommet, o kommet doch all, zur Krippe her kommet in Bethlehems Stall …" Anschließend las die Mutter die Weihnachtsgeschichte aus dem Lukasevangelium vor. Dann endlich war aus dem Inneren der Stube der Klang eines Glöckleins zu hören. Sofort wussten die Buben: Jetzt ist das Christkind gekommen, die Türe öffnet sich und die Bescherung kann stattfinden. Mit Hurra und Juchhu stürmten die Buben ins Zimmer und waren nicht mehr zu halten. Die Mutter, Tochter und Franz folgten erwartungsfroh und blieben vor dem Christbaum bewundernd stehen. Diesen Weihnachtsbrauch kannte Franz noch nicht: ein Tannenbaum in der Stube! Seine Augen leuchteten beim Anblick viel mehr als jene der Brunners, die in den vorherigen Jahren schon einen Weihnachtsbaum aufgestellt hatten. Der Tannenbaum war geschmückt mit Strohsternen, und sogar echte rotbackige Äpfel hingen an den Zweigen. Und Kerzen, jawohl, echte Bienenwachskerzen waren aufgesteckt und machten aus dem Tannenbaum einen Lichterbaum. Franz war fasziniert; bei ihm zu Hause gab es noch Öllampen oder Kienspan oder Fackeln. Aber Kerzen, das war schon etwas Besonderes – und dazu noch auf einem Tannenbaum. Während die Buben über ihre Geschenke herfielen, betrachtete Franz den Baum fast ehrfurchtsvoll. Die Frau des Hauses gab Franz die Hand und wünschte ihm „frohe, gesegnete Weihnachten". Dann überreichte sie ihm einen Teller mit den Worten: „Das ist unser Geschenk für Dich." Damit hatte er nicht gerechnet: Er bekam tatsächlich ein Geschenk. Als er den Teller, gefüllt mit Nüssen, Plätzchen, Klezenbrot, Lebkuchen, Spekulatius und zwei Scheiben Stollen, sah, bekam er feuchte Augen. Mehrmals bedankte sich Franz bei den Gasteltern. Und noch etwas: Unter dem Christbaum lag ein Brief von seinen Eltern. Jetzt konnte er seine Tränen nicht mehr zurückhalten. Mit zittrigen Händen öffnete er den Umschlag und las leise, in sich versunken, die Zeilen aus der Heimat: „Liebster Franz! Deinen Brief haben wir erhalten und sind froh, dass es Dir gut geht. Auch wir wünschen Dir eine frohe Weihnachtszeit und hoffen, dass Dich unser Brief noch rechtzeitig zum Fest erreicht. Die Großeltern sind wohlauf und lassen Dich herzlich grüßen. Deine Brüder und Deine Eltern vermissen dich sehr. Jeden Tag denken wir an Dich und beten abends ein Rosenkranzgesätz sowie das Schutzengelgebet für Dich. Grüße auch an Deine Gastfamilie und an Deinen Meister. Für das neue Jahr wünschen wir Dir Gesundheit an Leib und Seele, Schaffenskraft und viel Erfolg. Lass bitte wieder von Dir hören. Es grüßen Dich recht herzlich Deine Eltern, Großeltern und Brüder." Nach der Bescherung durfte Franz den Brief der Familie Brunner vorlesen und dabei kullerten ihm noch einige Tränen die Wangen herab. Hubert fragte erstaunt: „Warum weint denn der Franz; freut er sich nicht, dass das Christkind gekommen ist?" „Ihr müsst den Franz verstehen", gab die Mutter zu bedenken, „er kann das erste Mal nicht mit seinen Eltern zuhause feiern. Das schmerzt und tut weh in der Seele." Ohne weiter darüber nachzudenken, spielten Hubert und Klaus mit den neuen Spielsachen unbekümmert weiter. Das Christkind brachte tatsächlich alle gewünschten Geschenke, jedoch keine weiteren, sondern für jeden eine Wollmütze, einen Schal, Handschuhe, Socken und Nachthemden. Lina bekam hauptsächlich Geschenke für die Aussteuer: Bettbezüge, Bettlaken, Handtücher, Waschlappen und einen gefüllten Besteckkasten. Leibwäsche und ein Korsett wurden nicht vor den Augen der Brüder und vor Franz ausgepackt − das wäre unschicklich gewesen und gehörte zur Intimsphäre.

Der Heilige Abend verlief ruhig und harmonisch. Dazwischen wurden immer wieder Weihnachtslieder gesungen wie: „O Tannenbaum, o Tannenbaum, wie treu sind deine Blätter …" und „Alle Jahre wieder kommt das Christuskind, auf die Erde nieder, wo wir Menschen sind …" Um zehn Uhr sollten Hubert und Klaus ins Bett, doch sie bettelten, länger aufbleiben zu dürfen. Sie hatten damit Erfolg, aber um elf Uhr gab es kein Pardon mehr − sie mussten, ob sie wollten oder nicht. Eingepackt in warme Wintermäntel machten sich unterdessen Herr und Frau Brunner, Lina und Franz auf den Weg zur Christmette in der erst 1829 fertiggestellten und eingeweihten katholischen Pfarrkirche „Unsere liebe Frau". Die Fürther waren überwiegend evangelischen Glaubens. Doch die kleine Gemeinschaft der Katholiken hatte mit Spenden den Neubau einer eigenen Pfarrkirche zuwege gebracht. Wie Franz waren die Brunners katholische Christen. Auch wegen des gemeinsamen Glaubens und des Kirchgangs fühlte sich Franz bei den Brunners sehr wohl.

Auf dem Weg zur Kirche knirschte der Schnee unter den Tritten der Winterstiefel. Es hatte seit Tagen geschneit, und die Schneemassen türmten sich an den Straßenrändern. Trotz des geliehenen Mantels bibberte Franz unter der Eiseskälte. Auch die Kirchenwände innen waren mannshoch leicht mit Reif überzogen und bildeten keinen Schutz vor der Kälte. Die Mitternachtsmette mit den weihnachtlichen Liedern und der Stubenmusi erwärmten das Herz von Franz, jedoch nicht seine klammen Glieder. Das gemeinsam gesungene Schlusslied „Stille Nacht, heilige Nacht" kannte Franz noch nicht. Der Fürther Organist hatte es erst kürzlich in einem Flugblatt mit Tiroler Liedern entdeckt. Gemeinsam mit der Stubenmusi brachte er es erstmals in Fürth zur Aufführung. Franz war vom Text und von der Melodie ganz ergriffen und sang mit voller Kehle lautstark mit. Nach der Mette kredenzte die Hausherrin noch einen heißen, dampfenden Kräutertee. Die Teestunde war aber schnell wieder beendet, da es mittlerweile schon weit nach Mitternacht war. Zur Freude von Franz lag in seinem Bett ein warmer Ziegelstein, der sein Bett vorwärmte. Und so schlief er mollig warm eingehüllt dem ersten Weihnachtstag entgegen.

Brandgefährlich

Am nächsten Morgen ging Franz nach unten in die Küche, wo die Hausherrin, Lina und die Magd bereits schwer damit beschäftigt waren, den Festtagsbraten vorzubereiten. „Franz, Du störst uns nur bei der Arbeit, wir können Dich jetzt hier nicht gebrauchen. Komm wieder, wenn alles fertig ist." Franz verließ umgehend die Küche; er war froh, keine Helferdienste leisten zu müssen. So hatte er Zeit, sich über einen mit Wasser gefüllten Kübel, der in der Nähe des Christbaums stand, zu wundern. Er fragte deshalb den Meister, wieso der Eimer sich dort befinde. „Beim Anzünden der Kerzen oder beim Auspusten der Flamme können die dürren Zweige schnell Feuer fangen. Da ist es gut, wenn sofort ein Löschmittel zur Verfügung steht. Ich bin ein gebranntes Kind: Schon einmal, vor etlichen Jahren, hat ein Tannenzweig, auf dem eine Kerze stand, angefangen zu brennen, weil niemand darauf achtete, dass die Kerze so weit niedergebrannt war, dass ihre Flamme den Zweig erreichte. Da hätte das ganze Haus samt der Schmiede in Flammen aufgehen können. Da bin ich lieber vorsichtig!", gab ihm der Meister zur Antwort. „Das kann ich gut verstehen", erwiderte Franz und erzählte: „Vor einigen Monaten habe ich durch Blitzeinschlag einen Brand in einem bäuerlichen Anwesen miterlebt. Ich konnte beim Löschen helfen und so das Schlimmste verhüten." Der Meister war nun selbst ‚Feuer und Flamme' von dem Thema und fuhr fort: „Bald ist Heilig Drei König und da will meine Frau unbedingt, dass ich jedes Zimmer im Haus und auch die Werkstatt mit Weihrauch ausräuchere. Dazu nehme ich immer eine kleine Schaufel mit glühender Kohle, auf dem die Weihrauchkörner schmelzen. Mir ist das langsam aber zu gefährlich. Könntest Du nicht so eine Art Weihrauchfass herstellen, wie es in der Kirche verwendet wird? Wir haben doch genügend Eisenstäbe und Metallteile in der Schmiede." Franz überlegte, und schon gleich nach den Feiertagen begann er, in der Werkstatt ein einfaches Weihrauchfass zu schmieden. Er bastelte ein eisernes Gefäß, wie eine Schale, schlug drei Löcher in den erhöhten Rand und befestigte drei Ketten daran, die an einem Ring zusammengehalten wurden. Ein Meisterstück war es zwar nicht geworden, aber für den Hausgebrauch ganz passabel.

Am Dreikönigstag kam das neu erstellte Weihrauchfass zum Einsatz. Die Frau des Hauses brachte aus der Kirche Dreikönigsweihwasser, eine Kreide und Weihrauchkörner mit. In einer kleinen Prozession ging es dann durch das ganze Haus und auch in die Werkstatt. Der Hausvater musste mit Kreide an die Haus- und Werkstatttüre den Segensspruch „18 + C + M + B * 36" schreiben und dazu sprechen: „Christus segne dieses Haus und alle Bewohner im Jahre des Herrn 1836". Die Hausherrin spritzte in jeden Raum einige Weihwassertropfen, und Franz durfte das von ihm angefertigte Weihrauchfass schwenken. Süßlich duftender Weihrauch qualmte daraus hervor und breitete sich in den Zimmern aus. Hubert und Klaus hielten sich die Nase zu, während Lina die Nase rümpfte und zu husten begann. Die Kinder empfanden den Weihrauch mehr stinkend als angenehm. Schon in der Kirche beim Gottesdienst wurde ihnen meist davon übel. Aber Franz waltete seines Amtes und gab immer wieder einige Weihrauchkörner auf die glühenden Kohlen. Ausgerechnet in der guten Stube passierte dann das Malheur. Franz schwang das Weihrauchfass so heftig, dass dieses an einen Tischfuß anschlug und einige, immer noch heiße Kohlen auf den Holzboden fielen. Der Vater ließ die Kreide fallen und holte rasch den Eimer, der ja in der Nähe stand, und schüttete das Wasser über die herausgefallenen Kohlen. Mutter Erna holte schnell einen Putzlumpen und eine Schaufel und versuchte, den Schaden so gering wie möglich zu halten. Aber ein schwarzer Fleck war auch nach Tagen noch zu sehen, da der Holzboden an dieser Stelle versengt war. Die Kinder empfanden dieses Ungeschick von Franz sehr belustigend, während Herr und Frau Brunner über dieses Missgeschick gar nicht erfreut waren. Der Meister beklagte lautstark den angerichteten Schaden, die Hausfrau reagierte sehr ungehalten, und dem Franz war es furchtbar peinlich. „Wenn das Malheur für das neue Jahr nur ja kein schlechtes Omen bedeutet", jammerte die Frau des Hauses. Franz versuchte, zu beschwichtigen: „Das ist doch nur ein Aberglaube, verehrte Frau Meisterin, und sagt wirklich nichts über die Zukunft aus. Ich entschuldige mich vielmals und verspreche, besser aufzupassen." Normalerweise hätten die Brunners den Christbaum bis zum Fest ‚Mariä Lichtmess', dem Ende der Weihnachtszeit, stehen lassen. Doch der Meister war nun so in Sorge, dass der Baum bis dahin doch noch in Flammen aufgehen könnte, dass er ihn vorsichtshalber nach der Haussegnung ableerte und aus der Wohnung entfernte. So nahm die schön begonnene Weihnachtszeit ein nicht gerade erfreuliches Ende. Franz schlich traurig aus der guten Stube und verzog sich in sein Zimmer. Es brauchte einige Tage, bis die Wut des Meisters über diesen Vorfall verraucht war. Während der Arbeit in der Nagelschmiede kam kein Gespräch zwischen ihnen zustande. Jeder arbeitete still vor sich hin. Der Burgfriede war erst wieder hergestellt, als dem Meister in der Schmiede selbst ein Malheur passierte. Und das kam so: Der Meister hantierte an der Esse mit den Zangen und dem glühenden Stabeisen so ungeschickt, dass glühende Kohlen zu Boden fielen. Ausgerechnet lag auf dem Boden verstreut noch Holzwolle und diese fing sofort Feuer. Franz reagierte geistesgegenwärtig, sprang hinzu und erstickte die züngelnden Flammen, indem er mit seinen Schuhen kräftig darauf trampelte. Der Meister war über sein Missgeschick so perplex, dass er wie angewurzelt vor Schreck stehen blieb und im ersten Moment unfähig war, etwas zu unternehmen. Dankbar klopfte ihm der Meister auf die Schultern und bekundete ihm seinen Respekt für das rasche Eingreifen. Damit war endgültig der Dreikönigsunfall vergessen und keiner sprach mehr davon.

Osterbräuche

Die Tage nach Weihnachten vergingen wie im Flug. Am Palmsonntag wollten Hubert und Klaus nicht die Letzten beim Frühstück sein. Schon Tage vorher machten sie untereinander aus, dass es Franz treffen sollte. Und tatsächlich, als alle Familienmitglieder schon am Frühstückstisch saßen, kam Franz zur Türe in die Wohnstube herein. Aus Leibeskräften schrien die Buben: „Palmesel, Palmesel, Du bist in diesem Jahr der Palmesel. Du bist der Letzte, weil Du verschlafen hast." Mit dieser morgendlichen spöttischen Begrüßung hatte Franz nicht gerechnet. Er hatte an diesen Brauch nicht mehr gedacht. Schon in Merkendorf hatte es ihn ein paar Mal erwischt, und jedes Mal hatte er sich darüber geärgert. Wer am Palmsonntag als Letzter in der Familie aufstand, wurde als ‚Palmesel' verspottet.

Nun hatte es ihn auch bei den Brunners erwischt. Er nahm es mit Humor und setzte sich zu ihnen an den Tisch. Nach dem Frühstück nahmen die beiden Buben ihre selbst gebastelten Palmstecken, und die ganze Familie machte sich zum Kirchgang bereit. Mit Hilfe von Lina hatten Hubert und Klaus schon Tage vorher Palmkätzchen an einen langen Stecken gebunden und mit bunten Papierstreifen versehen. Stolz trugen sie ihre Palmbuschen bei der Palmprozession mit. Vorher segnete der Pfarrer alle mitgebrachten Palmkränzchen und die Palmsträuße. Nach dem Gottesdienst steckte sie die Hausfrau hinter das Kreuz im Herrgottswinkel der guten Stube. Auch in die Schmiedewerkstatt wurde ein Buschen an ein Kreuz gesteckt. Dies war ein Zeichen der Verehrung des Gekreuzigten, aber auch ein Zeichen dafür, dass sie als christliche Familie etwas Geweihtes zu Hause hatten. Bei der Palmprozession um die Kirche zogen die Ministranten einen hölzernen Esel auf Rädern, auf dem ein geschnitzter Christus saß. Dahinter schritten die Geistlichkeit und alle Gläubigen. So begann für Franz mit dem Palmsonntag die Heilige Woche, auch genannt Karwoche, die dann in die Osterwoche mündete.

Auch in der Karwoche war, wie in der vorhergehenden Fastenzeit, der Speiseplan sehr einfach gehalten: Weder Fleisch, Eier, Kuchen oder Leckereien kamen auf den Tisch. Dafür gab es Salat, Gemüse, Käse und Fischgerichte. Durch das Einüben von Verzicht versuchten die Brunners, sich auf das Kreuzesopfer Christi am Karfreitag vorzubereiten. Erst am Ostersonntag, dem Auferstehungstag Jesu, durfte wieder üppig gespeist werden. Am Gründonnerstag gab es etwas Grünes zu essen: Spinat. Und am Karfreitag gab es kein Fleisch und keine Wurst. Es war ein strenger Fast- und Abstinenztag. Außerdem war der Karfreitag ein stiller Feiertag ohne Messe, nur mit einer Kreuzwegandacht und Kreuzverehrung. Weil es an diesem Tag kein Kirchengebot zur Mitfeier der heiligen Messe gab, nutzten viele Männer den freien Tag, indem sie zuhause einige Wände weiß tünchten. Franz half dem Meister beim Wegrücken der Möbel und beim Ausmalen, während Lina und ihre Mutter in der Kirche waren. Am Karsamstag wurden die Speisen für das Osterfest zubereitet: Eier wurden gekocht und gefärbt, Osterbrot und ein Osterlamm wurden gebacken, geräucherter Schinken, Meerrettich und Fleisch für den Osterbraten eingekauft. In einen Korb wurden die Speisen für das Osterfrühstück gepackt: Eier, Meerrettich, Brot, Salz, geräucherter Schinken und das Osterlamm. Frühmorgens am nächsten Tag trug die Frau Meister den Korb in die Kirche zur Speisenweihe. Zuhause wurde danach mit den geweihten Speisen zum Frühstück das Ostermahl gehalten. Die beiden Buben wollten in diesem Zusammenhang wissen, wieso es an Ostern gefärbte Eier gebe. „Die gefärbten Eier sind Sinnbild für die Auferstehung", erklärte ihnen die Mutter. „Aus dem scheinbar toten Ei mit einer harten Schale schlüpft normalerweise ein Küken, ein neues Leben. Daher ist dies ein Zeichen für das neue Leben in Christus. Der gekreuzigte und tote Jesus ersteht am Ostermorgen aus der Grabeshöhle. Der Tod und das Grab können ihn nicht festhalten. Er lebt. Das Ei ist also ein Symbol für das neue Leben, das ewige Leben."

Nach dem österlichen Frühstück durften Hubert und Klaus sich auf die Suche nach den Osternestern machen, die am Ostermorgen, als die beiden Buben noch schliefen, Lina und ihr Vater für sie versteckt hatten. Was die Buben nicht wussten: Auch das Suchen der versteckten Eier war ein österliches Zeichen für den Gang der Frauen zum Grab, in dem sie Jesus nicht fanden. Der Engel gab ihnen aber den Hinweis: „Was sucht Ihr den Lebenden bei den Toten? Er ist nicht hier; er ist auferstanden!" Mit den Hinweisen von Lina, ‚kalt oder warm', waren die versteckten Ostereier bald gefunden. Und dann wollte Klaus noch wissen: „Wer hat denn die Ostereier gebracht und versteckt?" „Ja", sagte die Mutter, „das war der Osterhase."

Emmausgang

Einen Tag später, am Ostermontag, stand traditionell der Emmausgang an. Jeder, der irgendwie konnte, unternahm einen Spaziergang und genoss die frühlingshaften, wärmenden Sonnenstrahlen. Die ersten knospenden Tulpen, Krokusse und Hyazinthen und Gänseblümchen waren hübsch anzusehen und erfreuten das Herz nach den langen, kalten und dunklen Wintermonaten. Nach vielen trübseligen, nebligen und schneereichen Wintertagen waren alle froh, dass rechtzeitig zum Osterfest der Frühling mit aller Macht und Kraft der aufbrechenden Natur zum Durchbruch verhalf. Franz erinnerte sich an die Worte in Goethes „Faust", die er in der Schule auswendig lernen musste: „Vom Eise befreit sind Strom und Bäche, durch des Frühlings holden belebenden Blick, im Tale grünet Hoffnungsglück ..." Der Frühling, das Osterfest, das länger werdende Tageslicht, der erfrischende Duft der blühenden Blumen und Sträucher, all das gab Franz Zuversicht für die kommende Zeit und die beruflichen Aufgaben. Alle im Hause Brunner waren gespannt, welches Ziel die Eltern für den Emmausgang ausgesucht hatten. Beim gemeinsamen Frühstück blickten vor allem die Buben ungeduldig auf den Vater, der endlich verkündete: „Wir fahren heute mit der Eisenbahn nach Nürnberg." Hubert und Klaus sprangen von den Stühlen auf und wollten schon losstürmen. „Halt, halt!", rief der Vater. „Wir fahren erst um die Mittagszeit, denn am Morgen werden die Waggons noch von den Pferden gezogen. Erst Mittag und am Nachmittag kommt das Dampfross zum Einsatz. In der Früh und abends ziehen noch die Pferde den Zug. Wie ich Euch kenne, wollt Ihr doch lieber im Waggon, gezogen von der Dampflokomotive, mitfahren." „Unbedingt, natürlich, sowieso!", entgegneten die Buben. „Mit einer Pferdekutsche sind wir doch schon öfters gefahren." „Hältst Du das wirklich für eine gute Idee? Bei der schnellen Geschwindigkeit könnte uns die Zugluft sehr schaden", gab die Mutter zu bedenken. „Ihr Frauen", meinte der Vater, „müsst natürlich einen Hut aufsetzen, den man mit einem Band festbinden kann oder ein Kopftuch umbinden. Den Buben setzen wir eine Mütze auf und ziehen sie ihnen über beide Ohren." Damit hatte der Vater alle Bedenken ausgeräumt. Und zu Franz gewandt sagte er: „Du fährst natürlich auch mit. Bekommst auch die Zugfahrt von mir bezahlt. Lass' Deinen Geldbeutel zu, es ist unser Ostergeschenk!" Auf ein Mittagsmahl wurde heute verzichtet, weil um elf Uhr Abmarsch zur Bahnstation war. Die Billets verkaufte ein Schaffner beim Einsteigen in den Waggon. Der Nagelschmied Brunner war gut betucht und deshalb leistete er sich für alle 1. Klasse – auch deshalb, weil diese Wägen überdacht und an der Stirn- und Rückseite geschlossen waren. Dadurch war man dem Fahrtwind nicht zu sehr ausgesetzt. Voller Vorfreude nahmen alle Platz, begleitet vom lauten Geräusch der Dampf ablassenden Lokomotive. Ein schriller Pfiff aus einem Dampfventil kündete die Abfahrt des Zuges an. Mit einem Ruck bewegten sich die Räder und die Eisenbahn rollte langsam an. Der Zug nahm schnell Fahrt auf und die umliegende Landschaft zog an ihnen vorbei. Die Begeisterung der beiden Buben kannte keine Grenzen. Sie beugten sich weit hinaus, besonders wenn es in eine Kurve ging. Sie wollten unbedingt die Lokomotive sehen, wie sie schnaubend die Waggons hinter sich her zog. In Nürnberg angekommen wurden die Zuginsassen von Schaulustigen winkend und jubelnd begrüßt. Vom Bahnhof aus unternahmen die Brunners und Franz einen Streifzug durch die Straßen der fränkischen Metropole bis zur Rednitz und suchten nach einem Wirtshaus, um am Nachmittag dort Einkehr zu halten. Gestärkt traten sie später den Rückweg zur Nürnberger Bahnstation am Plärrer an und fuhren mit dem Zug nach Fürth zurück. Auch heute erlebte Franz mit der Familie Brunner wieder schöne, erlebnisreiche Stunden und Tage während seiner Walzzeit in Fürth. Wie lange, so fragte er sich insgeheim, würde er noch bei den Brunners bleiben können? Unverhofft bekam Franz Mitte Mai eine Antwort auf die Frage. Der Meister sprach ihn während der Arbeit an: „Du, Franz, eigentlich geht Deine Gesellenzeit bei mir dem Ende entgegen. Aber es wäre schön, wenn Du noch bleiben würdest. Du bist mir eine große Hilfe und in die Hausgemeinschaft hast Du Dich gut eingefunden. So einen wie Dich bekomme ich so schnell nicht wieder. In Dein Walzbüchlein schreibe ich, dass Du für längere Zeit bei mir unabkömmlich gewesen bist und Du ein anständiger, fleißiger und strebsamer junger Mann bist." Franz brauchte über diesen Vorschlag nicht lange nachzudenken und willigte sofort ein. Und so blieb Franz das ganze Jahr 1836 beim Nagelschmied Brunner in Fürth.

Auch im darauffolgenden Jahr konnte er noch bis ins Frühjahr hinein bleiben. Am ‚Weißen Sonntag' 1837 durfte er die Erstkommunion der beiden Buben Hubert und Klaus mitfeiern. Die ganze Familie fieberte auf diesen hohen Festtag hin, und die Aufregung stieg von Tag zu Tag. Am Erstkommunionsonntag fiel das Frühstück aus, da man nach kirchlicher Vorschrift drei Stunden vor dem Empfang der heiligen Kommunion keine Nahrung mehr zu sich nehmen durfte. Das fiel besonders den Buben schwer, während die Erwachsenen diese Einschränkung kannten und einhielten, wenn sie zur Kommunion gehen wollten. Doch die Eltern gingen beim Besuch der Sonntagsmesse nicht immer zur Kommunion; ohne vorher die Sünden in der Beichte zu bekennen, hätten sie sich nicht getraut. So blieb es meist bei einem Kommunionempfang an den Hochfesten Weihnachten, Ostern und Pfingsten.

Festlich gekleidet marschierten alle zur Kirche. Die Buben hielten eine dünne, lange Erstkommunionkerze in der Hand. Als Wachstropfenfänger war oben an der Kerze ein Myrthenkränzchen angebracht. Die Kerze war verziert mit einem Kelch und einer Hostie aus einem Wachsbildnis. Durch die warmen, feuchten Hände der Buben begannen sich ihre Kerzen schon ein wenig zu neigen, so dass der Vater und Franz ihnen diese abnahmen, wieder gerade bogen und vorsichtig selber trugen. In der Kirche wurden die Kerzen auf einen angebrachten Leuchter auf der Kniebank vor jedem Erstkommunionkind auf einen Dorn gesteckt. Diese wurden dann während der Messe angezündet. Doch die warme Flamme trug dazu bei, dass sich auch hier die Kerzen wieder bedrohlich zur Seite neigten.

Ansonsten verlief die kirchliche Feier sehr würdevoll ab. Nur eines der Erstkommunionkinder schwächelte und sank in der Sitzbank zur Seite. Sofort eilten seine Eltern herbei und führten es nach draußen an die frische Luft. Rechtzeitig zum Kommunionempfang brachten sie es wieder in die Kirche herein. Zum Kommunionempfang mussten sich die Erstkommunikanten vor die Kommunionbank knien, die Hände gefaltet, und die Hostie aus der Hand des Priesters auf die Zunge legen lassen. Hubert hätte sich dabei fast verschluckt und einen

Hustenanfall bekommen. Das kam so: Einer seiner Schulfreunde aus einer höheren Jahrgangsstufe war Ministrant geworden und zur Erstkommunion vom Pfarrer zum Ministrieren eingeteilt. Dabei durfte er beim Austeilen der Hostie die Kommunionpatene (vergoldeter Hostienteller) unter das Kinn des Empfangenden halten, um zu verhindern, dass die Hostie versehentlich auf den Boden fällt. Als der Ministrant zu seinem Spezl Hubert kam, drückte er die Patene absichtlich so an dessen Hals, dass dieser ein Würgen im Hals und einen bedrohlichen Hustenanfall bekam. Hubert bekam einigermaßen noch den Kommunionempfang hin, aber statt einem andächtigen Dankgebet schmiedete er Rachegedanken. Allerdings musste er mit der Ausführung auf den nächsten Schultag warten. Aber, so dachte sich Hubert: Aufgeschoben ist nicht aufgehoben.

Abschied von Fürth

Obwohl Franz über eineinhalb Jahre in Fürth bleiben konnte, verging die Zeit beim Nagelschmiedmeister Brunner viel zu schnell. Dieser sagte eines Tages zu Franz: „Jetzt wird es Zeit, dass Du Dich wieder auf den Weg machst. Der Monat Juni ist witterungsbedingt eine gute Walzzeit. Da kommst Du zu Fuß gut voran und kannst weite Strecken zurücklegen. Die Nächte sind nicht mehr kalt, und bis in den späten Abend hinein scheint die Sonne. Da kannst Du tagsüber lange Wege gehen und in der Nacht vielleicht im Freien schlafen. Wenn Du weiter nach Südbayern willst, dann rate ich Dir, geh' entlang dem in Bau befindlichen „Ludwig-Donau-Main-Kanal". Der führt über Neumarkt und mündet bei Beilngries in die Altmühl. Diese mündet wiederum bei Kelheim in die Donau. Wenn Du der Donau flussabwärts folgst, kommst Du über Regensburg nach Straubing ins Niederbayerische. Vielleicht nimmt Dich unterwegs ein Schiffer auf seinem Kahn eine Wegstrecke mit. Auf den Baustellen des Kanals kannst Du Helferdienste leisten und einige Heller verdienen; oder gar als Nagelschmied arbeiten, denn für die Wärterhäuschen und Schleusentore werden viele Nägel gebraucht." „Du hast recht, Meister", sagte Franz, „es wird Zeit für mich, Abschied zu nehmen. Ich tue es schweren Herzens, denn ich habe bei Euch ein Stück Heimat gefunden und wäre gerne hier geblieben. Danke vielmals für alle erwiesenen Wohltaten. Damit mir der Abschied leichter fällt, werde ich sofort morgen nach dem Frühstück aufbrechen. Mein Bündel ist schnell gepackt und geschultert."
Anfang Juni 1837 verließ Franz mit schnellen Schritten den Ort Fürth. Sein Weg führte ihn an Nürnberg vorbei, aber nicht hinein. Das Geld für das Eisenbahnbillet sparte er sich. Die Innenstadt kannte er ja vom Ausflug an Ostern letzten Jahres. Außerdem war die mittelalterlich geprägte Stadt mit der trutzigen Burganlage, der protestantischen bürgerlichen Stadtgesellschaft und den magistralen Auflagen nicht nach seinem Geschmack. Er wollte lieber aufs Land, in klei-

nere Dörfer oder Städte. Zu sehr eingeengt wollte Franz nicht sein. Während seiner Sechs-Tage-Arbeitswoche konnte Franz zwar nicht viel von seiner Umgebung sehen und erleben, aber er wollte sich wohlfühlen – und das, so meinte er, wäre in Nürnberg nicht gegeben.

Tatsächlich traf er auf seiner Walz mehrfach Wanderbaustellen entlang des alten ‚Karlsgraben‘, der nun erweitert und zum ‚Ludwig-Donau-Main-Kanal‘ ausgebaut wurde. Hunderte, ja tausende Männer fanden Arbeit bei diesem Mammutprojekt. Und auch Franz fand mehrmals auf seiner Walz an verschiedenen Orten eine Anstellung beim Bau des Kanals, weshalb sich seine Wanderzeit um mehrere Jahre hinauszog.

Unterkunft in Feucht und Mitarbeit am Kanal

Drei bis vier Tage war Franz nach seinem Aufbruch in Fürth schon unterwegs, als er den kleinen Ort Feucht unterhalb Nürnbergs erreichte. Er fragte eine Frau, die gerade ihre Wäsche am Dorfweiher wusch, nach einem Beherbergungsbetrieb. Sie nannte ihm die Tafernwirtschaft im Tucherschloss. Franz erreichte nach kurzer Zeit die empfohlene Adresse. Er war erstaunt, als er das herrschaftliche Schloss mit seinen Türmchen, den Stallungen und Nebengebäuden erblickte. Er konnte sich darin keine Tafernwirtschaft vorstellen, die auch Handwerksburschen eine Unterkunft bot. Franz zog dennoch an der Türglocke und öffnete vorsichtig die zweiflüglige Haustüre. Zögerlich betrat er das Gebäude und stand urplötzlich vor dem Tafernwirt. Der hatte sich vor Franz wie eine steinerne Säule aufgebaut und blickte streng auf ihn herab. Franz bekam richtig Angst, denn es war ein Hüne von Mann. Etwas verlegen stotterte Franz: „Entschuldigung, aber mir wurde gesagt, dass dies eine Tafernwirtschaft sei, obwohl es wie ein Schloss aussieht. Wenn es nicht so ist, dann bitte ich untertänigst um Vergebung für die Störung." „Komm rein", brummte der Wirt, „es ist schon lange her, dass dies ein repräsentatives, herrschaftliches Schloss gewesen ist. Ich bin der Johann Pfand und habe es 1833 käuflich erworben und für diese Gemäuer das Tafernwirtschaftsrecht erhalten." Franz konnte mit dem Begriff ‚Tafernwirtschaft‘ nichts anfangen und fragte den Wirt nach dessen Bedeutung. „Eine normale Gaststube hat nur das Ausschankrecht", erwiderte der Wirt, „eine Tafernwirtschaft hat nicht nur das Schank- und Krugrecht, also die Bewirtung mit Bier, Wein und Branntwein, sondern auch das Herbergs- und Gastrecht mit Fremdenstallung, das heißt die Versorgung und Unterstellung der Zug- und Reittiere. Bei mir können daher auch wandernde Handwerksgesellen, wie Du wohl einer bist, gegen Geld oder auch manchmal für handwerkliche Gegenleistung unterkommen." „Dann", so meinte Franz, „bin ich hier doch richtig. Ich bin schon seit längerer Zeit auf der Walz und suche für die Nacht eine für meine Verhältnisse bezahlbare Unterkunft." „Was hast Du denn für ein

Handwerk gelernt? Vielleicht kann ich Dir den Nächtigungspreis erlassen, wenn Du mir bei einigen Instandsetzungsarbeiten behilflich bist!" „Nun ja", antwortete Franz, „ich bin ein gelernter Nagelschmied und weiß nicht so recht, ob Du mich für Deine Aufträge gebrauchen kannst. Um welche Arbeiten geht es denn?" Der Wirt schaute verdutzt, denn ein Zimmerer oder ein Schreiner wäre ihm im Augenblick gelegener gekommen. „Ja, also, einen Nagelschmied kann ich wirklich nicht gebrauchen. Aber, wenn Du handwerklich geschickt bist und Dich nicht dumm anstellst, dann könntest Du sogar einige Wochen bei mir gegen Mithilfe bleiben. Wenn Du fleißig bist, dann bekommst Du von mir sogar täglich eine Brotzeit und einen Krug Bier dazu. Allerdings kann ich Dich nicht im Haupthaus, also im Schlossgebäude, unterbringen, denn die Zimmer brauche ich für die zahlenden Gäste. Aber im Nebengebäude, bei den Stallungen, ist die Unterkunft auch nicht so schlecht. Das ist doch ein gutes Angebot, oder?" Der Wirt streckte ihm seine rechte Hand entgegen und Franz ergriff die günstige Gelegenheit und willigte in den Handel mit einem Händedruck ein.

Nachdem er die Wohn- und Schlafstube bezogen hatte, legte Franz sich sofort völlig ermüdet auf die Schlafstatt und wachte erst am nächsten Morgen wieder auf. Angekleidet suchte er in der Frühe den Wirt auf und meldete sich zur Arbeit mit den Worten: „Ich habe mich noch nicht vorgestellt. Ich werde Franz gerufen. Und jetzt bin ich zur Mitarbeit bereit, ausgeschlafen und voller Tatendrang. Was soll ich tun?" „Eifrig, eifrig, so ist es gut", erwiderte der Wirt. „Komm' mit nach draußen, dann zeig' ich Dir Deine heutigen Arbeiten. Heute ist herrliches Wetter für die Gartenarbeit. Vor dem Schlossgebäude ist ein wunderschöner Barockgarten mit Buchsbäumchen. Und da es Ende Juni ist, gehören diese zugeschnitten. Hier hast Du eine Buchsschere und damit schneidest Du die wild wuchernden Blättertriebe ab. Aber aufgepasst! Du musst die Kugelform herausarbeiten. Das ist nicht so einfach. Da brauchst Du ein gutes Augenmaß und Gefühl. Du darfst Dich nicht verschneiden und Löcher hineinbringen. Auch die Beeteinfassungen aus Buchs müssen zugeschnitten werden. Das wirst Du vermutlich nicht an einem Tag schaffen. Ich hetze Dich nicht. Arbeite lieber genau. Wenn Du mit dem ersten Buchszuschnitt fertig bist, dann hol' mich und ich werde Dir sagen, ob es so recht ist. Die abgeschnittenen Blätter kehrst Du mit dem Besen oder dem Rechen zusammen und wirfst das Grünzeug auf den Kompost- und Misthaufen hinter den Stallungen." Nach dieser Einweisung drehte sich der Wirt um und ging wieder ins Gasthaus. Damit hatte Franz nun wirklich nicht gerechnet, dass er Gartenarbeit verrichten sollte. „Nun ja", dachte er sich, „kann nicht so schwer sein". Er machte auch tatsächlich seine Arbeit gut, wie der Wirt anerkennend feststellte. Aber nach zwei Stunden spürte Franz wie das Arbeiten mit der Schere bei seinen Finger- und Handsehnen muskelkaterliche Symptone zeigte. Und was er mit der Arbeit beim Schmieden nicht kannte: Hier bekam er plötzlich Blasen an der Hand. Er unterbrach seine Tätigkeit und kühlte am Brunnen seine Hände. Dann wickelte er einen Tuchstreifen um seine rechte Hand. Das verhalf ihm zu einer Linderung der Schmerzen, aber erschwerte den Umgang mit der Schere. Nach drei Stunden unterbrach er die Arbeit und legte sich ins Gras. Immerhin hatte er in dieser Zeit 15 Buchsbäume zugeschnitten. Zufrieden über sich selbst nickte er im Schatten ein. Irgendwann rüttelte ihn der Wirt wach und forderte ihn zur Weiterarbeit auf. Franz streckte ihm die eingebundene Hand entgegen und meinte kleinlaut: „Durch die ungewohnte Arbeit habe ich Blasen bekommen und habe deshalb das Zuschneiden unterbrochen." „Dein Tagwerk ist für heute erfüllt", gab der Wirt zur Antwort, „mach' morgen mit der Gartenarbeit weiter. Wenn Du mit dem Zuschneiden der Buchsbäume fertig bist, dann kannst Du Unkraut jäten. Lass' Dir heute abend die Brotzeit schmecken." Franz war erleichtert über die freundliche Art des Wirts und dass dieser mit seiner Arbeit zufrieden war.

So vergingen für Franz die nächsten Tage, ja sogar Wochen. Nach dem Unkrautjäten kamen Arbeiten am Haus und an den Nebengebäuden. Die Fensterläden mussten abgenommen und mit neuer Farbe gestrichen werden, schadhafte Bretter im Dachstuhl ersetzt und fest vernagelt werden. Wenn der Stallknecht wegen Erkrankung ausfiel, dann musste Franz sogar die Pferde der Reisenden versorgen, den Stall ausmisten und die Futtertröge auffüllen. Mitte August meinte jedoch der Wirt, dass er für ihn keine Arbeiten mehr hätte, denn ein neuer Haus- und Hofknecht würde Anfang September seinen Dienst beginnen. Franz könne allerdings wohnen bleiben, aber nur noch gegen Bezahlung. Ansonsten müsste er die Walz fortsetzen und die Tafernwirtschaft verlassen. Franz hatte sich schon sehr gut eingelebt und war deshalb über die neue Entwicklung traurig und enttäuscht: „Gibt es denn keine andere Möglichkeit? Mir gefällt es hier sehr gut und ich bin mit der Unterbringung sehr zufrieden." „Ich wüsste schon eine Arbeitsmöglichkeit für Dich", so der Wirt, „nämlich beim Bau des ‚Ludwig-Donau-Main-Kanals'. Die suchen dringend fähige, arbeitsame und geschickte Handwerker. Nicht weit von hier soll der Kanal an Feucht vorbeiführen. Wenn sie Dich nehmen, dann kannst Du bei mir wohnen bleiben und mit Deinem Lohn locker Kost und Logis begleichen. Den Weg zur Baustelle kannst Du zu Fuß jeden Tag leicht bewältigen." Am nächsten Tag machte sich Franz auf den Weg zur Baustelle südlich der Ortschaft Feucht. Nach einer halben Stunde Gehzeit erreichte er die Kanalbaustelle. Viele Arbeiter waren mit dem Ausheben des Erdreichs beschäftigt. Mit Pickeln bearbeiteten sie den schweren, steinigen und harten Untergrund. Die Erde und die Steine mussten sie in hölzerne Schubkarren schaufeln und diese wurden beiderseits zum Rand des Kanalbettes geschoben und von einem Mann mit einem Seil vorneweg gezogen. Das ausgehobene Erdreich wurde auf beiden Seiten des Kanals zu einem erhöhten Damm aufgeschüttet. Das aufgeschüttete Erdreich wurde mit Steinwalzen befestigt, um auf der Dammkrone einen festen Weg für die Treidlpferde zu haben. Franz sah einige Minuten dem Treiben der Arbeiter zu und musste erkennen, dass dies keine leichte Arbeit war. Ein Vorarbeiter sah Franz dastehen und redete ihn an: „Was willst? Suchst Du Arbeit oder bist Du nur zum Gaffen gekommen? Bei Ersterem bist Du willkommen, wenn Letzteres, dann schau' dass Du verschwindest." „Ich suche schon Arbeit, aber so wie ich das sehe", gab Franz zur Antwort, „ist diese für mich wohl zu schwer – eine Knochen- und Schinderarbeit. Ich bin nämlich ein Handwerksgeselle auf der Walz, ein Nagelschmied." „Gut ausgebildete Handwerker können wir immer gebrauchen", sagte der Vorarbeiter und fügte an: „Geh' noch einige hundert Meter weiter und Du kommst zur nächsten Schleusenbaustelle. Dort können sie einen wie Dich gut gebrauchen. Die Schleusentore werden aus Holz gefertigt, mit Eisenbeschlägen und mit Nägeln versehen. Auch der Dachstuhl der Schleusenwärterhäuschen wird aus Balken und Holzbrettern zusammengezimmert und mit Nägeln zusammengehalten. Vielleicht können die einen Nagelschmied gebrauchen. Probier's einfach und frag' nach." Franz entfernte sich mit raschen Schritten von der Aushubbaustelle und ging entlang des bereits fertig gestellten Teilstücks und kam bald zur Schleusenbaustelle. Dort angekommen fragte er sich zum Vorarbeiter durch, dem er seine Arbeitskraft anbot. „Kann Dich auf meiner Baustelle gut gebrauchen. Allerdings nicht, um Nägel anzufertigen, denn die bekommen wir fertig geliefert. Aber Du hast sicherlich als Nagelschmied einen kräftigen Hammerschlag im Arm, oder etwa nicht? Die Bezahlung ist gut und in den umliegenden Gehöften kannst Du billigst nächtigen. Wenn wir hier in einigen Wochen fertig sind, dann ziehen wir tausend Meter weiter zur nächsten Schleusenanlage. Ist halt eine Wanderbaustelle und deshalb kann ich Dich nur dann gebrauchen, wenn Du mir versprichst, dass Du mitziehst. Ständig wechselnde Mitarbeiter stören nur den Ablauf und verzögern die Arbeitszeit. Der Kanal soll ja noch zu unseren Lebzeiten fertiggestellt sein." Franz überlegte, ob er seine Walz für mehrere Monate oder gar Jahre auf der Kanalbaustelle unterbrechen könnte. Es wäre eine lukrative und gut bezahlte Beschäftigung. Die Walz könnte er ja irgendwann wieder aufnehmen, wenn diese Arbeit ihm nicht mehr behagte.

So wurde Franz als Schleusenbauarbeiter angestellt. In den ersten Monaten konnte er noch in Feucht in der Tafernwirtschaft wohnen bleiben und den Fußmarsch zu den Baustellen bewältigen. Als die Wanderbaustelle sich immer weiter von Feucht entfernte, musste Franz dem mittlerweile lieb gewordenen Wirtschaftsschloss Adieu sagen. Die Wanderbaustelle bewegte sich vorbei an Schwarzenbruck, Burgthann, Unterölsbach und Oberölsbach bis Berg bei Neumarkt. Hier, an der Grenze von Franken zur Oberpfalz, bemerkte Franz sofort die Veränderung des Dialekts der Sprache. Während es in Feucht kaum Katholiken gab und dort nur eine Herz-Jesu-Kapelle zum Gebet einlud, umgab ihn in Berg wieder das katholische Milieu; und in einer katholischen Pfarrkirche konnte er nun hin und wieder den gewohnten Gottesdienst besuchen.

Längerer Aufenthalt in Berg und Neumarkt in der Oberpfalz

Während der Winterzeit ruhte überwiegend die Bautätigkeit am Kanal. Eine große Zahl der deutschen, österreichischen und italienischen Arbeiter verbrachte die kalte, eisige Jahreszeit in ihrer Heimat. Franz jedoch blieb in Berg, denn er durfte ja während der Walz nicht in sein Heimatdorf zurück. Er suchte deshalb nach einer Bleibe zum Überwintern. In der ehemaligen Klostermühle konnte er in einem Stübchen bis zum Frühjahr nächtigen. Während der Winterzeit ruhte der Mühlenbetrieb, weil der Bach zeitweise zugefroren war. Strohgefüllte Mehlsäcke dienten ihm als Schutz vor der Kälte. Im Dorfwirtshaus gönnte er sich mehrmals in der Woche eine warme Mahlzeit und ein stärkendes Bier. Nachdem der Schnee geschmolzen und das Eis gebrochen waren, begann im Frühjahr 1838 wieder die Arbeit an der Kanalbaustelle. Die Arbeiter kehrten in Scharen aus der Heimat zurück, und es begann wieder eine rege Tätigkeit. Das ganze Jahr war auch Franz mit der Schleusenfertigung zwischen Berg und Neumarkt, dem schwierigsten Abschnitt des gesamten Kanals, beschäftigt. Am höchsten Punkt des Kanals waren tiefe bauliche Einschnitte in den hügeligen Landstrich nötig, und das erforderte auch höchste Anstrengung bei den Schleusenarbeiten. Die Arbeiten gingen nur langsam und mühevoll voran und benötigten viele Monate bis weit in das neue Jahr 1839 hinein. Im Herbst des Jahres 1838 ging Franz mehrmals in die mittelalterlich geprägte Stadt Neumarkt. Sie war noch mit einer Stadtmauer umgeben und hatte vier Tore. In der Stadt suchte er immer den „Lammsbräu" oder die Brauerei „Glossner" auf und stärkte sich mit einer Maß. Hier, in den Gasthäusern an den Biertischen, würde er sicherlich auch einen Hinweis für eine gute Unterkunft, besonders für den Winter, bekommen, dachte er sich. Er wollte nicht noch einmal einen Winter in der kalten Behausung der Mühle in Berg verbringen.
An seinem 21. Geburtstag, am 6. Oktober 1838, betrat er am Abend wieder die Wirtsstube des „Lammsbräu", setzte sich in die Nähe des Stammtisches und bestellte zur Feier des Tages eine frisch gezapfte Maß Bier. Während er einen kräftigen Schluck aus dem Maßkrug nahm, witzelte einer der Stammtischbrüder, unter dem höhnischen Gelächter der anderen, zu ihm herüber: „Hast aber einen gehörigen Durst, Bürscherl. Vertragst Du überhaupt schon den Alkohol. Der steigt Dir sehr schnell in den Kopf und dann wird so ein junger Spund, wie Du einer bist, leicht rauschig und liegt bald unter'm Tisch." Franz wollte unbe-

dingt einem Streit mit einer Rauferei aus dem Weg gehen, blieb ganz ruhig und antwortete in einem freundlichen Ton: „Schau' vielleicht jünger aus. Aber ich bin kein jugendlicher Spund mehr, wie Du vielleicht glaubst. Hab' heute meinen 21. Geburtstag." Das hätte Franz lieber nicht gesagt, denn jetzt grölte es aus dem Mund vieler Stammtischler: „Freibier, Freibier! Der Jungspund hat heute Geburtstag und zahlt eine Runde!" Franz blieb nichts anderes übrig, als dem Wunsch der Anwesenden zu entsprechen. Andernfalls würde er nicht heil das Wirthaus verlassen können. Gezwungenermaßen spendierte er also eine Runde und durfte sich dafür mit an den Stammtisch setzen. Dort fragten sie ihn nach ‚Strich und Faden' aus. So nebenbei erwähnte er, dass er am Kanal mitarbeite und besonders für den kommenden Winter eine Unterkunft suche. Als er auch noch kundtat, dass er eigentlich ein Nagelschmied sei und nur seine Walz für die Kanalbauarbeiten unterbrochen habe, blickte ein älterer, kräftiger, glatzköpfiger Stammtischler auf und richtete an ihn das Wort: „Ich wüsste schon eine Bleibe. Kannst bei mir zuhause wohnen. Wenn ich ausgetrunken habe, kannst mit mir gehen und ich zeig' Dir die Unterkunft. Wenn sie Dir gefällt, kannst bleiben. Bin kein Mietwucherer und verlang' nur einen geringen Mietbetrag. Hab' eine Vermietung nicht nötig, denn ich bin gutbetucht. Bei mir zuhause erzähl' ich Dir dann, warum Du mir gefällst und ich Dir die Wohnstatt anbiete." Gesagt, getan marschierten beide, nachdem sie ihren Maßkrug geleert hatten, zum betreffenden Wohnhaus. Schon an der weiß getünchten Außenfassade erkannte Franz, dass es sich um ein gepflegtes Anwesen handelte. Der Innenhof und die Zimmer waren in einem guten Zustand, sauber, ohne Modergeruch. Das für ihn gedachte Zimmer war geräumig, sogar mit einem Fenster zur Straßenseite und nicht in den Hinterhof. Franz war sichtlich überrascht von dem Angebot und nahm mit einem dankenden Handschlag das Zimmer an. Schon am nächsten Abend bezog er es. Der Hausherr stellte ihm sein Eheweib, seine Kinder und die Dienstmagd vor und lud ihn zu einem Nachtmahl ein. Bei Tisch erzählte ihm der Herr des Hauses, warum er ihn bei sich wohnen lasse: „Als ich gestern am Stammtisch Deinen Beruf erfuhr, warst Du mir sofort sympathisch. Ich bin kein Handwerker, sondern ein Kaufmann, aber für einen Schmied tue ich alles. Das hat damit zu tun, dass im Jahre 1796 wir Neumarkter Bürger dem Schmied Veit Jung die Rettung unserer Stadt zu verdanken hatten. Womöglich würde das von meinem bereits verstorbenen Vater geerbte Haus nicht mehr dastehen. Damals verschanzten und verbarrikatierten sich die französischen Truppen im Sommer in der Stadt hinter dem Stadtgraben, den mächtigen Steinmauern, und verriegelten die Stadttore. Die österreichischen Truppen belagerten unsere Stadt und verlangten die Übergabe und Öffnung der Tore. Die Franzosen weigerten sich jedoch, denn sie befürchteten ein Gemetzel. Die Österreicher drohten, die Stadt mit Gewalt einzunehmen und zu zerstören. Da fasste sich der Bürger und Schmied Veit Jung ein Herz, nahm seinen Schmiedehammer, lief dabei zum Oberen Stadttor und zerschlug mit seinem Hammer die Sperrvorrichtung des Tores – trotz einiger Gewehrschüsse der Franzosen auf ihn. Diese wiederrum flohen überstürzt vor den einrückenden Österreichern. Bis heute ist diese Heldentat des Schmiedemeisters nicht vergessen – wir alle verdanken ihm die Rettung unserer wunderschönen Stadt und ihrer mittlerweile über 4.000 Einwohner. Die österreichischen Soldaten hätten sicherlich bei der Erstürmung Feuer gelegt, viele Bewohner massakriert und wunderschöne Gebäude, wie das Pfalzgrafenschloss, das Johannesmünster, die Hofkirche und die Marienkirche „Zu unserer lieben Frau", geplündert und zerstört. So aber verschonten sie weitgehend unsere Stadt. Jetzt weißt Du, warum ich Dir – als einem der Zunft der Schmiede Angehörigen – die Beherbergung angeboten habe." Davon hatte Franz natürlich keine Ahnung, denn diese Heldentat hatte sich nicht bis ins ferne oberfränkische Merkendorf herumgesprochen.

Bis weit ins Jahr 1839 blieb Franz in Neumarkt, da die Kanalbauarbeiten – wie schon erwähnt – hier, an der europäischen Wasserscheide, und wegen der Topographie der Landschaft besonders schwierig waren. Außerdem bekam Neumarkt einen eigenen Hafen, so dass sich dort die Arbeiten in die Länge zogen und zu einer zeitlichen Verzögerung führten. Da aber einst die Kanalbauarbeiten an sieben verschiedenen Stellen mit insgesamt 10.000 Arbeitern begonnen worden waren, kam man trotzdem verhältnismäßig schnell voran. Bereits im Jahre 1839 waren die Erdarbeiten abgeschlossen, und ein Jahr später wurden auch alle Schleusen fertiggestellt. Im Sommer 1839 verließ Franz daher Neumarkt und wanderte mit einigen Kollegen weiter am Kanal entlang nach Berching.

Weitere Stationen von Berching bis nach Kelheim

Der mittelalterlich geprägte Ort Berching war umgeben von einer Wehrmauer mit 13 Türmen und vier Toren. Franz betrat durch das Neumarkter Stadttor den Ort und suchte zuerst nach einem Quartier, das er im Brauereigasthof „Winkler" im Ortskern fand. Hier, in Berching, arbeitete Franz an einer der letzten Schleusenanlagen. Im Gasthof „Winkler" konnte er den Winter über logieren und im Frühjahr 1840 nach Beilngries weiterziehen. Zwar waren die 100 Schleusen nun fertiggestellt, aber Franz konnte hier und in Dietfurt, wo der Kanal in den Fluss Altmühl überging, noch an den Schleusenwärterhäuschen mitarbeiten; und bis in das Jahr 1841 hinein war er auch mit der Begrasung der Dämme und Bepflanzung von Obstbäumen beschäftigt. Gegen Ende der Arbeiten an der Wasserstraße spürte Franz instinktiv den Wunsch, wieder seine Walz fortzusetzen und in seinen alten Beruf zurückzukehren. Er hätte zwar bei den nun beginnenden Probeschiffsfahrten mitwirken können – entweder auf dem Schiff oder als Begleiter der Treidlpferde. Aber, das war nun wirklich nicht der Beruf, wofür er in Merkendorf ausgebildet worden war. Nein, bei widrigen Wetterverhältnissen die Treidlpferde begleiten, was rein rechnerisch geheißen hätte, dass von Kelheim bis Bamberg ein Schiff fünf bis sechs Tage von Pferden gezogen benötigte. Franz wäre dann zwar des Öfteren wieder in seiner fränkisch-bambergerischen Heimat und bei seinen Verwandten gewesen, aber dieses ständige Unterwegssein hing ihm mittlerweile zum Halse heraus. Er wollte unbedingt sesshaft werden – und das konnte er sich nur mit einer eigenen Nagelschmiede vorstellen.

Ende des Jahres 1841 kam er nach Riedenburg und überwinterte dort im Riedenburger Brauhaus. Als er in der Wirtsstube eine Mahlzeit einnahm, fragte ihn die Bedienung: „Soll's ein Schweinebraten oder ein Leberkäs' mit Ei sein?" Von Letzterem hatte er bisher noch nie gehört. „Was, bitte schön, ist ein Leberkäs'? Das kenne ich nicht." „Du kennst keinen Leberkäs'!", sprach die Kellnerin erstaunt. „Das ist eine bayerische Spezialität, von einem Metzger am kurfürstlichen Hof in München erfunden. Probier's, schmeckt hervorragend mit Ei und einer Brezel." „Was, bitte schön, ist eine Brezel?", antwortete Franz. „Jetzt aber schlägt's dreizehn", gab die Kellnerin zur Antwort. „Du kennst keine Brezel? Na ja, die Laugenbrezel ist ja erst vor zwei Jahren in einer Backstube in einem Münchner Kaffeehaus entstanden, weil der Bäcker aus Versehen die Brezel nicht mit einem Zuckerguss, sondern mit einer Natronlauge bestrichen hatte. Die Brezel bekam so beim Backen eine braune Kruste und schmeckt hervorragend zum Leberkäs'. Ich bringt Dir eine Portion – und zwar das Scherzel mit süßem Senf." Sprach's und verschwand in der Küche. Das heiß servierte gebackene Leberkäs'stück schmeckte dem Franz gut und er nahm sich vor, des Öfteren eine Portion zu bestellen.

Ankunft in Kelheim und Einkehr in Weltenburg

Franz blieb während der Wintermonate in Riedenburg, im Frühjahr 1842 setzte er seine Walzzeit fort. An Schloss Prunn, das hoch oben auf einem Felsen über dem Altmühltal thronte, und am Ort Essing vorbei, kam er bis nach Kelheim, das eingebettet im Mündungsdreieck von Altmühl und Donau lag. Vorbei am frisch fertiggestellten Kanalhafen, dem Hafenbecken, der Schleuse und dem Schleusenhaus betrat er die Altstadt, die teilweise noch mit Teilen der Stadtbefestigung aus dem 13./14. Jahrhundert umgeben war, durch eines der Tore. Vorbei an stattlichen Bürgerhäusern, Gaststätten und Brauereien strebte Franz zuerst zur gotischen Pfarrkirche „Mariä Himmelfahrt", um der Gottes Mutter seinen Dank für seine glückliche Ankunft auszusprechen. Dann suchte er das alte Weiße Brauhaus auf, um sich mit Gerstensaft zu stärken. Von der benachbarten Kegelbahn hörte er immer wieder das dumpfe Rollen der Kugel und das Scheppern umfallender Kegel. Er nahm seinen halb geleerten Maßkrug in die Hand und ging damit dorthin. Interessiert und neugierig schaute Franz dem Treiben zu. „Wie wäre es," sprach ihn einer der Kegelbrüder an, „wenn Du für uns den Kegelbua machen würdest. Der Bazi hat uns nämlich im Stich gelassen und so muss jedes Mal einer von uns nach hinten laufen und die Kegel wieder aufstellen. Bekommst auch dafür nach zwei Stunden eine Brotzeit und eine Maß Bier." Mit der versprochenen Belohnung war Franz sofort einverstanden und er bewegte sich ans Ende der Kegelbahn. Das Kegel-Aufstellen war eine fade, langweilige Beschäftigung, und die Zeit verging nur schleppend. Erst nach drei Stunden hatten die Kegler genug und Franz bekam die Brotzeit und das Bier. „Setz' Dich zu uns, bekommst auch noch ein Stamperl Schnaps", sagte ein Kegelbruder zu ihm. Und diese erzählten ihm, dass auf dem Michelsberg ein großartiges Bauwerk errichtet werde, die „Befreiungshalle". Noch im Herbst soll die Grundsteinlegung für den mächtig wirkenden Rundbau sein, der an die erfolgreichen Befreiungskriege erinnern soll. Dann erzählten sie ihm auch noch, dass das Kloster Weltenburg in diesem Jahr durch die Benediktiner wieder besiedelt worden sei und diese mit dem Brauen von Bier begonnen hätten. Allmählich stiegen die zwei Maß Bier und der Schnaps dem Franz in den Kopf, und auch er wurde immer redseliger. Er erzählte ihnen einige abenteuerliche Erlebnisse seiner Walz. Irgendwann hatten die Kegler von seinen Geschichten genug und trollten sich nach Hause. Die Kellnerin hatte schon vorher abkassiert, und da Franz nicht wusste, wo er übernachten sollte und er der Letzte war, legte er sich einfach auf eine unbequeme Holzbank in der Kegelbahn. Allerdings erwartete ihn am nächsten Morgen ein Donnerwetter und ein Rauswurf durch den Wirt, der die Krüge und Teller abräumte und ihn beim unerlaubten Nächtigen erwischte. Franz musste allerhand Schimpfwörter über sich ergehen lassen. „Tippelbruder", „Schmarotzer", „Saubua" und „Haderlump" waren noch die harmloseren. Die Schimpfkanonade ging noch weiter: „Ich jag' Dich gleich über'n Michelsberg nach Weltenburg hinauf. Da kommst ins Schwitzen und bei den Benediktinern kannsts' Arbeiten lernen!" Der Wirt schwang dabei bedrohlich mit einem leeren Maßkrug, so dass Franz schleunigst die Flucht ergriff und die Kegelbahn eilends verließ, um weiterem Ungemach zu entgehen.

Bei den letzten Worten des Wirts erinnerte sich Franz an das Erzählte der Kegelbrüder. Von dem bekannten Kloster Weltenberg als die älteste Klosterbrauerei der Welt hatte er schon gehört. Franz war daher nicht abgeneigt, den kleinen Umweg mit der lohnenden Aussicht auf ein süffiges Bier anzugehen. Der Weg zum Michelsberg hinauf war nicht zu übersehen, denn für die Bauarbeiten an der Befreiungshalle war dieser schon angelegt worden. Oben angekommen erwartete ihn ein wunderschöner Ausblick hinunter ins Tal. Über angelegte Forstwege durch Mischwälder ging es abwärts Richtung Weltenburg. Angekommen am Donauufer musste er allerdings feststellen, dass sich das Kloster auf der anderen Uferseite der Donau befand. So musste er mit einer Zille übersetzen und den Fährmann dafür bezahlen. Doch der Preis und die Mühen des Fußmarsches hatten sich gelohnt: Vor ihm breitete sich eine einzigartige Schönheit der Landschaft am Eingang des felsigen Donaudurchbruchs mit der Klosteranlage an der Donauschlaufe aus. Ehrfürchtig betrat er das barocke Gotteshaus. Ein Mönch war gerade dabei, einigen Besuchern die Motive an der Decke der Vorhalle zu erklären. Franz blieb stehen und lauschte den interessanten Ausführungen des Bruders. Dieser zeigte nach oben und erklärte, dass in den Ecken der Decke die vier Jahreszeiten abgebildet seien: der Frühling mit seinen knospenden Zweigen, der Sommer mit feinem Blumengebinde, der Herbst mit seinen Früchten und der Winter mit einem qualmenden Ofen. Das Ganze, so führte der Klosterbruder weiter aus, will symbolisch den Erdenweg des Menschen andeuten mit seiner Kindheit, seiner Jugendzeit, den Jahren sichtbaren Erfolges und den Tagen des Alters. Franz war innerlich von diesen Worten tief bewegt, denn Kindheit und Jugendzeit hatte er schon hinter sich und seine Lebensuhr bewegte sich auf den Herbst zu. Er stand zwar erst am Beginn eines erfolgreichen Arbeitslebens, aber die Zeiger zeigten bereits auf die zweite Hälfte seines irdischen Lebens. Und auch die weiteren Erläuterungen des Kirchenführers gaben ihm sehr zu denken. In der Vorhalle waren die vier letzten Dinge als Stuckgebilde angebracht: der Tod, das Gericht, die Hölle und der Himmel. Dem Tod, dachte Franz, kann keiner entrinnen – und auch nicht dem Jüngsten Gericht, vor dem sich alle verantworten müssen. Aber der Hölle könnte man entkommen. Ewig in der Hölle schmoren, war für Franz ein unheimlicher und grausiger Gedanke. Die Höllenbilder, die Verstorbene qualvoll im Feuer brennend zeigten, hatte Franz nie gerne betrachtet. Er wusste, dass er in den Himmel kommen kann, wenn er an Gott glaubt und gute Werke vollbringt. Das wollte er gerne tun und betrat deshalb auf den Stationen seiner Walz immer wieder Kirchen, um dort für sein Seelenheil zu beten.

Er trennte sich von der Kirchenführung und betrat das Hauptschiff der Kirche, ein Werk des bayerischen Hochbarock von den bekannten Gebrüdern Asam. Jetzt erst stellte Franz erstaunt fest, dass die Kirche dem heiligen Georg geweiht war, einer von mehreren Schutzpatronen der Schmiede und somit auch ein Patron für ihn, den Nagelschmied. Er ging durch den Mittelgang auf die imposante Figur des heiligen Georg im Hochaltarraum zu, der durch das einfallende Licht golden im Übermaß glänzte. An einem Kerzenständer entnahm er eine kleine Kerze, zündete sie an und steckte sie auf einen Dorn. Dabei betete er für sein Seelenheil, denn er wollte nicht im Fegfeuer einmal jahrelang leiden, bis er endlich gereinigt von Sünden in den Himmel kommen würde. Schon im Glaubensunterricht hatte er gelernt für die Armen Seelen im Fegfeuer zu beten, denn durch das Fürbittgebet, so erklärte es der Pfarrer, kann man den lieben Verstorbenen helfen die Zeit der Reinigung zu verkürzen. Nach einiger Zeit verließ Franz wieder die Klosterkirche und begab sich in die gegenüberliegende Klosterschenke. Ein Klosterbruder persönlich zapfte gerade ein neues Bierfass an. Mit einem Holzschlegel in der Hand schlug er mit zwei kräftigen Schlägen auf den Zapfhahn und mit dem Ruf „O' zapft is'" schenkte er den ersten Maßkrug ein. Franz bekam von dem frisch angezapften Bierfass die erste Maß mit einer schönen Schaumkrone serviert. Das Bier floss wie Öl seine Gurgel hinunter, und mit einem Zug hatte er schon die Hälfte getrunken. Er stellte den Maßkrug ab und wischte sich mit dem Handrücken den Schaum aus seinen Mundwinkeln weg. Weil es ihm so schmeckte, nahm er bald noch einen Schluck und später auch noch eine weitere Maß, die der Schankkellner bis an den Rand gut einschenkte. So war es mittlerweile Spätnachmittag geworden und an ein Weiterkommen an diesem Tag nicht mehr zu denken. Die Benediktiner hatten erst Anfang Juni 1842 ihr Kloster durch König Ludwig I. wieder zurückbekommen. Franz wusste deshalb nicht, ob alle Räumlichkeiten im Kloster wieder bewohnbar waren. Trotzdem ging er zur Klosterpforte und zog an der Türglocke. Ein Mönch öffnete nach kurzer Zeit eine Klappe in der Türe und fragte nach seinem Begehr. Franz erklärte dem Pförtner und Bruder, dass er auf der Walz sei und für heute Nacht ein Quartier benötigte. „Na, ja,", gab dieser zur Antwort, „vertrauenserweckend schaust in Deiner abgeschabten, verschmutzten Kluft nicht gerade aus. Aber Du kannst sogar zwei Nächte bei uns im Kloster bleiben, wenn Du übermorgen beim Verladen einiger Bierfässer auf einen Lastkahn hilfst und tatkräftig mitanpackst. Du kannst, wenn Du willst und es auf Deiner Walzstrecke liegt, sogar mit dem Kahn nach Regensburg mitfahren. Der Schiffer hat sicherlich nichts dagegen, wenn Du auch ihm beim Ausladen behilflich bist. Morgen kann Dir unser Bruder Antonius, der Schneider des Klosters, einen Flicken auf Deine zerrissene Hose nähen und unsere Dienstmagd kann Dir Deine Klamotten waschen. Bis zur Abfahrt sind sie wieder trocken. Also, was ist? Willigst Du ein?" Franz war über dieses Angebot höchsterfreut und heilfroh, wieder für zwei Nächte ein Dach über dem Kopf zu haben.

Schifffahrt auf der Donau nach Regensburg

In der Frühe nach der zweiten Nacht musste Franz tatsächlich schwer mitanpacken. Fast zehn schwere, mit Eisen beschlagene Bierfässer mussten aus dem Brauhaus zum Ufer gerollt und auf den Lastkahn gehoben werden. Nach Anweisung des Schiffers mussten sie im Kahn so verteilt, verkeilt, festgezurrt und sicher aufgestellt werden, dass sie während der Fahrt nicht ins Rollen kamen und bei gefährlichen Stromschnellen und hohen Wellen nicht umkippten. Die Donau war kein ungefährlicher Strom, besonders wenn es durch den Donaudurchbruch nach Kelheim ging. Der Kahnbesitzer ließ Franz mitfahren, denn dann brauchte er nicht so kräftig zulangen beim Ausladen der Fässer. Weil es einen milden Winter gab und wenig Schnee in den Bergen fiel, führten die Schneeschmelze im Frühjahr und der trockene regenarme Sommer immerhin zu keinem nennenswerten höheren Wasserstand. Gerade das Kloster Weltenburg, die Altstadt von Kelheim sowie angrenzende Orte am Donaufluss, wie Oberndorf, Lohstadt, Matting und Kleinprüfening und auch die Altstadt von Regensburg, waren ansonsten des Öfteren im Frühjahr und im Sommer von Hochwasser bedroht. An Hauswänden angebrachte Strichmarken mit der Höhe des Wasserstandes und der jeweiligen Jahreszahl des Hochwassers zeugten von den schlimmen Fluten und ihren verheerenden Auswirkungen für Hab und Gut der am Fluss lebenden Menschen.

Der niedrige Wasserstand in diesem Jahr kam dem Schiffer sehr gelegen und so versprach er eine ruhige, gefahrlose Flussfahrt. Der Schiffer selbst stand am Steuerrad und lenkte den Lastkahn. Zwei Matrosen halfen beim Ablegen, dem Lichten des Ankers und beim Losbinden des schwerfälligen, bulligen Schiffes. Während der Schifffahrt war die Mithilfe von Franz nicht gefragt – er stand eher im Wege. Er konnte die vorbeiziehende Landschaft, das Plätschern des Wassers, das sich darin spiegelnde Licht und die zunehmend wärmenden Sonnenstrahlen genießen. Die eintönige Stille wurde nur unterbrochen, wenn der Steuermann hin und wieder auf Fragen von Franz eine Antwort gab. Beim Zusammenfluss von Altmühl und Donau erklärte er ihm beispielsweise, dass er auch öfters die Netze auswerfe oder angle, da die Kelheimer Wasserlandschaft reich an verschiedenen Fischarten, wie Barsch, Karpfen, Wels, Zander, Huchen oder Donaulachs, sei. In Kelheim fuhren sie an der Anlegestelle vorbei, wo es mehrere Brauereien gab, die wie der Steuermann auch berichtete, nicht gerade erfreut darüber waren, dass nach fast 40 Jahren wieder Bier im Kloster Weltenburg gebraut wurde. Sie fürchteten um ihr Geschäft und einen niedrigeren Bierabsatz, weswegen sie auch kein Weltenburger Bier in ihren Gasthöfen ausschenkten. Im weiteren Verlauf ihrer Fahrt fuhren sie an den Ortschaften Saal, Lengfeld und Poikam vorbei. In Abbach hielt der Schiffsmann an der Anlegestelle an. Mit Seilen vertauten seine Männer das Boot am Ufer. „Franz, komm' mit! Wir gehen kurz nach Abbach hinein in die Marktkirche zu einem kurzen Gebet. Das Gotteshaus ist dem heiligen Christophorus geweiht. Der Christophorus ist der Schutzpatron der Schiffsleute und der Reisenden. Der Heilige soll uns Schutz vor den Gefahren des Wassers und eine glückliche Heimkehr gewähren." Als sie die Kirche betraten, fiel der Blick von Franz sofort auf das Hochaltarbild, das den heiligen Christophorus darstellte. Der Heilige trägt das Jesuskind auf seiner Schulter sicher über den Fluss ans andere Ufer. Aus dem Glaubensunterricht wusste Franz, dass der Name ‚Christophorus' übersetzt ‚der Christusträger' heißt. Der Heilige ist zwar nicht der Schutzpatron der Nagelschmiede, aber der Reisenden – und so dachte Franz, könne es nicht schaden, ihn anzurufen. Christophorus soll ihn als Fürsprecher bei Gott sicher durch die Walz und an sein irdisches Ziel bringen.

Nach einem kurzen Gebet verließen sie wieder die kleine Marktkirche, gingen zurück zum Lastkahn, legten ab und fuhren weiter flussabwärts. Das Schiff glitt langsam an der Ortschaft Matting vorbei. Vom Boot aus konnte Franz die ältesten Steinhäuser Bayerns bewundern und die Pfarrkirche St. Wolfgang mit ihrem Turm aus dem 13. Jahrhundert. Kurz danach näherte sich das Schiff der Wallfahrtskirche „Maria Ort" an der Einmündung der Naab in die Donau, wo sich linker Hand die bewaldeten Hänge der Winzerer Höhen erhoben. Von Ferne waren auch bereits die noch unvollendeten Domtürme von Regensburg zu erkennen. In der Domstadt legte der Schiffsmann zuerst auf der nördlichen Seite der Wöhrde an, um mit einigen Fässern den Gasthof „Zur Goldenen Ente" zu beliefern. Anschließend lenkte er das Schiff quer zur südlichen Stadtseite, um noch kurz vor der Steineren Brücke am Ufer zu ankern. Die Durchfahrt durch einen der Bögen der Steinernen Brücke war ihm zu gefährlich. Schon viele Boote waren dort aufgrund der berüchtigten und gefürchteten Donaustrudel gekentert und in den Fluten versunken. Das Manöver glückte und er konnte das Schiff vor dem ersten Brückenbogen durch seine Matrosen an den dafür vorgesehenen Anlegepfosten festbinden lassen. Mithilfe eines Krans wurden die Bierfässer vom Laderaum auf den Uferweg gehoben. Franz half beim Ausladen und rollte die Fässer am gepflasterten Uferweg entlang unter der Brücke zur „Wurstkuchl". Die „Wurstkuchl" war ein kleines Gebäude, an einem Überbleibsel der alten Stadtmauer angelehnt, und diente als solches von 1135 bis 1146 den Bauarbeitern als Büro beim Bau der Steinernen Brücke. Anschließend wurde sie in eine Garküche umfunktioniert; die Kundschaft waren Bau- und Hafenarbeiter. Die reichen Patrizier nutzten die Anlegestellen des Hafens als Umschlagplatz für Waren aus aller Welt. Allerlei Arbeiter suchten deshalb die Garküche auf, um sich bei gesottenem Fleisch und Bier zu stärken. Es war immer viel Gedränge im kleinen Gastraum, und auch die Plätze auf den Bierbänken vor der Wurstkuchl waren heiß begehrt. Gerade in den Jahren von 1828 bis 1841 waren zusätzlich zu den Hafenarbeitern viele hungrige Bauarbeiter von der Dombaustelle hinzugekommen. Denn auf Anordnung von König Ludwig I. wurde eine Regotisierung des Doms mit der Beseitigung der barocken Fresken, dem Abbau der Kuppel und der Neuerrichtung eines Kreuzrippengewölbes durchgeführt. Auch nach Abschluss der Dombauarbeiten gab es in der mittelalterlichen Stadt für die Bauarbeiter genügend Arbeitsstellen, und so war auch an diesem Tag die „Wurstkuchl" gut besucht.

Mit einem freudigen Hallo wurden somit die Schiffsbesatzung und Franz von den durstigen Kehlen einiger Gästen begrüßt, als diese sie mit den rollenden Bierfässern ankommen sahen. Auch der Wirt war hochzufrieden mit der Anlieferung und bedankte sich bei den Schiffsleuten mit einer Brotzeit und einer Maß Bier. Für Franz war es das erste Mal, dass er Bratwürste kredenzt bekam. Seit einigen Jahren wurden im Vorraum der Gaststube auf einem Grillgitter über heißen Kohlen Würste gebraten, die „Regensburger Bratwürste".

Nach der Stärkung verabschiedete und bedankte sich Franz bei den Schiffern und machte auf eigene Faust einen Streifzug durch die Stadt. Durch enge Gässchen, vorbei an herrschaftlichen Patriziertürmen, gelangte er zum Regensburger Dom. Beim Betreten der Bischofskathedrale tauschte er die drückende Schwüle der sonnigen Frühherbsttage, die wie eine Dunstglocke über der Stadt lag, gegen eine angenehme Kühle des gotischen Bauwerkes ein. Selbst warme, sonnige Herbsttage konnten das Innere des Domes nicht erwärmen. Franz war beeindruckt und tief ergriffen von dem gotischen Sakralbau. Der Dom war dem heiligen Petrus geweiht, ebenfalls ein Patron der Schmiede. Franz ließ sich in eine Kirchenbank sinken und bedankte sich in einem stillen Gebet bei seinem Schutzpatron. Nach dem Dombesuch suchte er in Regensburg noch weitere bedeutende Kirchen auf: St. Emmeram, St. Kassian, die Alte Kapelle, St. Ulrich und Niedermünster. In der Niedermünsterkirche betete er am Grab und vor dem silbernen Reliquienschrein des heiligen Bischofs und Zunftpatrons der Schmiede, dem heiligen Erhard, um weiteres gutes Gelingen seiner Walz. Erhard war ein Wanderbischof, der missionierte und erst in Regensburg sein von der Vorsehung bestimmtes Ziel erreichte. Franz sah in ihm ein Vorbild für seinen eigenen Lebenswanderweg. War er womöglich schon am Ziel? Franz wusste zu diesem Zeitpunkt noch nicht, dass er viele Jahre später tatsächlich in Regensburg sein Lebensziel finden sollte.

Nach dem Besuch der Kirchen begab er sich wieder an die Donau und überquerte diese auf der Steinernen Brücke. Am anderen Donauufer, in Stadtamhof, ging er durch die Hauptstraße an den neu errichteten stattlichen Bürgerhäusern, nach der Zerstörung durch die österreichischen Truppen im Kampf gegen Napoleon einst zerstört, entlang. Durch einen Torbogen begab er sich in die gotische Spitalkirche St. Katharina und erflehte auch ihren Schutz und Beistand. Anschließend betrat er die Gaststätte der Spitalbrauerei und gönnte sich eine Maß Bier. Gestärkt überquerte er danach wieder die Steinerne Brücke zur Altstadt. Nach reiflicher Überlegung beschloss er, nicht in Regensburg nach einer Nagelschmiede zu suchen, weil er von einem Bewohner des Katharinenspitals mitbekommen hatte, dass seit der Auflösung des Heiligen Römischen Reiches Deutscher Nation die Stadt des Immerwährenden Reichstages in einen Dornröschenschlaf versunken sei. Die wirtschaftliche Lage in der Stadt sei nicht mehr so rosig und weit entfernt von früheren goldenen Zeiten. So begab er sich wieder an die Donau zum Hafen, um ein donauabwärts abfahrendes Schiff zu finden, das ihn als Passagier mitnehmen könnte.

Donauabwärts ins Niederbayrische nach Straubing

Ein Schiffsmann in einem kleineren Boot mit seiner Fracht wollte gerade ablegen, als Franz ihm zurief, ob er nicht mitfahren könne. Der Schiffer gab ihm zur Antwort: „Steig' ein, aber ich fahre nur bis Donaustauf. Dort lege ich schon wieder an. Ich liefere einige Weinkisten und drei Bierfässer ab, denn morgen am 18. Oktober wird ja die Walhalla durch den König eröffnet." Franz blickte irritiert, denn er konnte sich darunter nichts vorstellen. Der Schiffsmann erklärte ihm, dass die Walhalla ein Ruhmestempel sei, in dessen Innerem Büsten von bedeutenden deutschen Persönlichkeiten aufgestellt seien. Diesen Ehrentempel werde König Ludwig nach langer Bauzeit feierlich eröffnen – zur Besichtigung und Bewunderung für die dort aufgestellten Deutschen. Diese Einweihung werde mit einem Empfang für Adelige und Honoratioren gefeiert. Und dazu liefere er den Wein und das Bier. „König Ludwig bleibt aber nur einen Tag", erklärte er Franz weiter. „Denn am nächsten Tag, am 19. Oktober, muss er ja schon in Kelheim sein – zu der Grundsteinlegung der Befreiungshalle." „Ja, so was", erwiderte Franz erstaunt. „Ich war erst vor ein paar Tagen auf dem Michelsberg in Kelheim und habe die Baustelle mit eigenen Augen gesehen. Wenn ich in Kelheim geblieben wäre, dann hätte ich bei der Grundsteinlegung den König höchstpersönlich gesehen." „Macht doch nichts", sagte der Schiffer zu ihm. „Bleib' doch in Donaustauf bis morgen in der Früh; dann kannst Du vielleicht hier den König persönlich sehen und ihm zuwinken. Oben auf der Walhalla stehen noch einige leere Bauhütten der Arbeiter. Da kannst Du nächtigen und störst niemanden. Allerdings musst Du über 358 Stufen der breiten Treppen zur Ruhmes- und Ehrenhalle hinaufsteigen. Da wirst Du gehörig ins Schwitzen kommen, aber dafür hast Du einen wunderbaren, grandiosen Blick hinunter ins Donautal, kannst im Licht der untergehenden Sonne in der Ferne die Domtürme und die Silhouette der Stadt Regensburg noch einmal sehen und weit in die Ebenen des Gäubodens Niederbayerns hineinschauen." „Das trifft sich gut!", sagte Franz. „Da will ich nämlich hin – nach Niederbayern und dort einen Arbeitsplatz in einer Nagelschmiede suchen und mein Glück finden. So eine flache Gegend gefällt mir, da fällt das Gehen viel leichter und ist nicht so anstrengend." Der Schiffer wog ein wenig bedenkend seinen Kopf: „Aber, pass' auf, die Niederbayern sind rechte Dickschädel und brauchen Zeit, bis sie einen Zugewanderten in ihrer Mitte aufgenommen und akzeptiert haben. Besonders bei den Großbauern und Gutsbesitzern wirst Du es schwer haben. Die schauen auf einen Handwerksburschen, wie Du einer bist, nur geringschätzig herab. Mit Deinem Handwerk kannst Du sicher Sympathie erwerben, weil sie was von Dir wollen, und sie bezahlen Dich auch für Deine Leistung – aber mehr schon nicht. Einheiraten kannst Du gleich vergessen. Der Hoferbe ist immer der erstgeborene Sohn. Und sollte der nicht vorhanden sein, sondern nur eine Tochter, dann wird mit einem anderen Hoferben zusammengeheiratet, damit's ‚Sach' beieinanderbleibt. Nach dem Motto: ‚Liebe vergeht, Hektar besteht'. Verguck' Dich also nicht in eine Bauerstochter – da wirst Du kein Glück haben."

Kurz nachdem sie abgelegt hatten, fuhren sie mit dem Boot an einem rauchenden Ungetüm, das am Ufer der Königlichen Villa ankerte, vorbei. „Sag' einmal: Was ist denn das für ein dampfender Koloss? Fährt jetzt schon eine Dampfeisenbahn auf dem Fluss?" „Nein, das ist das erste, seit einigen Jahren auf der Donau verkehrende Dampfschiff. Der König sollte ursprünglich mit dem Dampfschiff zur Walhalla fahren, aber er bevorzugt nun lieber die Landroute über die festlich herausgeputzten Vororte Stadtamhof, Steinweg, Reinhausen, Schwabelweis und Tegernheim." Franz war beeindruckt von dem Gesehenen und Gehörten. Nach ein bis zwei Stunden erreichten sie Donaustauf und legten am Ufer unterhalb der Walhalla an. Franz verabschiedete sich dankend vom Schiffsmann und ging schnaufend die Stufen zur Walhalla empor. Oben angekommen ging er zuerst einmal um das ganze Bauwerk herum und betrachtete es bewundernd. „Was das wohl alles gekostet hat? Wohl ein Vermögen für so einen Schmarrn!" Laut hätte er sich das nicht sagen trauen, denn mit der Obrigkeit war nicht zu spaßen. König Ludwig I. schränkte nämlich die Meinungsfreiheit ein, und viele seiner politischen Gegner landeten vor dem Kadi und wanderten hinter Gittern. Die großen Torflügel der Walhalla waren noch verschlossen und deshalb konnte Franz keinen Blick ins Innere werfen und die Büsten bewundern. Eigentlich hatte er sowieso keine große Lust verspürt, die Köpfe längst verstorbener Helden verdienter Persönlichkeiten anzuschauen. Was hatte er schon davon? Franz genoss noch den herrlichen Sonnenuntergang und suchte sich dann eine unverschlossene Bauarbeiterhütte für die Nacht. Er konnte es sich bequem machen, fand er doch darin eine Strohaufschüttung zum Schlafen. Vermutlich nächtigten früher einige Arbeiter darin. Von der Anstrengung des Tages schlief er sofort ein.

Am frühen Morgen wurde er unsanft geweckt. Zwei Gendarmen standen in der Hütte und rissen ihn lieblos aus dem Schlaf. Sie duldeten nicht, dass sich ein Landstreicher und Tippelbruder in der Nähe der Walhalla und dem baldigen königlichem Besuch aufhalte. Sie vermuteten in ihm sogar ein gefährliches, monarchiefeindliches Subjekt, das in Kerkerhaft genommen werden musste. Sie fürchteten einen Anschlag auf das monumentale Bauwerk und auf seine königliche Hoheit. Franz musste wohl oder übel, es blieb ihm nichts anderes übrig, den Gendarmen zur Wache in den Ort Donaustauf folgen. Dort musste er den ganzen Tag in der Zelle eingesperrt verbringen. Statt einen Blick auf den König und sein Gefolge werfen zu können, sah er nun nur ein vergittertes Fenster. Auch die Rede des Königs, der die Walhalla als „des Kindes meiner Liebe" nannte, hörte er nicht. Die Haft hatte aber auch etwas Gutes, denn er bekam wenigstens Wasser und Brot. Nachdem König Ludwig den Ort wieder verlassen hatte, wollten die Gendarmen Franz am späten Abend wieder freilassen. Doch Franz bat darum, noch die Nacht in der Zelle verbringen zu dürfen, weil er so spät kein Nachtquartier mehr bekommen würde. So etwas hatten die Gendarmen bisher noch nicht erlebt, dass jemand freiwillig um einen Zellenaufenthalt bat. Franz durfte bleiben und am nächsten Morgen gaben sie ihm noch einen guten Rat, wie er am besten weiter donauabwärts nach Straubing kommen könnte. Er sollte sich mehr an den Bergausläufern des Bayerischen Vorwaldes halten und den Weg in die nächsten Ortschaften Bach und Kruckenberg ansteuern. Es gebe dort noch einige Weinberge mit Weinschenken, erklärten sie ihm, und er könne dort den „Sauerampfer" probieren. Es hätten schon die Römer hier Wein angebaut, aber eben keine Spitzenweine. Franz tat, wie ihm empfohlen, und marschierte in die genannten Ortschaften. Er gönnte sich in einer Weinstube einen Schoppen und verzog dabei gehörig den Mund. Der servierte Wein schmeckte tatsächlich sauer, wie die Gendarmen ihm prophezeiten, und war von minderer Qualität. Aber er hielt sich beim Bezahlen mit einem diesbezüglichen, negativen Kommentar bei der Wirtin zurück. Er wollte ja keinen Ärger und heil aus der Gaststube wieder herauskommen. Von dem Sauerampfer ließ er sich nicht die gute Laune verderben und marschierte bis in den frühen Nachmittag hinein nach Wiesent und Wörth an der Donau weiter. Das Schloss Wörth auf dem Berg war trutzig gebaut, wie eine Festung, und nicht zu übersehen. Deshalb konnte er das Ziel nicht verfehlen. Lange überlegte er, ob er den anstrengenden Serpentinenaufgang zum Schloss in Angriff nehmen sollte, um die schöne Aussicht ins Donautal zu genießen. Er ließ es sein, denn diese Aussicht hatte er schon gestern von der Walhalla aus. Außerdem wusste er nicht so recht, ob seine Anwesenheit in der Nähe des Schlosses von den neuen Burgherren derer von Thurn und Taxis geduldet wäre. Wie er von einem Landarbeiter bei einem kurzen Plausch erfahren hatte, gehörte vor der Säkularisation das Schloss Wörth noch dem Bischof von Regensburg, dann dem bayerischen Staat, und dieser wiederum gab es den Thurn und Taxis als Entschädigung für verloren gegangene Postrechte. Mit den meisten Adeligen war nicht ‚gut Kirschen essen' und diese wollten mit dem gemeinem Volk auch keinen Kontakt. „Nur zum Arbeiten und Ausnützen", so dachte Franz, „da sind wir gut genug". Da hielt Franz lieber Abstand und ging weiter nach Hofdorf. Die zurückgelegte Wegstrecke reichte für den heutigen Tag und er suchte am späten Nachmittag nach einer Schlafgelegenheit. Am Wegrand in der Nähe des Dorfes fand er eine offene, halb verfallene Scheune. Für eine Nacht war sie gut genug. Am nächsten Morgen traute er sich in einen Bauernhof und bettelte um ein Stück Brot. Die Bäuerin hatte ein gutes Herz. Er durfte sich auf die Hausbank setzen und bekam ein großes Stück Brot und eine Tasse Milch. Die Landfrau verwickelte ihn in ein Gespräch und wollte nach dem Woher und Wohin wissen. Als sie von seinem Beruf hörte, schaute sie verdutzt und sprudelte dann darauf los: „Meine Schwester Marlies wohnt in Straubing und hat dort einen Nagelschmied geheiratet. Vielleicht kommst Du bei denen unter. Kannst neben der Werkstattarbeit meiner Schwester auch bei der Hausarbeit behilflich sein. Sie ist nämlich in guter Hoffnung und erwartet schon bald ihr zweites Kind. Schwer heben soll sie nicht, damits' Kindlein keinen Schaden nimmt und es keine Frühgeburt wird. Kannst dem Korbinian, ihrem Mann, sagen, die Rosmarie aus Hofdorf schickt Dich zum Arbeiten und Helfen. Musst halt in Straubing nach dem Schmied Korbinian fragen, damit Du nicht an den Falschen kommst, denn es gibt dort drei Nagelschmiede." Franz erwiderte: „Dank Dir, Bäuerin, für Deinen Hinweis. Ich mach' mich sofort auf den Weg, damit ich abends in Straubing bei Deiner Schwester und Deinem Schwager bin. Wenn Sie hören, wer mich schickt, dann komm' ich sicher bei ihnen unter. Vergelt's Gott und behüt' Dich Gott."

Über Kirchroth und Kösnacht erreichte er nachmittags Straubing. Um in die Stadt zu kommen, musste er jedoch noch die Donau überqueren. Er suchte nach einer Möglichkeit und fand einen Fischer, der gerade seinen Kahn ins Wasser schieben wollte. Franz bat ihn um eine Mitfahrt ans andere Ufer. Doch der lehnte mürrisch ab: „Sonst noch was. Da musst Du Dir schon einen anderen Deppen suchen, der Dich hinüberrudert. Ich nicht! Ab der Mitte wird die Donau ein schnell fließender Strom. Da treibt's mich mit dem Boot schnell ab und ich kann schauen, wie ich wieder zurückkomme. Womöglich brauch' ich eine Stunde zum Zurückrudern! Geh' weiter flussabwärts, da findest eine Brücke, die direkt zur Altstadt führt." Franz merkte sofort, dass er an den Falschen gekommen war und ging weiter zu Fuß zur Brücke. In der Nähe der Altstadt fand er das Anwesen des Nagelschmieds Korbinian. Nach einem erklärenden Gespräch willigte dieser in das Ansinnen von Franz ein, schon deswegen, weil die Niederkunft bei seiner Frau bald bevorstand und er kaum im Haus der Marlies zur Hand gehen konnte, um nicht mit seinen Aufträgen in Verzug zu kommen. Franz konnte so von Ende Oktober 1842 bis weit ins nächste Jahr 1843 bei der Nagelschmiedfamilie und deren Nachwuchs bleiben. Er brauchte meist nur den halben Tag in der Schmiede stehen; ansonsten hieß es für ihn: Wasserkübel vom weiter entfernten Brunnen schleppen, Brennholz für den Ofen spalten und in die Küche tragen, die Asche entfernen, ausgegangenes Feuer wieder entfachen, den Korb mit der Wäsche ans Ufer der Donau tragen und wieder zurück, vom Markt die Einkäufe in einem Korb nach Hause schleppen … Anfangs hatte ihm diese Hausarbeit gefallen. Doch irgendwann dachte sich Franz, dass dies Weiberarbeit sei und keine Aufgabe für einen Mann. Die spöttisch-lächelnden Blicke der Männer auf dem Marktplatz waren ihm nicht entgangen, wenn er neben der Nagelschmiedefrau ging und den Korb tragen musste. Als Hausl, Waschlappen und Weibsknecht wollte er nicht verspottet und ausgelacht werden. Als er merkte, dass die Frau wieder zu Kräften kam, bat er den Meister um Mehrarbeit in der Schmiede. Als dieser den Vorschlag von Franz hörte, verstand er sofort, worauf dieser hinaus wollte: „Du hast recht, Franz, Du bist keine Hausdirn, sondern willst in der Schmiede arbeiten und Deinen Beruf ausüben. Dazu bist Du ja hauptsächlich hier. Wir werden eine Lösung finden. Dann müssen wir gerade über die kalten Wintermonate eine Magd einstellen. Meine Frau kann in der eiskalten Donau die Wäsche nicht mehr waschen. In ihren Fingern und Händen spürt sie schon das rheumatische Reißen. Werde mich deshalb abends am Stammtisch umhören und nach einer Dienstmagd suchen." Einige Tage später kam tatsächlich eine Magd ins Haus, worüber Franz mehr als erleichtert war. Endlich konnte er sich wieder seiner eigentlichen Arbeit in der Schmiede widmen. Nachts wurde er zwar immer wieder einmal durch das Geschrei des Babys aus dem Schlaf gerissen, aber ansonsten war es im Hause der Nagelschmieds auszuhalten.

Als es bereits in den Sommer hineinging, kam Korbinian eines Tages mit einer guten Nachricht vom Stammtisch: „Franz, ich habe Neuigkeiten. Ein Stammtischbruder hat erzählt, dass ganz weit unten in Niederbayern, in der Nähe von Eggenfelden, ein älterer Nagelschmied dringend einen Gesellen sucht und bisher nicht fündig geworden ist. Vielleicht lohnt sich für Dich der weite Weg. Der Kollege kränkelt und denkt in naher Zukunft daran, sich zur Ruhe zu setzen. Deine Walzzeit und auch die Mutjahre hast Du doch längst erfüllt. Pack' die Gelegenheit beim Schopf. Wenn Du Dich auch dort bei dem Nagelschmied bewährst, dann kannst Du seine Schmiede vielleicht übernehmen, eine eigene Existenz aufbauen, eventuell heiraten und eine Familie gründen. Ich an Deiner Stelle würde nicht lange zögern und mich sofort auf den Weg machen. Du hättest sogar das Glück, dass der Stammtischbruder einen Verwandten hat, der Händler ist und mit seinem Pferdegespann und seinem Wagen zwischen Straubing und Eggenfelden immer wieder Waren transportiert. Der kann Dich mitnehmen. Was sagst Du dazu?" Franz war darüber mehr als erstaunt. Mit so einer Wendung in seiner Walzzeit hatte er nicht gerechnet. Fast hatte er schon den Gedanken an eine eigene Schmiede aufgegeben. Und jetzt das. Das Schicksal, oder ist es doch der liebe Gott, meinte es scheinbar gut mit ihm. „Du hast recht, Meister, ich werde die Gelegenheit ergreifen und mich auf den Weg dorthin machen. Wenn der Händler wieder gen Süden fährt, dann sag' mir bitte sofort Bescheid und bitte ihn, dass er mich mitnimmt."

Mit Hindernissen gepflasterte Wegstrecke

Die Sonne brannte Anfang Juli auch schon frühmorgens kräftig vom Himmel, als Franz neben dem Händler auf dem Kutschbock Platz nahm. Das Fuhrwerk war schon fast eine Woche unterwegs von Böhmen über die Grenze bei Furth in Wald, dann weiter über Cham nach Straubing. Zu seinem Erstaunen hatte das Fuhrwerk vorne schon ein fast geschlossenes Führerhaus mit einem vorspringenden Dach, einer Rückwand und Seitenwänden. Von Wind, Regen und Sonnenstrahlen geschützt ließ sich so leichter kutschieren. Nur wenn der Wind von vorne bließ, dann wurde es auch unangenehm. Der Händler bot Franz sofort das ‚Du' an: „Ich bin der Rupert und hoffe, dass wir uns auf der langen Fahrt gut verstehen. Wir brauchen sicherlich ein bis zwei Wochen nach Eggenfelden. Die Pferde brauchen ihre Ruhezeiten, Wasser und Hafer, sonst machen sie schlapp. Und auch ich will nachts eine bequeme Ruhestadt und nicht dauernd auf dem Kutschbock sitzen. Das Sitzfleisch ist bei mir zwar gut ausgeprägt, aber wund will ich nicht werden. Und auch mein Kreuz tut sakrisch weh durch die lange Fahrzeit. Also werden wir öfters übernachten. Ich hab' schon meine Gasthöfe, Gutshöfe und Absteigen. Sehen mich alle gern, denn ich bleibe keinem was schuldig und bezahle gut." „Was transportierst Du denn mit Deinem Gespann?", nahm Franz das Gespräch auf. „Ich muss vorsichtig das Fuhrwerk lenken und auf Schlaglöcher achten, damit nichts in die Brüche geht", erwiderte der Händler. „Sind es etwa rohe Eier?", meinte Franz. „Ja, so etwas ähnlich Zerbrechliches", murmelte der Händler, „nämlich Glas. Aus den Glashütten Böhmens und des Bayerischen Waldes hol' ich in Kisten und Holzwolle verpackt verschiedene Glaswaren, zum Beispiel Trinkgläser und flache Fensterverglasungen und kutschiere sie bis nach Eggenfelden. Trotz der weiten Transportwege ist es ein lohnendes Geschäft für mich. Glas in allen Variationen ist sehr gefragt und nicht billig zu haben. Ich kaufe in den recht abgelegenen Glashütten günstig ein und mache trotz der hohen Transportkosten noch einen gehörigen Gewinn. Weniger mit den Bauern, denn für deren kleine Fenstergugerln benötigt man nicht viel Glas; jedoch mehr beim Adel, denn die brauchen teure, hochwertige Trink-und Weingläser für ihre Festgelage. Die Schlösser und Kirchen benötigen große weiße und bunte Glasscheiben, die ich teuer verkaufen kann. Ich bin schließlich nicht der billige Jakob." Im Gespräch mit dem Händler lernte Franz nicht nur eine neue Geschäftssparte kennen, sondern viel Wissenswertes über wirtschaftliches Handeln mit allen Risiken und Gewinnchancen. Für Franz nicht unerheblich, denn wenn er bald eine eigene Nagelschmiede führen wollte, dann musste er so wirtschaften können, dass für ihn ein Gewinn übrig bleiben sollte. Auf den tagelangen Fahrten und den Abenden in den Unterkünften kamen sie in ihren Gesprächen vom ‚Hundertsten ins Tausendste', wie man so sagt, und sie redeten über Gott und die Welt. In Landau mussten sie mit dem Gespann die Isar überqueren und machten im Ortskern Halt bei einer Hufschmiede mit einem kleinen Gasthof. Die Pferde benötigten neue Hufeisen. Da es bereits später Vormittag war und der Hufschmied noch andere Pferde zu beschlagen hatte, mussten sie für diesen und den nächsten Tag Quartier nehmen. „Das sind jetzt die Unkosten, von denen ich Dir erzählt habe", nahm der Händler am Abend bei einer Maß Bier das Gespräch wieder auf. „Und solche unvorhergesehenen Ausgaben, wie jetzt die neuen Hufeisen und Quartierzahlungen, musst Du auch mit einkalkulieren in Deine Berechnungen." Bisher hatte Franz sich mit finanziellen Dingen nicht viel beschäftigt. Hauptsache, der Lohn war ausreichend und er war damit über die Runden gekommen. Aber um eine Nagelschmiede führen zu können, war mehr wirtschaftliches und finanzielles Wissen und Geschick nötig. Gut, dachte Franz, dass er an diesen Händler geraten war und das auch noch für fast zwei Wochen. Kein anderer hätte mit ihm so viel Zeit verbracht und ihn in alle Geheimnisse des Geschäftslebens eingeführt. Am Nachmittag des anderen Tages waren die Pferde neu beschlagen und die Fahrt hätte fortgesetzt werden können. Doch das rentierte sich nicht mehr – weit wären sie an diesem Tag nicht mehr gekommen. Also spannten sie erst anderntags in aller Frühe die Pferde ein und setzten die Fahrt fort. Am späten Abend erreichten sie mit Mühe und Not den Ort Simbach, nachdem an einem Rad unterwegs zwei Speichen gebrochen waren. Dieses Missgeschick kostete wieder zwei Tage zusätzlichen Aufenthalt. Denn der Wagner musste erst den Wagen unter der Achse des gebrochenen Rades aufbocken, dann das Rad ausbauen, die Speichen erneuern und schließlich das Rad wieder einbauen. Keine leichte Aufgabe angesichts der teuren Ladung, die nicht verrutschen, geschweige durch ein Kippen des Wagens herunterfallen durfte. Die Nerven beim Händler lagen blank, seinen Gewinn durch diese unvorhergesehenen Ereignisse schrumpfen sehend. Dementsprechend herrschte am Abend in der Gaststube lähmende Stille zwischen den beiden Männern. Der Händler versuchte, seinen Kummer mit Bier zu ertränken, und mit schwerer Zunge lallte er Franz zu: „Jetzt darf nichts mehr dazwischenkommen, sonst bin ich fast drei Wochen umsonst gefahren, ohne Gewinn, und kann nur hoffen, dass die Verkaufspreise wenigstens meine Unkosten decken." Franz wollte ihn trösten und aufmuntern und redete ihm gut zu. Doch der Händler wurde durch den übermäßigen Alkoholkonsum immer aggressiver und gab schließlich sogar Franz eine Mitschuld. „Du bist an allem Schuld. Da nehm' ich Dich umsonst mit und dann bringst Du mir nur Unglück!", brüllte der betrunkene Händler los. Der holte sogar mit dem

Maßkrug aus und wollte Franz damit auf den Schädel schlagen. Doch Franz konnte gerade noch rechtzeitig ausweichen. Der Maßkrug aber entglitt dem Händler und landete stattdessen krachend am Nachbarstisch. Zwei Bierdimpfeln wurden durch das spritzende Bier patschnass und sprangen wutentbrannt von der Holzbank auf und stürzten sich auf den Händler, um ihm eine saftige Abreibung dafür zu verpassen. Auch Franz bekam einige Schläge mit der Faust ins Gesicht und so entwickelte sich eine Wirtshausschlägerei ersten Ranges. Nun eilte auch der Wirt hinzu und wollte die Streithähne auseinander bringen. Seine Frau keifte und schrie um Hilfe. Ihr Geschrei rief auch noch andere Gäste auf den Plan und diese eilten wiederum dem Wirt zu Hilfe. Die Bilanz der Schlägerei präsentierte der Wirt am nächsten Morgen dem Händler: eine saftige Rechnung über fünf zerbrochene Bierkrüge, drei zu Bruch gegangene Stühle und Reinigungskosten der Gaststube durch das verschüttete Bier. Außerdem Hausverbot für ewige Zeiten. Zum Glück rief der Wirt nicht die Gendarmen, denn dann wäre diese Angelegenheit noch schlimmer ausgegangen. Der Wirt und Franz konnten mit vereinten Kräften den besoffenen Händler auf sein Lager legen. Nachdem er seinen Rausch ausgeschlafen und mit einem brummenden Schädel die Rechnung bezahlt hatte, verließen der Händler und Franz fast fluchtartig die Herberge. Sie holten die Pferde aus dem Stall, führten diese zum Wagnermeister und spannten sie an den Wagen, der wieder fahrtüchtig zur Abholung bereit stand. Auch hier musste der Händler wieder tief in seinen Geldbeutel greifen, um den Wagner für seine Arbeit zu befriedigen. Nachdem die beiden Reisenden stillschweigend Simbach den Rücken gekehrt hatten, begann endlich der Händler das Gespräch: „Kannst Du Dich noch erinnern, was gestern alles passiert ist? Mir brummt der Schädel, ich habe einen gehörigen Kater und kann mich kaum auf dem Kutschbock halten." Franz erzählte ihm, dass er zu tief ins Glas geschaut, den Bierkrug auf den Nebentisch geschleudert und dadurch eine Schlägerei provoziert und ausgelöst habe. „Ich weiß überhaupt nichts mehr davon", gab der Händler zur Antwort. „Übernimm Du die Zügel, ich lege mich hinten zwischen den Kisten aufs Ohr und versuche zu schlafen. Aber fahr' vorsichtig und rumple nicht zu sehr mit dem Wagen, denn mir ist jetzt schon so schlecht im Magen und im Kopf. Wenn Du den Fahrweg nach Eggenfelden nicht findest, dann frag' lieber jemanden, damit wir keinen Umweg machen müssen. ‚Zeit ist Geld' und beides haben wir auf dieser Fahrt schon reichlich verloren. Um die schlechte Stimmung des Händlers nicht noch mehr zu verschärfen, vermied es Franz, ihm auch zu erzählen, dass er ihm die Schuld für alle Missgeschicke der Fahrt in die Schuhe geschoben hatte. Wenn er davon nichts mehr wusste, wäre es von Franz töricht gewesen, es ihm zu sagen. Franz wollte den Händler nicht gegen sich aufbringen; womöglich hätte er

Franz noch vom Kutschbock gestoßen und ihn die restliche Wegstrecke zu Fuß gehen lassen.

Die Pferde trabten ruhig vor sich hin und zogen gemächlich den beladenen Wagen. An einer Weggabelung wusste Franz nicht, welchen Weg er einschlagen sollte. Es fehlte schlicht und einfach ein Wegweiser. Da ist guter Rat teuer, wenn weit und breit niemand zu sehen ist, der einem den richtigen Weg zeigen kann. Franz überlegte hin und her. Er traute sich nicht, den Händler zu wecken, und deshalb lenkte er die Pferde auf die rechte Landstraße. Rechts, so dachte sich Franz, ist nie verkehrt – schon in der Bibel bei der Weltgerichtsrede Jesu heißt es, dass die Guten auf die rechte Seite kommen. Also zuckelte er mit dem Pferdegespann rechts am Kollbach entlang. Vor einem kleinen Weiler wurde der Händler plötzlich wieder wach, schlug die Augen auf und fand sich nicht sofort zurecht. Er schwang sich wieder auf den Kutschbock neben Franz und wollte von ihm wissen, wie weit sie mittlerweile gekommen seien. „Ich weiß es nicht", gab Franz ehrlich zur Antwort. „Bei einer Weggabelung bin ich rechts abgebogen, weil kein Wegweiser vorhanden war." „So halt' an und steig' ab und geh' dort in eines der Bauernhäuser und frag', wie der Weiler heißt und wohin es nach Eggenfelden geht." Franz sprang ab und trottete zu einem Hof, wo er auf einen Knecht traf. Der gab ihm bereitwillig Auskunft. Dann erstattete Franz kleinlaut dem Händler den gewünschten Bericht: „Also, wir sind in Nußdorf am Kollbach gelandet und wir müssen wieder umkehren, weil ich an der Kreuzung falsch abgebogen bin. Ich hätte nach links die Pferde lenken müssen. Entschuldigung!" Der Händler reagierte verärgert: „Da hab' ich nichts davon, von Deiner Entschuldigung. Du hättest mich unbedingt aufwecken müssen. Jetzt können wir wieder zurückkutschieren und haben mindestens drei Stunden Zeit verloren. Wenn Du bei mir angestellt wärest, hätte ich Dir den Zeitverlust vom Lohn abgezogen." Nach dieser Schimpfkanonade wurde es zwischen ihnen auf dem Kutschbock mucksmäuschenstill. Es herrschte eine bedrückende Spannung und stundenlang wurde kein Wort gewechselt. Jeder stierte dumpf vor sich hin. Erst am späten Nachmittag, als sie in Falkenberg einfuhren, ergriff der Händler wieder das Wort: „Wir sind kurz vor Taufkirchen und Eggenfelden. Ich könnte noch weiter fahren und spätabends mein Ziel erreichen. Aber ich will morgen ausgeschlafen ankommen. Ich übernachte im Gasthof, mach' mich frisch und wasch' mich gründlich und gönn' mir noch eine Abendmahlzeit mit einer frischen Maß Bier. Wenn Du willst, kannst Du zu Fuß nach Taufkirchen weitergehen oder Du bleibst auch hier und machst es wie ich. Auf den ersten Eindruck kommt es an. Wenn Du von der staubigen Landstraße verdreckt Dich beim Nagelschmied vorstellst, dann gewinnt er von Dir gleich einen schlechten Eindruck und nimmt Dich womöglich nicht. Ein sauberes, gepflegtes Aussehen ist das A und O. Merk' Dir das! Außerdem fahre ich sowieso morgen über Taufkirchen nach Eggenfelden, weil ich dort dem Pfarrherrn einige Weingläser vorbeibringen soll. Da könnte ich Dich dem Nagelschmied vorstellen und eine gute Empfehlung für Dich abgeben. Schließlich habe ich auch von ihm vor Wochen erfahren, dass er einen Gesellen und Nachfolger sucht. Und es ist unser gemeinsamer letzter Abend. Wer weiß, wann und wo wir wieder zusammenkommen. Bist ein guter Bursch, machst halt auch einmal einen Fehler, und für das Missgeschick mit dem gebrochenen Rad kannst nichts dafür. Also, sind wir wieder gut; ich geb' eine Maß für Dich zum Abschied aus." „Ich müsste doch eine Maß für Dich ausgeben, denn Du warst so freundlich und hast mich die zwei Wochen auf Deinem Gefährt mitgenommen", erwiderte Franz. „Du bist mir für's Mitnehmen nichts schuldig; hab' es gern getan und war auf der weiten Fahrt nicht alleine. Aber, wer weiß, vielleicht brauch' ich einmal ein paar Nägel, dann kannst Du mir ja einen günstigen Preis machen", lachte verschmitzt der Händler bei den letzten Worten. Franz willigte sogleich ein, gab aber zu bedenken: „Heut' ist doch Samstag, und morgen am Sonntag gehört es sich doch nicht, dass ein Händlerfuhrwerk nach Taufkirchen fährt. Am Sonntag ist doch Ruhetag." „Hast zwar recht, Franz, aber der Herr Hochwürden wird mir nicht so gram sein, weil ich ihm doch die Weingläser vorbeibringen muss; und wenn's um sein leibliches Wohl geht, dann drückt er gerne ein Auge zu. Wirst schon sehen!" Allerdings hatte der Händler nicht bedacht, dass es der Sonntag nach Mariä Geburt (08.09.) war und an diesem Tag in Taufkirchen traditionell das Kirchweihfest gefeiert wurde. Nichtsahnend verbrachten beide noch in geselliger Runde den Abend im Gasthaus und kutschierten am anderen Morgen frohgemut durch die wald- und wiesenreiche Hügellandschaft gen Taufkirchen.

Kirchweih in Taufkirchen

Als der Händler die Pferde hügelaufwärts der Dorfmitte, wo die Pfarrkirche mit dem Friedhof und der Pfarrökonomie lag, entgegenlenkte, wunderte er sich über die gelb-weiße Fahne am oberen Kirchendachfenster und das große Festgeläute der Kirchenglocken. Der Kirchenvorplatz war menschenleer, denn die Gläubigen hatten sich bereits in der Kirche zum Festgottesdienst versammelt. Der Händler fuhr mit dem Gespann in den Pfarrökonomiehof, hielt an, sprang vom Kutschbock herab und band die Pferde an den dafür vorgesehenen Eisenring an. Er winkte Franz zu sich und beide betraten vorsichtig und leise das Kircheninnere. Die frommen Seelen sangen gerade das Eingangslied: „Ein Haus voll Glorie schauet, weit über alle Land", als dem Händler einfiel, dass in Taufkirchen heute Kirchweih war. Daran hatte er nicht mehr gedacht, aber nun war es zu spät, und die Kirche wieder zu verlassen, das traute er sich dann doch nicht. Sie blieben beide hinten an der Eingangstüre stehen und feierten die Festmesse mit. Bei der Predigt, die der Pfarrer Adam Stuhlberger von der Kanzel herab hielt, lauschten sie aufmerksam mit gesenktem Kopf den markigen und drohenden Worten. Zuerst ging er mit dem Gesinde und den Dienstboten ins Gericht: „Unter den Tagelöhnern, Knechten und Mägden gibt es viele, die durch ein störriges, widerspenstiges Betragen gegenüber den Dienstherren auffallen. Durch listige Betrügereien und Diebstahl schädigt Ihr Euren gnädigen Gutsherrn. Durch Wortbrüchigkeit und Meineide schadet Ihr nicht nur dem Bauern, sondern der ganzen Dorfgemeinschaft und damit auch der heiligen Mutter Kirche. Schwere Sünden begeht Ihr durch überspannte Kleidung, teures Spiel, Trunkenheit und nächtliches Herumschwärmen. Anstatt den erarbeiteten Lohn zu sparen, werft Ihr das Geld zum Fenster hinaus. Unsittlichkeit und Fensterbesuch sind abstoßende Vergehen und ein Werk des Teufels. Mir ist auch schon zu Ohren gekommen, dass es Fälle in unserem christlichen Ort gegeben habe, wo sogar die Weibsleut' ans Fenster gegangen sind. Wenn ich jemals ein Weibsbild am Abend auf einer Leiter beim Fensterln seh', dann werde ich sie bei meiner Predigt öffentlich beim Namen nennen, sie dem Gespött der Leute preisgeben und ihr in der Beichte ein saftiges Bußwerk auferlegen. Kniend muss sie dann in Altötting die Gnadenkapelle umrunden, damit alle davon wissen, dass sie schändliche Taten begangen hat." Mit den Bauern, Gutsbesitzern und Adeligen ging er weniger hart ins Gericht, denn von denen profitierte er das ganze Jahr über nicht schlecht. Vielmehr redete er ihnen mit sanften Worten ins Gewissen, dass sie ihre Bediensteten gut behandeln, aber bei Vergehen auch hart züchtigen sollten. Auch die Eheweiber mussten sich ermahnen lassen, weil sie nicht immer ihren ehelichen und häuslichen Pflichten nachgekommen seien. Den Jungfrauen schärfte er mit erhobenem Zeigefinger ein, dass sie ein keusches, ehrbares und sittlich einwandfreies Leben vor der Ehe führen sollten. Erst in der Hochzeitsnacht, nach der kirchlichen Heirat, dürften und müssten sie dem Ehemann gehorsam und untertan sein und am Schöpfungswerk Gottes durch die Weitergabe des Lebens durch viele eigene Kinder teilhaben. Den Bauern schärfte er weiter ein, das Gebot der Sonntagsruhe einzuhalten, keine Felder zu bestellen, nur die notwendigsten Arbeiten im Stall zu verrichten und den Dienstboten den Kirchenbesuch zu ermöglichen. Als er im Verlauf der Predigt den Händler bemerkte, wetterte er auch über alle Geschäftsleute, die am Sonntag ihrem Handel nachgingen. Aber, so schränkte er ein, durch gute Werke könnten sie Nachlass ihrer Sündenschuld erlangen. Mit einer abschließenden Ermahnung an die Mannsbilder, heute, an Kirchweih, den Alkoholgenuss nicht zu übertreiben, beim Kirtatanz die Weiber nicht unsittlich zu berühren und keine Rauferei anzuzetteln, schloss der Geistliche die Predigt. Franz war nicht wohl in seiner Haut und er senkte immer tiefer seinen Kopf, während der Pfarrer seine Schäflein abkanzelte. „O je", dachte er bei sich, „wo bin ich da hingeraten." Am liebsten wäre er mit dem

Händler weiter nach Eggenfelden gefahren. Aber so schnell wollte er nicht aufgeben. Der erste Eindruck trügt und vielleicht ist der zweite beim Nagelschmied besser, überlegte er bei sich. Nach dem „Te deum" (Großer Gott, wir loben dich) strömten die Leute ins Freie. Der Händler ging mit Franz zur Nagelschmiede, die in unmittelbarer Nähe des Pfarrhofs lag. Sie warteten, bis der Nagelschmied mit Namen Albanbauer vom Kirchgang nach Hause kam. Der Händler begrüßte den Handwerker und stellte ihm den Gesellen Franz vor. „Das ist ja heute zu Kirchweih eine gute Nachricht, die Du mir da überbringst", freute sich der Meister sichtlich. „Schon lange habe ich auf einen Gesellen gewartet. Hier in das kleine Nest im tiefen Niederbayern verirrt sich nicht so leicht ein arbeitssuchender Geselle." Und zu Franz gewandt: „Wenn Du Dich bei der Arbeit geschickt anstellst, dann kannst Du in zwei, drei Jahren vielleicht die Schmiede übernehmen. Ich führe die Nagelschmiede schon seit 1818 und spüre mittlerweile die Beschwerden des Alters. So ein langes Arbeitsleben hinterlässt seine Spuren, und ich möchte noch ein wenig den Ruhestand genießen, bevor mich der Herrgott abberuft und mir den Sensenmann vorbeischickt." „Auf der langen Fahrt von Straubing", so sagte der Händler zum Schmied, „habe ich den Franz näher kennengelernt und kann ihn nur wärmstens empfehlen. Es ist ein anständiger und williger Bursche. Der geht Dir bereitwillig zur Hand und hat während seiner Lehr- und Walzzeit viel gelernt. Deine letzten Arbeitsjahre werden Dir mit ihm leichter fallen und Du kannst Dich mehr schonen und brauchst noch lange nicht an den Gevatter Tod denken." Franz fiel dem Händler ins Wort: „Ich bin erst 26 Jahre alt, kräftiger Natur, gesund und in den besten Jahren. Ich helfe Ihm, wo ich kann, bin arbeitsam und gehorche meinem Meister. Wenn Er mich aufnimmt, dann verspreche ich Ihm das in Seine Hand." „Gut, ich schlag' ein. Du bekommst bei mir im Haus eine kleine Schlafstatt und kannst am Tisch sitzen. In der dritten Person brauchst mich nicht anreden, sondern wir nennen uns beim Vornamen. Ich bin für Dich der Herrmann, und Du bist für mich der Franz." Nachdem das Gespräch beendet war, bat der Händler den Franz noch, er solle ihm doch helfen beim Ausliefern der Ware beim Pfarrer. Vorsichtig öffneten beide eine Holzkiste und entnahmen mehrere Trinkgläser und trugen diese zum Pfarrhof. Franz zog an der Kette der Hausglocke und sogleich öffnete sich die Türe und der Pfarrherr höchstpersönlich erschien, gekleidet im schwarzen Talar, im Türrahmen. Mit tiefer, etwas drohender Stimme raunzte er den Händler an: „Hab' Dich schon hinten an der Kirchentüre wie ein armer Sünder stehen sehen. Ausgerechnet am Kirchweihsonntag wagst Du es, Deine Waren auszuliefern. Das ist gegen das dritte Gebot der Sonntagsheiligung. Schäm' Dich! Hoffentlich hast Du aufgemerkt bei meinen Predigtworten und änderst Dein ungebührliches Verhalten. Aber ich will ja nicht päpstlicher sein als der Papst und nehm' Dir die von mir in Auftrag gegebenen Weingläser ab. Zeig' her, ob sie unbeschadet den Transport überstanden haben. Sie klingen gut, wenn man sie aneinander klopft." Bis jetzt war der Händler bei diesem Redeschwall des Pfarrers nicht zu Wort gekommen, doch jetzt bat er ihn um die Bezahlung. Der alte Pfarrer Stuhlberger erwies sich nicht minder geschäftstüchtig als der Händler: „Über den Preis müssen wir noch reden. Du hast doch gehört, was ich in meiner Predigt sagte: ‚Wer das Sonntagsgebot nicht hält, soll es durch gute Werke wieder gut machen'. Also, in Bezug auf den Kaufpreis, wie schaut da Dein gutes Werk mir gegenüber aus?" Der Händler durchschaute sofort das listige Ansinnen des Pfarrherrn, musste aber klein beigeben und nannte eine geringere Summe, wohl wissend, dass er sonst in der Gegend und in Eggenfelden keine Geschäfte mehr machen könnte. Schließlich verständigen sich die Geistlichen untereinander, und wenn über ihn ein ungebührliches Geschäftsgebahren von den Kanzeln herab gepredigt würde, dann könnte er sprichwörtlich einpacken und seine Waren woanders zum Verkauf anbieten. Und gegen den Geistlichen wegen geschäftschädigenden Verhaltens zu klagen, wäre zwecklos gewesen angesichts der uneingeschränkten Machtfülle und dem Vertrauen des Königs, das der Klerus und die Kirche im Königreich Bayern genossen. Wohl oder übel musste der Händler also in den sauren Apfel beißen und dem Pfarrer die wertvollen Gläser zu einem Spottpreis überlassen. „Du hast ein gutes Werk getan", wandte sich der Pfarrer wieder an den Händler. „Dafür sind Dir viele Sünden vergeben. Aber sag', wen hast Du denn da mitgebracht? Hast Du jetzt auf Deinen Geschäftsreisen einen Dienstboten dabei? Du musst ja gute Geschäfte machen, wenn Du Dir das leisten kannst." „Nein, nein", gab dieser zur Antwort, „darf ich dem Hochwürden den Gesellen Franz vorstellen? Er wird ein neues Pfarrkind in Ihrer Gemeinde. Beim Nagelschmied ist er ab heute in Stellung und soll einmal die Schmiede übernehmen." Franz machte nach dieser Vorstellung eine Verneigung und entbot ein „Grüß Gott, Herr Pfarrer". Der Geistliche stutzte Franz sogleich zurecht: „Das heißt immer noch ‚Hochwürdiger Herr Pfarrer'. Merk' Dir das, soviel Zeit musst Du schon haben. Werde ein wachsames Auge auf Dich haben. Du arbeitest ja in direkter Nähe zum Pfarrhaus, der Kirche und meiner Ökonomie. Während der Gottesdienstzeiten möchte ich keinen störenden Lärm aus der Schmiede hören. Und beim Angelusläuten während der Mittagszeit nimm gefälligst an Deiner Arbeitsstätte Deine Kopfbedeckung ab und bet' den ‚Engel des Herrn'! Und wenn die Dorfgemeinschaft in der Pfarrökonomie ihre jährlich der Pfarrei verbrieften Dienste ableisten muss, dann hast auch Du da zu sein. Verstanden! Und merk' Dir gut, was ich in der Predigt über die Sittlichkeit und vor allem die Unsittlichkeit gesagt habe. Du bist noch nicht der Nagelschmiedemeister und hast kein Bürgerrecht in der Gemeinde und kannst erst dann heiraten, wenn Du eine Existenz hast. Also halte Dich von den Jungfrauen und den Eheweibern fern. Verstanden!" Jetzt wusste Franz, wer hier im Dorf das Sagen und nach welcher Pfeife er zu tanzen hatte. „Ich habe verstanden, Hochwürden, und werde mich bemühen, die Gebote redlich zu erfüllen, den Sonntagsgottesdienst regelmäßig zu besuchen und ein frommer Christ zu sein." Nachdem das Geschäftliche und die Vorstellung beendet waren, verabschiedeten sie sich vom Pfarrer und gingen schnurstracks zur Dorfwiese. Hier war zum Kirchweihfest ein Tanzboden aufgebaut, und eine kleine Blaskapelle spielte zum Tanz auf. Franz und der Händler setzten sich an einen Biertisch und bestellten jeder für sich eine Maß Bier. Ein sogenannter fliegender Händler bot in einem Verkaufsstand seine Waren an, und einige Jungmänner versuchten am Gewehrstand ihre Schießkünste, um den Mädchen zu gefallen und mit ihrer Treffsicherheit anzugeben. Der Nagelschmiedmeister gesellte sich zu ihnen und so entwickelte sich eine angeregte Unterhaltung. Die Bierkrüge waren schnell geleert, und weil die Kellnerin wegen der vielen Leute, die zu bedienen waren, nicht sofort kam, griff Franz die drei leer getrunkenen Maßkrüge selbst, stand auf und wollte damit zum Bierausschank gehen.

Eine hübsche Erscheinung

Während er über die Bierbank stieg, übersah er aus Versehen ein junges Mädchen, der er auf die Füße trat. „Au, aua, kannst Du nicht aufpassen, Du Depp! Hoffentlich hast Du mir keine Zehen gebrochen und es sind nur blaue Flecken! Aber schau', jetzt sind meine Schuhe voller Dreck!" Seine Ungeschicklichkeit war Franz peinlich und er entschuldigte sich. „Da hab' ich nichts davon! Zieh' Deinen Janker aus oder nimm' ein sauberes Schneiztuch und putz' sie mir wieder sauber. Jetzt schau' nicht so verdutzt!" Das junge Mädchen stellte einen Fuß auf die Holzbank und schaute Franz provozierend an. Es blieb ihm nichts anderes übrig, als das Geforderte zu erfüllen. Er stellte die Bierkrüge wieder ab, und unter dem Gelächter einiger Umstehender begann er seinen Janker auszuziehen und damit ihre Schuhe zu putzen. Franz bemerkte an ihrer Kleidung und dem Schuhwerk sofort, dass das Mädchen keine Dienstbotin war, sondern eine Bauerstochter. Als er damit fertig war, wollte Franz nun zum Schanktisch gehen. Doch das Mädchen forderte Franz zum Tanz auf: „So schnell kommst Du mir nicht davon. Du bist mir noch einen Tanz als Wiedergutmachung schuldig. Will sehen, ob Du mir auch da auf die Füße trittst und von Haus aus ein Trampeltier bist." Sie hakte sich bei Franz ein und zog ihn mit sich auf die Tanzfläche. Franz wusste im ersten Moment nicht so recht, wie ihm geschah und musste sich dem Gewünschten fügen. „Bist ja gar kein so schlechter Tänzer. Bis jetzt stellst Du Dich nicht ungeschickt an. Mal seh'n, wenn wir uns schneller dreh'n, ob Du auf meinen Füßen landest. Ich hab' Dich hier in der Gegend noch nie gesehen. Wer bist Du überhaupt und wie heißt Du?" Franz antwortete keuchend und nach Luft ringend: „Ich bin heute erst angekommen und heiße Franz. Arbeite als Geselle in der Nagelschmiede. Und verrätst auch Du mir, wer Du bist und was Du so machst?" Das Mädchen gab keine Antwort auf seine Frage, und als die Musik endete, sagte sie nur: „Mal seh'n, ob uns der Zufall oder das Schicksal einmal wieder zusammenführt." Sprach's, drehte sich um und verschwand in der Menschenmenge. Franz stand noch ganz benommen da und erst jetzt wurde ihm klar, welch hübsches Mädchen er gerade noch beim Tanzen in seinen Armen gehalten hatte. War das die gute Fee aus dem Märchen? War es Wirklichkeit oder nur eine Einbildung? Nein, es konnte keine Erscheinung gewesen sein, denn sein Janker war an einigen Stellen vom Schuhputzen verdreckt.

Er ging wieder zum Biertisch zurück und wollte die leeren Krüge nehmen und zum Ausschank gehen. Doch während er mit dem Mädchen das Tanzbein geschwungen hatte, hatte die Kellnerin frisch gefüllte Maßkrüge auf den Tisch gestellt. Franz setzte sich wieder auf seinen Platz und wollte von den beiden Begleitern wissen, ob ihnen das Mädchen bekannt sei. Doch sie verneinten: „Nein, das Mädchen kennen wir nicht, sie ist nicht aus dem Dorf und auch nicht aus einem der umliegenden Gehöfte und Weiler. Sie hat Dir wohl gefallen! Warum hast Du sie nicht nach ihrem Namen und nach der Wohnstatt gefragt? Du hättest sie zu uns an den Tisch bitten sollen oder mit ihr ein Treffen ausmachen. Da hast Du Dich aber dumm angestellt, wenn sie Dir so gefallen hat." Das Gespräch beschäftigte sich bald mit anderen Themen, und über die Begegnung mit der schönen Maid wurde nicht mehr gesprochen. Aber Franz behielt sie in guter Erinnerung. Sie ging ihm in den folgenden Tagen und Wochen nicht mehr aus dem Kopf. Nachts, wenn er nicht sofort einschlafen konnte, war ihr Bildnis vor seinen Augen. Vor allem ihr schönes Gesicht konnte er nicht vergessen: ihre rehbraunen Augen, die schwarzen Augenbrauen und ihre dunklen Haare, ihre Stupsnase und ihr süßer Mund mit den roten Lippen. Da sie keine Kopfbedeckung trug, musste sie noch eine Jungfrau sein, dachte er sich. Die Eheweiber verbargen ihre Haare unter einem Hut oder einem Kopftuch. Auch während der Arbeit kreisten seine Gedanken um die hübsche Unbekannte: Vielleicht war sie schon vergeben und hatte einen Bräutigam? Er tröstete sich, indem er sich sagte: Wenn es sein soll, dann wird sie mir eines Tages wieder über den Weg laufen – so Gott will.

Noch am Kirchweihsonntag verabschiedete sich der Händler herzlich von Franz und wünschte ihm alles Gute. Dann schwang er sich auf den Kutschbock und fuhr weiter nach Eggenfelden. Franz winkte ihm lange nach, bis das Pferdegespann nicht mehr zu sehen war. Herrmann, der Nagelschmied, führte ihn ins Haus, zeigte ihm die Werkstatt, die gute Stube und die Schlafkammer. Während der Besichtigung erzählte ihm Herrmann, dass er schon längere Zeit alleine sein Leben verbringen müsse, weil sein Eheweib vor vielen Jahren verstorben sei und Nachkommen ihnen der Herrgott nicht geschenkt habe. Weil er seine Frau über alles geliebt habe, sei er nach ihrem Tod keine neue Bindung eingegangen. Für den Haushalt habe er aber vor einigen Jahren eine Dienstmagd eingestellt. „Morgen", so erzählte er weiter, „wirst Du die Gundi kennenlernen. Heute, zu Kirchweih, habe ich ihr freigegeben und sie ist zu ihren Eltern nach Hause gefahren." Das Abendmahl, Butterbrote mit Käse und Schnittlauch, bereitete Herrmann zu und stellte alles auf den Tisch. Während sie miteinander aßen, erzählte er Franz einiges Wissenswerte über das Dorf und die Leute. „Wir hatten früher sogar ein Schloss in Taufkirchen. Leider ist davon kaum mehr etwas zu sehen. Man vermutet, dass der herrschaftliche Pfarrhof ein Überbleibsel vom Schloss ist, und auch die Nagelschmiede dürfte auf dem Boden des früheren Schlosses stehen. Einige gotische Steine an der Hausrückwand stammen vermutlich von dem einstigen Herrschaftssitz. Wie schön unser Taufkirchen liegt, hast Du ja schon bei Deiner Ankunft gesehen. Um das Dorf herum sind fruchtbar angebaute Felder und Hügel, kleine Flüsschen durchziehen die Täler, und Wiesen und Wälder bereichern unsere Gegend." Franz waren besonders die Bauernhäuser wegen ihrer Bauweise auf-gefallen, worüber er mehr wissen wollte. „Die Bauernhöfe sind unter dem Namen ‚Stockhäuser' bekannt und sind eine besondere Erscheinung der hiesi-gen Gegend, dem Rottal. Es ist ein Stall-Wohn-Stallhaus, das einen massigen, breiten und behäbigen Baukörper darstellt. Es ist ein äußerst zweckmässiger Bau. In der Mitte befinden sich die Stube, die Küche, die Schlafkammern und das Austragsstüberl. Meist ist nur das Erdgeschoss ausgebaut, aber auch im oberen Stockwerk könnten Mägde und Knechte wohnen. Rechts ist meist der Kuhstall angebaut und links der Pferdestall. So schützen die beiden Viehställe das mittige Wohnhaus und geben kostenlose Wärme für die Wohnräume ab." Herrmann zählte noch auf, dass die Bauern neben den Kühen und Pferden Schafe, Schweine und Gänse züchten und vom Getreideanbau und von Feldobstbäumen leben. „Taufkirchen ist ein Kirch- und Bauerndorf – mit einem Wirtshaus, einem Hufschmied und der Nagelschmiede. Lebensmittel kannst Du beim Metzger und den Bauern erwerben. Für anderweitige Besorgungen muss man nach Eggenfelden gehen oder fahren. Vor einigen Jahren ist Taufkirchen durch Erbschaft an den Reichsgrafen Arco-Valley gegangen, und seitdem sind alle Bewohner ihm bodenzinspflichtig. Die Abgaben an den Adeligen und auch an den Pfarrer sind nicht unerheblich, und viele stöhnen unter der Zinsabgabelast." So sind beide im Gespräch auf einige Bewohner des Dorfes gekommen und Herrmann erzählte Anekdoten vom Dorfschullehrer Franz Seraph Koller, der wegen seines groben Umgangs mit den Schulkindern bei den Eltern nicht gerade beliebt wäre. Doch der Pfarrer halte zum Lehrer, weil er selber nicht gerade zimperlich mit den Kindern umgehe. Deshalb traue sich keiner zum Gendarmen zu gehen oder Anklage bei der Schulbehörde zu erheben. Der gestrenge Herr Pfarrer sei ebenfalls im Dorf nicht sehr beliebt, aber jeder habe vor ihm Respekt und achte seine hohe Stellung. Beim Regensburger Bischof müsse er einen Stein im Brett haben, weil die kleine Pfarrei fast immer zwei Kooperatoren zugewiesen bekomme, die viel Seelsorgs- und Ökonomiearbeiten abnahmen. Die Kooperatoren müssten aber alle mit den Zinszuwendungen der Dorfbewohner mitfinanziert werden. Zur Zeit sei der Hilfspriester der Ring Joseph. Aber meist blieben sie nicht lange – so ein bis zwei Jahre. „Nächstes Jahr wird sicherlich wieder ein neuer Kooperator kommen." Der Nagelschmied unterbrach nun plötzlich seine Plauderei; es war spät geworden, und am Montag stand ein neuer Arbeitstag und eine neue Arbeitswoche an. Auch Franz war von diesem ereignisreichen Tag müde geworden und konnte das Gähnen kaum mehr verbergen. So ging jeder flugs in seine Kammer und verkroch sich in seiner Bettstatt.

Erste Arbeitswoche in Taufkirchen

Von den morgendlichen Sonnenstrahlen und vom Geklappere aus der Küche wurde Franz sehr früh wachgekitzelt. Er schlüpfte wohlgemut aus dem Bett und begab sich in die Küche. Dort traf er auf die Dienstmagd Gundi, die gerade das Geschirr vom Sonntag abspülte. „Ja, wer bist denn Du? Und wieso kommst Du, ohne anzuläuten, ins Haus?" „Ich bin der Franz und der neue Geselle da hier. Ab jetzt gehöre ich auch zum Haushalt." Gundi war einerseits verärgert, weil sie scheinbar gestern etwas verpasst hatte, und andererseits, weil sie jetzt für zwei Mannsbilder kochen und beide versorgen musste. Franz merkte bereits in den ersten Tagen, dass Gundi mehr eine phlegmatische Person war, die langsam die Arbeiten im Haus verrichtete, nach dem Motto: „Komm ich heute nicht, dann vielleicht morgen". Auch mit der Sauberkeit nahm sie es nicht so genau. Stellenweise war der Fußboden in der Küche und der guten Stube klebrig. Die Wäsche war nur ungenügend sauber gewaschen. Ihre Körperpflege ließ ebenfalls zu wünschen übrig: Sie hielt es mehr mit der ‚Katzenwäsche'. Dementsprechend wehte ständig ein Schweißgeruch durchs Haus. Früher hatte sie ein Auge auf den Witwer Nagelschmied geworfen, doch der ließ sie abblitzen. Die Trauer über seine geliebte verstorbene Ehefrau ließ ihn unnahbar werden, und seine Treue ging über den Tod hinaus. Er wollte keine neue Beziehung und Ehe eingehen und machte der Gundi klar, dass sie ihre Reize bei einem anderen Mann einsetzen müsste. Er wollte von ihr in Ruhe gelassen werden. Um ihre Stellung als Dienstmagd nicht zu verlieren, schluckte sie die Abfuhr und ließ die Anmache sein. Nun aber war mit Franz ein neues, viel jüngeres Opfer im Haus und so wollte sie es jetzt bei ihm probieren und machte ihm schöne Augen.

Doch Franz merkte bald die Anbiederung der Dienstmagd Gundi, und auch er wies sie in ihre Schranken. Er wollte zielstrebig seinen Meister machen, um bald die Schmiede eigenverantwortlich zu übernehmen. Da konnte er sich nicht auf eine Liebschaft einlassen, noch dazu im Haus seines Arbeitgebers. Er war erst 26 Jahre alt und hatte noch genügend Zeit, eine Bindung einzugehen. Erst kam für ihn die Sicherung der beruflichen Existenz, und die Andeutungen, dass er die Nagelschmiede nach seiner Meisterprüfung in ein oder zwei Jahren übernehmen könnte, hatten für ihn Vorrang. Außerdem gefiel ihm Gundi nicht besonders: Sie war pummelig, etwas klein geraten – kurzum nicht gerade eine Schönheit. Zudem geisterte in seinem Kopf eine andere Weibsperson herum: Sie würde ihm schon wesentlich besser gefallen und als Eheweib zu Gesicht stehen. Mit dem Gedanken „Was nicht ist, kann ja noch werden!" tröstete sich Franz und hielt weiterhin Ausschau nach ihr. Mit den Gedanken an die hübsche Unbekannte schlief Franz am Abend auch meistens ein. Tagsüber war er gut, aber nicht übermäßig in der Schmiede beschäftigt. Die Aufträge hielten sich bei einer solch kleinen Dorfschmiede in Grenzen. Sein Lohn als Geselle war daher auch nicht üppig, da Kost und Logis im Nagelschmiedhaus inbegriffen waren. Extra Ausgaben waren für ihn nicht drin. Für eine Maß Bier täglich reichte der Lohn aber allemal. Jedoch ein Eheweib und Kinder ernähren, also einem Hausstand vorstehen, das war in seiner augenblicklichen Lage undenkbar. Auf jeden Fall wollte er sich die Dienstmagd vom Leibe halten. Sie sollte auch nicht das Kommando im Hause haben und über die beiden Männer bestimmen dürfen. Das Regiment wollte ihr Franz nicht überlassen. Sie sollte von Anfang an spüren, dass sie auf den Meister und ihn zu hören habe. „Wehret den Anfängen", dachte sich Franz. Wenn er einmal der Nagelschmiedemeister sein würde, dann bräuchte es keine Auseinandersetzungen mehr, wenn bereits jetzt die Fronten geklärt wären. Und sollte er einmal ein Eheweib ins Haus bringen, dann hätte die Gundi ihr zu gehorchen oder zu weichen, sprich das Haus zu verlassen. Er konnte sich nicht vorstellen, dass er einmal neben dem Unterhalt für seine Frau und Familie auch noch den Lohn für eine Dienstmagd erwirtschaften könnte. All diese Gedanken schwirrten ihm während der Arbeit in der Schmiede und abends vor dem Einschlafen durch den Kopf.

Während der ersten Woche merkte Franz sehr schnell, dass die tägliche Nahrung hauptsächlich aus Klößen und Mehlspeisen bestand. Nur zwei- bis dreimal gab es dazwischen Fleisch, dazu Sauerkraut, Erdäpfel, gedörrtes Feldobst und Sauermilch. Gundi war keine gelernte Köchin und so waren die Speisen eher lieb- und geschmacklos zubereitet. Aber daran konnte Franz nichts ändern – die Gundi war lernunwillig und wollte nur das Notwendigste tun. Etwas Neues in der Kochkunst ausprobieren, dazu war Gundi nicht fähig – nach dem Motto „Was Hänschen nicht lernt, lernt Hans nimmer mehr".

Am Samstag gab ihm der Meister arbeitsfrei: Franz sollte sich das Dorf und die Umgebung anschauen und kennenlernen. Zuerst betrat er die Pfarrkirche. Zum Hochaltar blickend erkannte er sofort, dass die Kirche der Mutter Gottes geweiht war. Sie war als Himmelskönigin mit dem Jesuskind auf dem Arm dargestellt. Die Seitenaltäre zeigten den heiligen Petrus, wie er die Schlüsselgewalt von Jesus über die Kirche erhält, und die heilige Katharina, wie sie enthauptet werden soll. Franz sprach ein stilles, kurzes Gebet; dann verließ er die Kirche wieder und umrundete das Gotteshaus, das inmitten vom Gottesacker stand. Er versuchte einige Grabinschriften von in der Mauer eingelassenen Grabsteinen zu entziffern, aber es gelang ihm nicht, weil sie in Latein verfasst waren. Dann schritt er am Pfarrhof mit den Ökonomiegebäuden, dem Mesnerhaus und dem Schulhaus vorbei. Das laute Gebrüll des Lehrers und das Gejammer eines Schülers, der vermutlich gerade eine Watsch'n oder einen Hieb mit dem Rohrstock bekommen hatte, ließ Franz aufschrecken und an seine eigene Schulzeit erinnern. „Die armen Kinder", dachte sich Franz, „ob sie die Strafe wirklich verdient haben?" Der gesunde Menschenverstand, mit einer gütigen Hand die Schüler zu erziehen, war zu der damaligen Zeit nicht gefragt. Franz ging kopfschüttelnd weiter. Als er an einem Bauernhaus vorbeikam, sah er an der Fassade eine alte Hausinschrift: „Die Leute sagen immer, die Zeiten werden schlimmer. Doch die Zeiten bleiben immer, nur die Leute werden schlimmer." „Wie wahr", dachte sich Franz. „Hoffentlich sind die Bauern im Dorf freundlich zu ihm und lassen es ihm nicht spüren, dass er nur ein Geselle ohne Vermögen ist." Ein Platz am Stammtisch in der Dorfgastwirtschaft wäre für Franz eine nicht zu unterschätzende Wertschätzung gewesen, aber darauf würde er wohl lange warten müssen. So schnell würden die männlichen Dorfbewohner ihn nicht in ihrer Mitte aufnehmen. Diese Anerkennung musste er sich erst erarbeiten. Franz ging nachdenklich weiter den Rinnerberg abwärts zum Unteren Schmied. Er überlegte nicht lange, ob er einen Antrittsbesuch bei seinem Berufskollegen machen sollte. Die Gelegenheit war günstig. Dieser beschlug gerade ein angebundenes Pferd mit neuen Hufeisen. Mit „Hallo" redete Franz den Schmied an. „Ich bin der Franz, der neue Geselle beim Nagelschmied. Möchte mich vorstellen – wir sind ja quasi Berufskollegen. Benutzt sicher Nägel aus unserer Schmiede für Deine Hufeisen. Hoffentlich bist Du mit der Qualität zufrieden und hast keine Klagen." Franz streckte dabei seine Hand dem Schmied Ernst zur Begrüßung entgegen. „Geht jetzt nicht", brummelte der Schmied, „Du siehst, ich habe alle Hände voll zu tun, damit ich die Nägel richtig ins Huf einschlage. Der Gaul ist widerspenstig und unruhig. Gilt auch ohne Handschlag. Freu' mich für den Albanbauer, dass er einen Gesellen gefunden hat. Ist auch für mich von Nutzen, dass die Nagelschmiede einmal weitergeführt wird, denn ich bezieh' tatsächlich von Euch meine Nägel für den Pferdehufbeschlag.

Komm' ein andermal zu einem Plausch wieder vorbei, wenn's ruhiger ist. Kannst aber zuschauen, wenn Du magst, aber geh' ein paar Schritte zurück, dass wenn der Gaul ausschlägt, er Dich nicht trifft und verletzt." Während Franz interessiert dem Schmied bei der Arbeit zuschaute, führte ein Kleinbauer eine Kuh in den Vorhof zum Schmied. „Ja, so was", sprach Franz den Bauern an, „was willst Du mit Deiner Kuh beim Hufschmied? Oder hast Du Dich geirrt und willst eigentlich zum Viehdoktor?" „Bin schon richtig hier", sprach er leise zu ihm. „Ich bin ein Kleinbauer und kann mir keinen Gaul oder Ochsen leisten. Zum Pflug-Ziehen und Ackern muss ich meine Kuh einspannen und sie mir vom Schmied beschlagen lassen." Verlegen blickte Franz zu Boden; er wollte den armen Bauern nicht bloßstellen. Er dachte bisher, dass nur Pferde und Ochsen als Arbeitstiere Verwendung fänden. Kühe sollten doch Kälber zur Welt bringen und Milch geben. „Weißt", sagte der Bauer zu Franz, „nicht allen Bauern gehört der bewirtschaftete Boden, sondern ist Eigentum des Landesherren, eines Adeligen oder einer Kirche oder eines Klosters. Der Boden, den ich bearbeiten darf, gehört meinem Grundherren, dem ich einen Teil meiner Ernte abliefern muss. Du kannst mir glauben, dass dies nicht immer leicht ist, besonders dann, wenn die Ernte verhagelt oder durch Trockenheit schlecht ausgefallen ist und der Grundherr trotzdem auf die Abgabe besteht. Es gibt verschiedene Rechtsverhältnisse bei der Überlassung von Grund und Boden. Mir kann vom Grundherren jederzeit die Bewirtschaftung entzogen werden, wenn ich nicht die geforderten Naturalien abliefere oder Hand- und Spanndienste leiste. Und dazu kommen auch noch die Abgaben und Dienstleistungen an den Pfarrer von Taufkirchen. Ich kann nachts oft nicht schlafen, weil mich die Sorgen erdrücken. Außerdem habe ich kein Erbrecht auf den Grund und Boden. Bei meinem Ableben müssen mein Weib und die Kinder schauen, wo sie bleiben. Ja, hätte ich ein Erbrecht auf meinen Boden, dann würde das verliehene Gut auch auf meine Nachkommen übergehen." Franz war irritiert und verabschiedete sich eilends von dem Bauern mit dem Gruß „Behüt' Dich Gott". Bei sich dachte er: „Da muss ich sofort den Nagelschmied fragen, in welchem Rechtsverhältnis er sich eigentlich mit seiner Nagelschmiede befindet." Denn bei einer Übernahme bräuchte er darüber Gewissheit; eine existenzgefährdende Rechtsform würde ihm nichts nützen. Für sich und einmal für seine Familie bräuchte er Sicherheit. Den Rundgang durch Taufkirchen beendete Franz deshalb vorzeitig und ging wieder zurück zum Nagelschmiedhaus. Von Weitem hörte er schon das Schlagen des Hammers. Meister Albanbauer konnte auch am Samstag keine Ruhe geben und blickte kurz auf, als Franz die Werkstatt betrat. „Schon zurück von Deinem Ausflug? Du warst aber nicht lange fort. Interessiert Dich der Ort und seine Umgebung nicht oder gefällt es Dir hier nicht? Das wäre schade, denn ich hoffe sehr, dass Du bleibst und vielleicht einmal mein Nachfolger wirst." Franz kratzte sich mit den Fingern den Kopf und brachte nach kurzer Zeit seine Bedenken vor: „Nein, nein, mir gefällt es hier sehr gut. Allerdings habe ich soeben einen Kleinbauern getroffen und mir seine Ängste und Sorgen angehört. Sein Grundherr kann ihm nämlich jederzeit den Grund und Boden entziehen. Außerdem drücken ihn die Abgaben, die er zu erbringen hat. Und da wollte ich Dich fragen, wie die Rechtslage mit der Nagelschmiede ist." „Mach' Dir darüber keine unnötigen Gedanken und keine schlaflosen Nächte. Die Nagelschmiede von Taufkirchen wird als Erbrecht verliehen. Ich habe Dir doch schon erzählt, dass die meisten Taufkirchener dem Grafen von Arco-Valley bodenzinspflichtig sind. So ist es auch mit der Nagelschmiede. Diese wird aber als Erbrecht verliehen, das heißt, dass das verliehene Gut auch auf die Nachkommen des Grundholden übergeht. Solltest Du in ein paar Jahren die Nagelschmiede vom adeligen Herrn verliehen bekommen, kannst Du beruhigt für Dich und Deine Familie in die Zukunft schauen. Bisher habe ich aus den Erträgen meiner Arbeit gut leben und mir sogar die Gundi als Haushälterin leisten können – und nicht zu vergessen: Dich, meinen neuen Gesellen. Die Zinsabgaben an den Grundherren bin ich nie schuldig geblieben und musste nie um Aufschub betteln. Ich denke mir, dass auch Du einmal für Dich und Deine zukünftige Familie mit der Nagelschmiede das Auskommen haben wirst."

Überraschendes Zusammentreffen

Die Arbeit in der Nagelschmiede zu Taufkirchen gestaltete sich in den Wintermonaten als sehr eintönig, ja man könnte sagen geruhsam. Nur hin und wieder kam der Hufschmied vorbei und holte sich zum Beschlagen einiger Arbeitspferde die Nägel ab. Da die Feldarbeit ruhte und nur für die Waldarbeit zum Baumfällen Pferde gebraucht wurden, gab es auch für den Hufschmied weniger zu tun. Auch der Verkauf von Nägeln für Zimmererarbeiten war in der kalten Jahreszeit nicht übermäßig. Nur Schusternägel zum Besohlen waren verstärkt gefragt. Jetzt, im Winter, hatten der Schuster, aber auch einige handwerklich geschickte Bauern Zeit zum Neubesohlen oder Ausbessern der alten Stiefel. Im Sommer waren Schusternägel weniger gefragt, denn die Kleinkinder und auch die Schulkinder liefen ohnehin meist barfuß. Auch manche Magd verrichtete im Sommer barfuß die Hausarbeit. Ansonsten trugen viele Dienstboten durchwegs Holzpantoffeln. Kräftige Lederstiefel und schön gefertigte Sonntagsschuhe konnten sich nur die besser gestellten Leute leisten und waren für einfache Leute kaum erschwinglich.
Zur Sonntagsmesse ging Franz regelmäßig; insgeheim hoffte er, die schöne Unbekannte wieder zu treffen. Doch auch an den Festen wie Erntedank, Allerheiligen und sogar an den Weihnachtstagen tauchte das junge Mädchen nicht in der Kirche auf. Scheinbar war sie nicht aus Taufkirchen und den umliegenden

Gehöften. Fast hätte er die Hoffnung schon aufgegeben, sie wiederzusehen, als am 19. März 1844, dem Josefitag, aufgeregt der Meister von der Frühmesse ins Haus gestürzt kam und dem Franz berichtete, dass er beim Gottesdienst die hübsche Maid gesehen habe. Sofort rannte Franz auf die Dorfstraße, um das Mädchen zu treffen. Er konnte sie jedoch nicht finden und lief zur Kirche. Auch der Gottesdienstraum war menschenleer und so ging er auf den Friedhof, um sie dort zu suchen. Tatsächlich stand sie leibhaftig und mit gefalteten Händen, eingehüllt in einen warmen Wintermantel, vor ihm an einem Grab. Sie erschrak, als Franz plötzlich hinter sie trat und sie anredete: „Gott sei Dank, dass ich Dich wiedergefunden habe." „Stör' mich nicht beim Beten, sei ruhig und geh', denn es schickt sich nicht, dass wir beide so nah zusammen am Gottesacker stehen. Wenn uns jemand sieht, dann wird über uns getuschelt. Sollte das der Vater erfahren, dann setzt es was – und das willst Du doch nicht." Franz verstand ihre Einwände und ging zum Friedhofstor. Dort wartete er auf das Mädchen. Nachdem sie nochmals Weihwasser auf das Grab gesprengt und sich bekreuzigt hatte, kam sie langsamen Schrittes zum Ausgangstor. „Was willst Du von mir?", sprach sie Franz an und wollte weitergehen. Doch Franz ergriff ihren Arm und hielt sie fest. „Jetzt bleib' doch einmal stehen und rede mit mir. Ich bin doch kein Ungeheuer und tu' Dir nichts. All die Monate habe ich nach Dir gesucht, denn Du bist mir nicht mehr aus dem Kopf gegangen seit unserer ersten Begegnung. Ich weiß weder Deinen Namen noch wo Du wohnst. Du gefällst mir, und ich könnte mir vorstellen, dass wir uns näherkommen. Oder bist Du schon vergeben und hast einen Bräutigam? Könnte mir mit Dir eine gemeinsame Zukunft vorstellen." Das Mädchen streifte seine Hand von ihrem Oberarm ab und sprach: „Du weißt scheinbar nicht, was sich gehört. Ein Mann berührt kein junges Mädchen, wenn sie es ihm nicht gestattet – und schon gar nicht in der Öffentlichkeit. Merk' Dir das und schreib' es Dir hinter Deine Ohren!" Aber Franz gab sich nicht so schnell geschlagen und erwiderte: „Jetzt hab' Dich nicht so und sei nicht so g'schamig. Wir haben doch schon miteinander getanzt und da hattest Du auch nichts dagegen, dass ich Dich in meinen Armen halten durfte. Gefall' ich Dir etwa nicht oder bist Du keine Jungfrau mehr?" Empört schaute sie ihm ins Gesicht, und schon etwas lauter im Ton antwortete sie: „Das geht Dich nichts an, ob ich noch Jungfrau bin. Was fällt Dir ein, eine so intime Frage zu stellen? Mit uns beiden kann nichts werden, denn erstens wohn' ich weiter weg und bin nur heute ans Grab vom Onkel Sepp für ein Gebet am Festtag des heiligen Josef gekommen; und zweitens würde mein Vater dies nie erlauben. Du bist und hast noch nichts. Außerdem gibt's genügend heiratswillige junge Bauernburschen, die einmal einen Hof bekommen und um meine Hand anhalten werden. Nur bei so einem wird der Vater die Einwilligung geben. Basta!" Doch Franz gab immer noch nicht auf:

„Ich kann ja einmal bei Deinem Vater vorsprechen, vielleicht kommt es anders und er akzeptiert mich als Schwiegersohn." „Untersteh' Dich! Er wird Dich hochkant hinauswerfen, wo der Mauerer ein Haustürloch in der Hauswand offen gelassen hat, und Dir den Hofhund nachjagen. Versuch' es ja nicht! Und außerdem weißt Du weder meinen Namen noch wo ich wohn'." Nach diesen Worten drehte sie sich um, ließ Franz wie einen begossenen Pudel stehen und verließ den Friedhof. Franz gab nach wie vor nicht auf und ging zu der Grabstelle zurück. Wenn der Onkel von ihr hier begraben liegt, dann müsste es doch ein Leichtes sein, so dachte er sich, entweder beim Meister oder am Stammtisch oder beim Kooperator den Namen und die Anschrift des Mädchens zu erfahren. Er befragte zuerst seinen Meister. Der war gerade in der Schmiede beschäftigt, als Franz zu ihm trat und zu ihm sagte: „Es ist tatsächlich die schöne Unbekannte, die Du bei der Frühmesse gesehen hast. Hab' sie auf dem Gottesacker angesprochen. Sie reagierte allerdings sehr kratzbürstig, von Freundlichkeit mir gegenüber keine Spur." Herrmann murmelte kurz angebunden zurück: „Wirst Dich halt recht ungeschickt und tollpatschig benommen haben. Weißt Du endlich, wer die Person ist?" „Noch nicht, aber vielleicht kannst Du mir weiterhelfen. Sie betete vor dem Grab ihres Onkels. Die Grabstelle könnte ich Dir zeigen." Am späten Nachmittag, nach getaner Arbeit, legten beide Männer die Schürzen ab, wuschen sich Hände und Gesicht und gingen gemeinsam zum Friedhof. Nachdem Herrmann zuerst am Grab seiner Frau eine Kerze angezündet hatte, zeigte Franz ihm das Grab von Onkel Sepp. Der Nagelschmied Albanbauer konnte sich ein Schmunzeln nicht verkneifen: „Hast Glück, Franz, ich kenn' die ganze Verwandtschaft vom Sepp. Jetzt kann ich Dir auch verraten, wo das Mädchen wohnen könnte. Ich an Deiner Stelle würde mich allerdings nicht so ohne Weiteres in die Höhle des Löwen wagen – ihr Vater ist aufbrausend und herrisch. Da stehst Du von vorneherein auf verlorenem Posten. Du musst raffiniert vorgehen und ich kann Dir auch verraten wie!" „Nun sag' schon endlich, wer sie ist und wo sie wohnt und wie ich vorgehen soll. Muss ich Dir alles aus der Nase ziehen?" „Nicht hier auf dem Friedhof, sondern beim Abendbrot können wir die Sache besprechen und einen Plan aushecken." Franz konnte die Unterredung beim Abendbrot kaum erwarten und schaute gespannt auf die Lippen seines Meisters, der endlich zu ihm sprach: „Nach der Fastenzeit und dem Osterfest ist jedes Jahr zum Markustag der Rossmarkt in Eggenfelden. Da kommen alle Bauern aus der näheren und weiteren Umgebung in die Stadt, um Pferde zu verkaufen und zu erwerben. Ich gehe auch jedes Jahr zu dem Markttag, weil dort auch die Hufschmiede vertreten sind. Ihnen biete ich die von mir gefertigten Nägel an und bringe sofort die mitgebrachten an den Mann. Da komm' ich natürlich mit vielen Leuten ins Gespräch, und meistens hab' ich auch den Huberbauern getroffen. Jetzt weißt

Du auch schon seinen Namen. Den Vornamen des Mädchens kenn' ich leider nicht, aber es muss sich um seine Tochter handeln. Sie leben auf einem Bauernhof in dem Weiler Wickering." „Ja", sprudelte Franz los, „und wie wollen wir ein Kennenlernen arrangieren? Nun red' schon!" „Das geht ganz einfach: Du fährst mit zum Markusrossmarkt. Dort brauch' ich Dich eh zum Tragen der mit Nägel gefüllten Kisten und zum Be- und Entladen. Dann müssen wir abwarten, ob der Huberbauer an unserem Gefährt vorbeikommt. Wenn es so ist, dann verwickle ich ihn in ein Gespräch, stell' Dich ihm vor und so kommen wir ganz nebenbei auf seine Familie zu sprechen. Da erfahren wir dann sicherlich auch den Namen seiner Tochter. Lass' mich nur machen; mit mir redet er nämlich sehr gerne. Und wenn er Nägel für Ausbesserungen auf seinem Hof benötigen sollte, dann schlage ich ihm vor, dass Du sie in einer Woche auf seinem Hof mit dem Einspänner vorbeibringen wirst. So kommst Du ganz unverfänglich und ohne dass er einen Verdacht schöpft in den Bauernhof und kannst vielleicht unbemerkt mit seiner Tochter plaudern." „Das ist eine sehr gute Idee, Herrmann. So machen wir es! Ich freu' mich schon darauf."

Begegnung auf dem Rossmarkt und in Wickering

Die Wochen bis zum Markustag vergingen für Franz viel zu langsam, und er konnte den Rossmarkt kaum erwarten. Endlich war es soweit: In aller Herrgottsfrühe belud er den kleinen Einspänner mit den gefüllten Nagelkisten, setzte sich mit Herrmann auf den Kutschbock und beide fuhren gen Eggenfelden. Franz begann nach einer stillen Phase unvermittelt das Gespräch: „Was meinst, Herrmann, ob er wohl auftauchen wird?" „Von wem redest Du?", antwortete der Nagelschmied. „Jetzt tu' doch nicht so, als wenn Du nicht wüsstest, von wem ich rede und wen ich meine. Natürlich den Huberbauern aus Wickering." In Eggenfelden angekommen lenkten sie den Wagen in die Nähe der bereits anwesenden Pferdehändler, stiegen ab, versorgten das Pferd mit Futter und warteten auf Kundschaft. Viele Leute gingen an den beiden vorbei, darunter Schaulustige, Kinder und auch Hufschmiede, Zimmerer, Schuster und eben auch die Bauern. Der Nagelschmied Albanbauer kam mit einigen Interessierten ins Gespräch und konnte Geschäfte tätigen. Franz wurde derweil immer unruhiger und trat von einem Fuß auf den anderen. Herrmann tat so, als wenn er nicht wüsste, warum sich Franz innerlich so aufgeregt und zappelig verhielt. Mit einer Unschuldsmiene fragte er: „Was hast denn Franz? Musst etwa auf den Lokus? Oder willst zum Frühschoppen?" „Hör' auf, Herrmann, ärgere mich nicht. Bin schon so aufgeregt, ob er kommt!" Unvermittelt und schweren Schrittes kam zur Mittagszeit doch noch der sehnlichst Erwartete. „Ja, wen treff' ich denn da, den Albanbauern, den Nagelschmied aus Taufkirchen. Schon lange nicht mehr gesehen und doch sofort wiedererkannt. Hast Dich seit dem letzten Jahr kaum verändert. Wie geht's Dir so, Herrmann?" Der so Angeredete klopfte dem Huberbauern auf die Schultern: „Freut mich, Anton, dass wir uns auf dem Rossmarkt wiedersehen. Dir geht es scheinbar auch gut; schaust wohlgenährt aus; Dein Bierbauch wächst und nimmt an Umfang immer mehr zu. Musst im letzten Jahr eine gute Ernte eingefahren haben. Du kennst das alte Sprichwort ‚Die dümmsten Bauern haben die größten Kartoffeln'? Das trifft wohl auf Dich zu!" „Du, Herrmann, jetzt reicht es aber. Dir geht es scheinbar auch nicht schlecht. Wenn Du noch so eine Bosheit auf Lager hast, dann kauf' ich Dir heute nichts ab. Aber was red' ich, Du trägst ja selber in Deinem Familiennamen die Bezeichnung Bauer und den Namen des heiligen Alban, des Patrons der Bauern, der als Märtyrer enthauptet wurde. Also, pass' auf, Albanbauer, dass Du nicht kopflos wirst. Und jetzt geh' ich wieder weiter." „So hab' ich es nicht gemeint, Toni. Du wirst doch Deinen guten Bekannten, den armen Nagelschmied, nicht verhungern lassen. Das kannst Du doch nicht machen! Ich würde sagen, wir hören jetzt mit dem Austausch der Nettigkeiten auf und kommen zum Geschäftlichen." „Mich einen dummen Bauern nennen, ist keine Nettigkeit, Herrmann. Aber, das zahl' ich Dir schon noch heim. Bis zur nächsten Begegnung überleg' ich mir eine passende Antwort." Franz stand nur zwei Schritte von den beiden entfernt und dachte bei sich: „Wenn die beiden so weitermachen, dann ‚Gute Nacht'." Er überlegte fieberhaft, wie er dem Gespräch eine andere Wendung geben könnte, um von der Tochter etwas zu erfahren. Vorlaut mischte er sich in das Gespräch ein: „Meister, willst Du mich nicht vorstellen und bekannt machen?" „Ja, was ist denn das für ein Grünschnabel? Kannst Du nicht warten, bis wir alten Freunde ausdiskutiert haben?", erwiderte ärgerlich der Huberbauer. „Lass' es gut sein, Toni. Das ist mein neuer Geselle, der Nagelschmied Franz Diller. Er ist ein guter Handwerker und ein charakterfester Bursche. Soll einmal mein Nachfolger in der Taufkirchener Schmiede werden. Stell' Dich gleich mal gut mit ihm!" Der Huber Anton musterte bei diesen Worten den Franz von oben bis unten und brummte etwas versöhnlicher: „Hab' es nicht so gemeint. Kenn' Dich ja noch nicht. Ist mir auch egal. Habe mit Dir eh nichts zu schaffen. Bist ja sein Geselle und nicht mein Knecht." Bei diesen Worten streckte ihm der Bauer dann doch die Hand zum Gruß entgegen: „Ich bin der Huber Anton aus Wickering, und mit mir ist manchmal nicht gut Kirschen essen, wie man so sagt." „Jetzt wollen wir aber wirklich zum Geschäftlichen kommen!", mischte sich der Herrmann ein. „Ich nehm' gerne Deine Bestellung entgegen. Und wenn es recht ist, wird sie Dir mein Geselle nächste Woche nach Wickering ausliefern." Der Huber Anton bestellte beim Nagelschmied verschiedene Nägel in allen Größen und auch einen Vorrat, der bis zum Rossmarkt im nächsten Jahr reichen sollte. Franz war erleichtert über diese Wendung des Gesprächs und atmete hörbar auf. Als der

Huberbauer sich entfernt hatte, lachte der Herrmann verschmitzt und sagte zu Franz: „ Na, wie war ich? Ist doch gut gelaufen. Jetzt wissen wir zwar noch nicht den Namen seiner Tochter, aber Du wirst ja bald die Auslieferung zum Hof besorgen und dann wirst Du sie sicherlich sehen und mehr in Erfahrung bringen. Musst es geschickt anstellen, dass Du das Vertrauen ihrer Eltern gewinnst. Wenn sie Dich einladen in die gute Stube auf ein Schallerl Kaffee, eine Rohrnudel oder ein Stück Brot, dann nimm die Einladung freundlich und dankend an und zeig' Dich von Deiner allerbesten Seite. Könnte ja sein, dass sogar die Tochter das Angebotene aus der Küche bringt. Lächle sie nur kurz an und sprich ausgiebig mit den Eltern! Sie sollen Dein Vorhaben und die Zuneigung zur Tochter nicht merken! Sonst hast Du bei der ganzen G'schicht verloren."

Der Rossmarkt ist für den Albanbauer geschäftlich gut gelaufen und für den Nagler Franz in seiner privaten Herzensangelegenheit auch. So kehrten beide erschöpft, aber selig wieder nach Hause zurück. Nach einer arbeitsreichen Woche waren die Nägel für den Huber aus Wickering fertig und am Samstag zur Auslieferung bereit. Schon am Vorabend kreiste das Gespräch zwischen dem Herrmann und dem Franz über den kommenden Tag und die bevorstehenden Ereignisse. Plötzlich kam dem Herrmann eine Idee: „Franz, wir machen es ganz anders. Ich komme mit nach Wickering, denn dann laden sie uns beide gewiss ein zum Kaffee. Und wenn wir dann alle zusammensitzen, werde ich sagen: Deine Tochter könnte doch während wir noch plaudern, dem Franz den Hof und die Stallungen zeigen. So ein junger Bursch interessiert sich mehr für die Tiere und das Anwesen als für unser belangloses Geschwätz, denn mein Geselle stammt ja auch aus einem Bauernhof in Oberfranken. Das könnte funktionieren und Du wärst mitunter eine knappe Stunde allein mit dem Mädchen. Da müsste es doch mit dem Anbandeln endlich klappen." Franz war über den Einfall begeistert, klopfte sich auf die Schenkel und stieß ein „Juchhu" aus. Am Samstagvormittag belud Franz den Wagen mit den bereitgestellten Kisten, spannte das Pferd ein, und noch am späten Vormittag fuhren sie beide los. Da die Kutschfahrt meist bergab ging, trafen sie gegen ein Uhr in Wickering ein. Der Albanbauer lenkte den Einspänner in den Innenhof vor das Wohngebäude und hielt das Gefährt mit einem „Brrr" an. Franz kurbelte die Bremse fest und legte einen Stein unter das Hinterrad. Der Knecht kam herbeigeeilt und hängte dem Pferd einen Sack Hafer um den Kopf. Währenddessen lud Franz die Kisten vom Wagen und stellte sie neben der Haustüre ab. Albanbauer klopfte derweil an die hölzerne Haustüre und drückte die Türklinke. Sodann öffnete er die Haustüre – sie war, wie damals auf dem Land üblich, nicht versperrt. Herrmann ging schnurstracks in die gute Stube, Franz folgte in einem geringen Abstand. Dort wurden beide herzlich von der Bäuerin begrüßt, die sogleich den Bauern zu sich rief. Albanbauer und Franz durften am massiven, hölzernen Esstisch unter dem Herrgottswinkel Platz nehmen. Zuerst wurde das Geschäftliche abgewickelt. Der Nagelschmied überreichte dem Huberbauern ein Blatt Papier mit der Auflistung der gelieferten Nägel und dem Rechnungsbetrag. Der Bauer holte aus dem Bauernschrank eine Schatulle, entnahm den geforderten Betrag und zahlte damit den Nagelschmied aus. Dieser quittierte die Summe und bedankte sich mit einem „Vergelt's Gott". Die Bäuerin wartete auf das Ende des Geschäftlichen und lud danach beide zum Dableiben auf einen Kaffee mit den Worten ein: „Ihr seid sicherlich von der anstrengenden Kutschfahrt müde, durstig und hungrig. Im Wasserschifferl vom Küchenherd ist schon das heiße Wasser für die Kaffeekanne bereit. Und dazu habe ich am Vormittag in der Rein Rohrnudeln gebacken. Ich ruf' nur schnell das Reserl zum Auftragen-Helfen." Die Bäuerin ging in die Küche und kam mit dem Reserl zurück. „Das ist unsere Tochter", sagte die Bäuerin und stellte die Schüssel mit den Rohrnudeln auf dem Tisch ab. Reserl trug die Kaffeekanne und hätte sie fast fallen gelassen, als sie den Franz am Tisch sitzen sah. „Sag' schön ‚Grüß Gott' zu den Herrschaften. Das ist der Nagelschmied Albanbauer aus Taufkirchen und sein Geselle Franz. Sie haben Nägel angeliefert", ergänzte der Bauer. Reserl gab den Gästen die Hand zum Gruß. Dann holte sie aus der Vitrine die Tassen für den Kaffee, während die Mutter noch Milch aus der Küche holte. Die Bäuerin setzte sich zu den Männern an den Tisch. Unterdessen schenkte die Tochter die Kaffeebrühe in die Tassen ein und berichtigte dabei: „Alle sagen zu mir Reserl, aber eigentlich heiße ich Therese; das ist mein Taufname." Dann setzte auch sie sich, etwas verlegen, zu der Runde. „Therese ist ein schöner Name", erwiderte Albanbauer, „aber der nette Rufname Reserl gefällt mir besonders gut. Ich darf doch zu Dir Reserl sagen, oder etwa nicht? Wie alt bist Du denn, wenn man eine junge Dame noch danach fragen darf?" „Ende November werde ich 17 Jahre alt", verkündete sie stolz. „Na, dann kommst Du ja ins heiratsfähige Alter. Hast Du etwa schon einen Bräutigam?", fuhr der Albanbauer mit dem Gespräch fort. „Nein, nein", erwiderte ihr Vater, der Huberbauer, „soweit ist es noch nicht. Der Richtige hat noch nicht angeklopft, und den Unpassenden hätte ich schon hinausgeworfen." Und dann drehte sich das Gespräch um verschiedene Bekannte, Verwandte, über den Pfarrherrn, über das Wetter, den Viehbestand, die Preise usw. „Aber all das interessiert die Jungen sicherlich nicht", sprach der Nagelschmied plötzlich. „Komm' Reserl, zeig' doch dem Franz Euren prächtigen Hof, die Stallungen und die Scheune und auch die Umgebung. So einen jungen Burschen interessieren die Tiere, die Maschinen und die Felder sicher mehr als unser Geschwätz." Auch die Bäuerin stimmte dem Vorschlag zu und schickte das Reserl und den Franz zur Besichtigung los. Beide verließen die gute Stube, und Reserl führte den Franz zuerst durch das Wohnhaus. Während sie ihm einige Räume zeigte, sagte sie drohend zu Franz: „Untersteh' Dich und sag' nicht, dass Du mich kennst. Wir müssen die Eltern im Glauben lassen, dass wir uns heute zum ersten Mal begegnet sind. Du hast doch gehört, was der Vater gesagt hat. Einen Unpassenden wirft er hochkant zur Türe hinaus." Jetzt endlich kam auch Franz zu Wort: „Das hättest Du nicht gedacht. Ich bin schneller zu Dir auf den Hof gekommen und ohne dass Dein Vater mich hochkant hinauswirft. Nun weiß ich auch Deinen Namen, Dein Alter und Deinen Stand. Habe ich das nicht geschickt eingefädelt? Ich werde Dich auch Reserl nennen, mein Reserl." „Glaub' ja nicht, dass Du schon gewonnen hast, Du bist noch lange nicht am Ziel. Da gehören immer zwei dazu. Ich habe noch nicht Ja gesagt. Und das letzte Wort haben ja ohnehin die Eltern. Aber ‚Schneid' hast Du, das muss man Dir lassen. Kann nicht sagen, dass Du mir nicht gefällst. Aber wie gesagt, ob aus uns zwei ein Paar wird, das weiß nur der liebe Gott, denn es heißt ja, dass Ehen im Himmel geschlossen werden. Wenn wir füreinander bestimmt sein sollen, dann werden wir auch zusammenkommen." Während Reserl ihm das erklärte, zeigte sie ihm auch ihre Kammer. Er ergriff die günstige Gelegenheit, nahm das Reserl in seine Arme und gab ihr einen kräftigen Kuss auf ihren Mund. Mit dieser plötzlichen Attacke hatte sie nicht gerechnet, und da sein Griff so fest war, konnte sie sich auch nicht dagegen wehren. Während Franz sie küsste, hatte er das Gefühl, dass sie seinen Kuss sogar willig erwiderte. Erst als er die Umarmung lockerte, klatschte sie ihm eine schallende Watsch'n ins Gesicht. „Spinnst Du! Wenn uns jemand sieht oder gar die Eltern davon Wind bekommen; dann kannst Du unsere Beziehung vergessen." „Jetzt", sagte Franz, „hast Du unsere Freundschaft bejaht und kannst nicht mehr zurück" „Wieso?" „Weil Du von einer Beziehung gesprochen hast." Nach diesen Worten drängte sie Franz aus ihrer Kammer hinaus und führte ihn in die Scheune. „Oh, wie das Heu duftet. Da könnten wir uns beide direkt hineinlegen und miteinander schmusen. Hast Du keine Lust, Reserl? Na los, mach' schon!" „Spinnst Du, Franzl, wenn uns der Knecht oder die Magd dabei erwischen und der Vater davon erfährt, dann kann ich gleich mein Bündel packen." „Jetzt hast Du mich Franzl genannt, das ist aber lieb von Dir. Zweimal hast Du schon ‚Spinnst Du' zu mir gesagt. Ich glaube, Du hast damit recht. Ich bin nämlich verrückt vor Liebesgefühlen für Dich, Reserl. Wenn Du mit mir schon nicht ins Heu gehst, dann gib mir doch wenigstens noch einen Kuss. Ein Sprichwort sagt, dass man nicht auf einem Bein steht, sondern auf zwei Beinen. Der erste Kuss verlangt nach einem zweiten Kuss und so weiter. Wenn Du Dich dagegen sträubst, dann sag' ich einfach zu Deiner Mutter, dass Du mich im Stadel geküsst hast." „Das ist Erpressung! Aber nachdem Du mich schon einmal geküsst hast, dann komm' her und Du bekommst zum Abschied einen zweiten Kuss." Sie umarmte Franz, drückte ihre Lippen auf seinen Mund, und während sie ihn küsste, biss sie kräftig in seine Lippen. Vor Schmerz schrie er kurz auf und stieß sie von sich. „Du bist mir vielleicht ein kratzbürstiges Luder. Damit machst Du mich noch mehr verrückt nach Dir. Ich gebe nicht so schnell auf und werde um Dich kämpfen." „Ja, Franzl, wer mich haben will, muss um mich werben. Du kannst meine Liebe gewinnen und mich zur Ehefrau machen, aber ich bin kein Spielzeug, mit dem man heute spielt und das man morgen wieder wegwirft. Ich will einen ehrlichen, anständigen, treuen und religiös gesinnten Ehemann. Schreib' Dir das hinter die Ohren. Wenn all das auf Dich zutrifft, dann hast Du eine Chance. Aber, das musst Du mir erst beweisen. Und merk' Dir eines: Ich will als Jungfrau in die Ehe gehen. Ich würde mich zu Tode schämen, wenn ich am Sonntag nicht mehr zur Kommunion gehen kann, weil ich mit Dir gesündigt habe. Die Eltern würden das sofort merken und ihre Schlüsse daraus ziehen. Außerdem müsste ich so ein voreheliches Vergehen in der Beichte bekennen. Was würde der Pfarrer oder der Kooperator im Beichtstuhl wohl dazu sagen? Sie würden mir gehörig und lautstark die Leviten lesen, so dass es die vorm Beichtstuhl Wartenden hören könnten. Ich wäre in der ganzen Umgebung als lotterhaftes Weiberleut' verschrien und könnte mich nirgendwo mehr sehen lassen. Und als Bußwerk würde Hochwürden mich sicherlich nach Altötting schicken zur Jungfrau Maria. Es würde mir das Herz brechen, wenn ich Schuldbeladene in der Gnadenkapelle ihr ins reine, unschuldige Anglitz schauen müsste." „Da hast du vollkommen recht, Reserl. Ich will auch eine ehrbare Jungfrau zum Eheweib haben und respektiere Deine Haltung. Ich werde Dir beweisen, dass ich warten kann bis zur Hochzeitsnacht. Aber küssen, umarmen, streicheln und verliebt in die Augen schauen, das wird doch wohl erlaubt sein. Dagegen wird auch der liebe Gott nichts haben können. Irgendwie muss man doch in der Kennenlernzeit die aufkommende Liebe des anderen spüren können." „Natürlich, Franzl, können wir diese Zeichen der Liebe einander geben. Aber wir dürfen die Grenze nicht überschreiten und wir müssen es vorerst heimlich tun. Wenn Du einmal Meister geworden bist und die Nagelschmiede in Taufkirchen als Eigentümer leitest, dann erst können wir unsere Liebe öffentlich machen. Die Eltern werden dann einwilligen müssen, wenn Du beruflich so gut gestellt bei ihnen um die Einwilligung zur Ehe mit ihrer Tochter bittest." „Ich will alles für Dich tun, Reserl, ich gebe Dir mein Wort darauf. Darum frage ich Dich jetzt: Willst Du im Geheimen meine Freundin sein?" „Franzl, mir scheint, Du meinst es aufrichtig. Und in den erst wenigen Begegnungen habe ich schon Deinen ehrlichen Charakter kennengelernt. Schau' mir in die Augen, damit ich in Deine Seele blicken kann und darin in Deine Liebe zu mir. So, genug geredet, und jetzt bekommst Du einen liebevollen Kuss von mir. Aber nicht mehr schmerzhaft für Deine Lippen, sondern einen Kuss, der Dir die Sehnsucht nach mir ins Herz brennt. Und das ist sogar noch schmerzhafter für Dich, Franzl, denn Du wirst

Tag und Nacht nur noch an mich denken." Reserl ließ sich von Franz umarmen und sie küsste ihn leidenschaftlich, und ihre Zunge suchte zum ersten Mal zwischen seinen zusammengepressten Lippen den Zugang zu seiner Zunge. Als Franz ihr Begehren verspürte, ließ er sie gewähren, und im gemeinsamen Zungenspiel liebkosten sie sich gegenseitig und verspürten so den Vorgeschmack der körperlichen Liebe, auf dessen Höhepunkt sie jedoch bis zur Hochzeitsnacht noch warten mussten. „Franzl, wir müssen jetzt wieder zurück ins Haus und dürfen uns nichts anmerken lassen. Ich kann Dir jetzt noch nicht sagen, wann wir uns wiedersehen werden. Vertrauen wir auf die Fügung Gottes. Ich denke an Dich und sehne mich nach einem baldigen Wiedersehen. Irgendwie wird es schon klappen, entweder in Taufkirchen oder in Eggenfelden oder auch hier in Wickering bei uns. Komm' jetzt!" Sie drückte ihm noch einen kurzen flüchtigen Kuss auf seinen Mund, entwand sich seinen Armen und verließ mit ihm den Heustadel. Beim Betreten der Wohnstube setzten beide eine Unschuldsmiene auf. Franz bedankte sich höflich für die gestattete Führung durch das Anwesen bei den Hubers. Noch bevor er sich hinsetzen konnte, erhob sich der Albanbauer mit den Worten: „Es ist Zeit für die Heimfahrt. Wir wollen rechtzeitig in Taufkirchen ankommen. Ihr wisst ja, dass wir direkt neben dem Pfarrhof wohnen, und wenn wir vor dem Sonntagseinläuten um fünf Uhr nicht ankommen, dann wird der Pfarrer uns abkanzeln wegen Störung der beginnenden Sonntagsruhe. Herzlichen Dank für die Bewirtung. Wenn Ihr alle einmal nach Taufkirchen kommt, dann seid Ihr herzlich bei mir im Hause willkommen, und ich werde auch gerne auftischen. Seit mein Eheweib tot ist, habe ich die Gundi als Haushälterin. Ihr macht also keine Umstände. Samstagvormittag muss sie eh immer für den Sonntag einen Kuchen backen. Also, bis dann auf ein Wiederseh'n." „Wir kommen gerne einmal bei Dir vorbei", antwortete der Huberbauer. „Eine Gelegenheit wird sich sicherlich ergeben. Sagen Dir dann rechtzeitig Bescheid; ohne Voranmeldung platzen wir nicht zu Dir ins Haus. Ob's Reserl mitkommen wird, weiß ich allerdings nicht. Sie wird sich als Frau für die Nagelschmiede weniger interessieren. Wird wohl mit unserem Sohn dann auf dem Hof bleiben wollen." „Das ist nicht gesagt, Vater, Du weißt doch, dass ich gerne auf das Grab zum Onkel Josef gehe und in die Kirche zum Gebet. Ich komme mit, Albanbauer. Das gehört sich doch als folgsame Tochter." „Ja, selbstverständlich kommst Du dann mit. Ich freue mich über ein so junges, unbeschwertes weibliches Wesen in meinem Haus. Der Franz wird Dir dann die Nagelschmiede zeigen. Da kann er sich für Deine Dienste heute revanchieren, und wir Alten können ungestört plaudern." Beim Hinausgehen berührte das Reserl mit ihren Fingern kurz die Hand von Franz und zwinkerte ihm verstohlen mit den Augenlidern zu. Die Huberin und das Reserl winkten den Abfahrenden noch kurze Zeit nach, dann gingen sie ins Haus zurück. „Na, wie ist es gelaufen,

Franz", begann der Herrmann auf dem Kutschbock das Gespräch. Franz strahlte ihn förmlich an und dann sprudelte es aus ihm heraus: „Gut, sehr gut. Ich bin überglücklich. Es hat geklappt. Das Reserl ist jetzt meine Freundin, wir sind ein Paar. Wir haben uns sogar mehrmals geküsst. Das darf natürlich niemand wissen, schon gar nicht ihre Eltern. Das muss geheim bleiben, und Du musst mir das versprechen, Herrmann." „Ehrenwort, denn wenn ich was verrate, dann reißt mir der Huber den Kopf ab; schließlich habe ich die Sache miteingefädelt."

Gegenbesuch in Taufkirchen und Aufdeckung der Liebschaft

Wochen vergingen, ohne dass die Liebenden voneinander hörten. Franz verrichtete ohne Beanstandung des Meisters fleißig seine Arbeit in der Schmiede. Innerlich aber loderte in ihm das sehnsuchtsvolle Feuer der Liebe nach dem Reserl. Er konnte es kaum erwarten, sie wiederzusehen und in die Arme zu nehmen. Trotzdem ließ er sich seine verzehrenden Qualen nicht anmerken. Der Meister ahnte aber sehr wohl die innere Unruhe seines Gesellen, konnte ihn jedoch nicht trösten. Das konnte nur eine, und die war nicht da. Und es dauerte bis Ende Juli, bis ein vorbeifahrender Händler dem Albanbauer die Nachricht überbrachte, dass nächsten Sonntag die Familie Huber am Nachmittag zu Besuch kommen würde. Als Franz die Neuigkeit erfuhr, hüpfte er vor Freude fast einen Meter in die Luft und schlug mehrmals, wie verrückt, sinnlos mit dem Hammer auf den Amboss ein. Gundi wurde beauftragt, das Haus ordentlich mit dem Besen zu fegen und zu putzen. Für die Gäste sollte sie eine Rein Rohrnudeln und einen Marmorkuchen backen. Nach dem Frühstück am Sonntagmorgen sollte sie bereits den Kaffeetisch decken, denn das Mittagessen fiel an diesem Tag aus. Franz fieberte dem Besuch entgegen und zählte an seiner Hand mit den fünf Fingern die Tage ihrer Ankunft ab. Tagsüber war er immer nervös, und die zu fertigenden Nägel waren dementsprechend nicht von gekonnter Qualität. Der Meister übersah diese Nachlässigkeit, da er ja um den Zustand seines Gesellen wusste. Nachts konnte Franz kaum schlafen und geisterte durchs Haus. Erst am Morgen schlief er ermattet ein und kam dann nicht rechtzeitig aus den Federn. Der Nagelschmied zählte ebenfalls die Tage bis zur Ankunft der Gäste – aber aus einem anderen Grund: Sein Geselle musste wieder in den Normalzustand zurück, denn so konnte das nicht weitergehen. Wenn Franz sein Reserl wiedersah, dann, so dachte sich der Schmied, würde sich sein Geselle wieder beruhigen.

Endlich kam der Sonntagnachmittag und der sehnlichst erwartete Besuch. Der Huber lenkte die von zwei Pferden gezogene Kutsche vor das Anwesen des Nagelschmieds. Franz eilte aus dem Haus, legte jeweils einen Stein hinter das Vorderrad, damit der Wagen nicht rückwärts rollte, half mit beim Ausspannen der Pferde und versorgte diese mit Wasser und Futter. Derweil betrat die Familie Huber das Nagelschmiedhaus. Während die Hubers schon Platz genommen hatten, betrat auch Franz die Wohnstube, grüßte nochmals und setzte sich auch an die Kaffeetafel. Verstohlen blickte er zum Reserl, während sie seinen Blick nicht erwiderte, um nicht aufzufallen. Beide blieben ruhig und still und beteiligten sich mit keinem Wort an der Unterhaltung. „Ja, was ist denn mit der Jugend los?", richtete der Albanbauer das Wort an die Jungverliebten. „Ich glaube fast, sie langweilen sich bei unserem Geschwätz. Komm', Franz, nimm das Reserl und zeig' ihr die Werkstatt und das Haus. Könnte sie vielleicht interessieren!" Franz und das Reserl standen wie auf Kommando sofort auf und verließen eilends die Plauderrunde. Als die Tür hinter ihnen ins Schloss fiel, umarmten sich beide unbemerkt stürmisch und leidenschaftlich. Sie tauschten mehrere Küsse aus, und der Franz bedeckte sogar ihr ganzes Gesicht mit seinen Küssen. Wie aus einem Munde flüsterten beide gleichzeitig zueinander: „Endlich, ich konnte es kaum erwarten, Dich in meinen Armen zu halten." Dabei strahlten sie sich mit glückseligen Augen an. Franz führte das Reserl durch die Räume des Hauses, und hinter jeder Tür wiederholten sie den Austausch der Zärtlichkeiten. Er führte sie auch in die Schmiedewerkstatt, wo sie jedoch nicht lange blieben. „Komm, Reserl, draußen ist herrlicher Sonnenschein und ein blauer Himmel, das müssen wir auskosten und spazierengehen." „Ja, das machen wir, Franzl. Dabei können wir uns ungestört unterhalten, uns immer wieder umarmen, streicheln und küssen. Wir müssen allerdings darauf achten, dass uns niemand sieht." „Hab' keine Angst, Reserl, am Sonntagnachmittag sind kaum Leute unterwegs. Wir gehen an der Kirche vorbei, die Anhöhe hinauf zum Waldrand. Wenn wir jemanden kommen sehen, dann können wir uns schnell im Wald hinter den Bäumen verstecken. Aus der Ferne erkennt uns eh niemand so leicht. In einer Stunde sind wir wieder zurück, ohne dass Deine Eltern etwas merken. Und wenn Deine längere Abwesenheit auffallen sollte, dann sagst Du einfach, dass Du auf dem Friedhof am Grab vom Onkel Josef gewesen bist." Flugs verließen beide unbemerkt das Anwesen, entlang der Friedhofsmauer zum Waldrand hinauf. Erst dort umarmten und küssten sie sich wieder. „Franzl, warst Du mir auch treu in den vergangenen Wochen und hast keinem anderen Weiberrock nachgesehen? Schau' mir in die Augen und sei ehrlich!" „Und wie war es bei Dir, Reserl? Bist Du mir auch treu geblieben und hast keine verstohlenen, aufreizenden Blicke anderen Männern zugeworfen?" Beide bejahten ihre Treue und tauschten gegenseitig weiterhin Treueschwüre aus. Noch zaghaft, um ja ihre Gefühle nicht zu verletzen, streichelte Franz ihre Arme, dann den Rücken, ihren Hals und auch über die Wölbung ihrer Brust unter der Dirndlbluse. Ein wenig erschrocken über die Berührung wich Reserl leicht zurück, ließ ihn aber dann doch gewähren. Daran kann ja nichts Verbotenes sein, dachte sich das Reserl. Erst als Franz versuchte, ihren Ausschnitt zu küssen, wehrte sie ab. „Franzl, das heben wir uns für die nächste Begegnung auf. Unsere Liebe und unsere Gefühle sollen langsam wachsen. Wir wollen nichts überstürzen. Wenn ich Dir bisher den kleinen Finger gereicht habe, dann darfst Du nicht sofort die ganze Hand ergreifen. Wir wollen Schritt für Schritt in unserer Liebe vorgehen. Freu' Dich schon jetzt auf das nächste Zusammensein." „Entschuldige, Reserl, ich will nichts überstürzen, aber wenn ein Mann so ein liebreizendes Wesen in seinen Armen hält, dann ist Zurückhaltung sehr schwer. Aber unserer Liebe willen kann ich mich beherrschen. Du allein bestimmst, wie weit ich mit dem Austausch von Zärtlichkeiten gehen darf, und Du kannst auch den Zeitpunkt bestimmen." „Ist gut, Franzl, ich kann Dich gut verstehen. Ich würde mich Dir gerne hingeben, aber es ist noch zu früh und verstößt gegen alle moralischen Sitten unserer Zeit." Nachdem sie noch einige Küsse ausgetauscht hatten, verließen sie händchenhaltend den Waldrand. Dabei schauten sie sich unentwegt verliebt in die Augen. Als sie so an der Friedhofsmauer entlang gingen, bemerkten sie nicht, dass ein Augenpaar ihnen nachblickte. Kooperator Fischer betete während eines Rundgangs um die Kirche und durch die Gräberreihen die Vesper aus dem Brevier. Er wusste sofort, wer die beiden Verliebten waren. Den Franz kannte er aus der Nachbarschaft und von den sonntäglichen Kirchgängen, und das Mädchen, weil er es hin und wieder vor einem Grab stehen sah. Ihren Namen würde er schon noch in Erfahrung bringen, auch ihren Wohnort, und dann würde er den Eltern von dem Gesehenen berichten und danach fragen, ob diese Liebschaft in ihrem Sinne sei. Er, als Geistlicher, musste ja für Recht, Sitte und Moral sorgen und durfte kein öffentliches Ärgernis dulden. Dem musste er sofort Einhalt gebieten. Seinem Ansinnen kam ein überraschendes Zusammentreffen mit den Eltern des Reserl gelegen. Als nämlich Franz und das Reserl ins Nagelschmiedhaus zurückkamen, waren die Hubers gerade im Begriff aufzubrechen. Der Huberbauer und seine Frau bedankten sich für die nette Gastfreundschaft. Während Franz die Pferde wieder einspannte und das Reserl ihm dabei zuschaute, begleitete der Albanbauer das Ehepaar Huber noch zum Friedhof, da diese noch ein Gebet am Grab des Verwandten sprechen wollten. Während sie vor dem Grab standen, kam Kooperator Fischer hinzu, grüßte und verwickelte die Hubers in ein Gespräch. Während er sie ausfragte, woher sie kämen, wen sie im Ort besuchten, welchem Stand sie angehörten und wieviel Kinder sie hätten, sagte er unvermittelt: „Haben Sie auch eine Tochter und ist diese auch mitgekommen?" Stolz fügte der Huberbauer an: „Ja, Hochwürden, ich habe auch eine Tochter, die Therese. Sie wird bald 17 Jahre und ist ein sehr schönes Mädchen. Sie ist auch mit dabei und wartet beim Albanbauer bei der Kutsche." „So, so, Therese heißt Eure Tochter. Ich habe Sie vorhin gesehen mit einem jungen Mann. Händchenhaltend sind sie an der Friedhofsmauer vorbei-gegangen." „Das kann nicht sein", entgegnete der Huberbauer, „meine Tochter war immer im Haus des Nagelschmieds. Da irren Sie sich, Hochwürden." „Da irre ich mich nicht, Herr Huber, denn der junge Mann war der Geselle Franz vom Nagelschmied. Wenn der Franz eine Hiesige spazieren führt, dann hätte ich sie sofort erkannt. So aber kann es sich nur um Ihre Tochter handeln, noch dazu, wenn Ihr alle zu Gast beim Albanbauer gewesen seid. Ich will Sie ja nur darauf aufmerksam machen, damit Sie ein wachsames Auge auf Ihre Tochter haben. Oder ist diese Verbindung mit dem Gesellen Franz Ihrerseits so gewollt? Dann sollte schnellstens ein Termin für eine Eheschließung erfolgen. Bei uns in Taufkirchen herrscht Zucht und Ordnung, da muss alles nach Recht und Gesetz eingehalten werden. Daran brauche ich Sie als Christenmenschen, der seiner Vaterpflicht nachkommen soll, doch nicht erinnern." Mit einem „Grüß Gott" wandte sich der Kooperator von dem mit versteinerten Mienen dastehenden Ehepaar Huber und dem Albanbauer ab. Mit schnellen Schritten eilte der Hu-berbauer daraufhin mit seiner Frau aus dem Friedhof. Albanbauer versuchte, mit den Hubers Schritt zu halten. „Steckst Du etwa mit Deinem Gesellen unter einer Decke? Wie lange geht die heimliche Beziehung schon mit dem Franz und meiner Tochter? Du weißt, dass auf Kuppelei eine Strafe steht. Vorläufig wollen wir mit Dir, Albanbauer, nichts mehr zu tun haben. Komm' mir ja nicht mehr auf meinen Hof und sorge dafür, dass der Hungerleider Franz sich von meiner Tochter fernhält, sonst kannst Du mich kennenlernen!" Bei der Kutsche ange-kommen forderte der Huber unwirsch seine Tochter zum Einsteigen auf, knallte mit der Peitsche, wendete das Gefährt und fuhr grußlos den Berg hinab. Reserl war wegen dem schnellen Aufbruch irritiert, traute sich jedoch nicht deswegen zu fragen. Doch plötzlich platzte ihrem Vater sprichwörtlich der Kragen: „Wart' nur, Therese, wenn wir zuhause sind, dann kannst Du Dein blaues Wunder erle-ben. Schöne Geschichten hört man aus geistlichem Mund von Dir. Schämen bis in den Boden hinein müssen sich Deine Eltern wegen Dir, Du missratenes Frau-enzimmer. Dir werde ich zeigen, was die Uhr geschlagen hat und wo der Bartel den Most holt." So aufgebracht hatte das Reserl den Vater schon lange nicht mehr erlebt. Sie konnte sich daraus überhaupt keinen Reim machen. Wenn der Vater sie mit Therese ansprach, dann musste etwas Schlimmes passiert sein; dann war Feuer unter dem Dach. Da hieß es: nicht zusätzlich den Vater zu rei-zen und Öl ins Feuer gießen, sprich, besser sich still verhalten. Die Mutter re-dete währenddessen kein Wort, jedoch rannen ihr einige Tränen über die Wan-gen herab. Zuhause angekommen forderte der Vater seine Tochter auf, in der guten Stube auf ihn zu warten. Reserl verkroch sich förmlich ins Eck der Sitz-bank unter den Herrgottswinkel – in der Hoffnung, dass der große viereckige Holztisch zwischen ihr und dem wütenden Vater eine Schutzbarriere bilden würde. Der Vater stemmte seine beiden Fäuste auf die Tischplatte und schrie: „Der Kooperator hat uns am Friedhof zur Rede gestellt und uns Eltern ermahnt, ein wachsames Auge auf unsere frühreife Tochter zu haben. Der geistliche Herr hat Dich händchenhaltend mit dem Franz gesehen. Was fällt Dir ein, mit diesem hergelaufenen Hoderlumpen eine Beziehung einzugehen? Bist Du von allen guten Geistern verlassen? Da werde ich einen Riegel vorschieben! Ohne meine Einwilligung kannst Du bis zum 25. Lebensjahr keine Ehe eingehen! Solange Du in meinem Haus lebst, hast Du zu gehorchen und ich verbiete Dir jeglichen Kontakt mit diesem Hallodrie!" „Aber ich liebe ihn, Vater, und wenn er einmal Meister ist und die Nagelschmiede in Taufkirchen sein Eigen nennen kann, dann erst wollen wir heiraten. Der Franzl meint es ernst und auf sein Wort kann man sich verlassen." „Ich hab' mit Dir andere Pläne. In einen respektablen Bauernhof sollst Du einmal einheiraten und dem Haushalt eines Gutshofes vorstehen. Aber nicht die Putzfrau und Dienstmagd eines armseligen Kleinhandwerkers werden. Merk' Dir die alte Bauernregel: ‚Liebe vergeht, Hektar besteht!'. Schlag' Dir diese Schwärmerei für diesen Franz aus dem Kopf. Ich verbiete Dir den Umgang mit ihm. Du darfst die nächsten Monate weder nach Taufkirchen noch nach Eggenfelden. Wenn Du Dich nicht an meine väterliche Anweisung hältst, dann werde ich Dich verstoßen, und Deine Mitgift kannst Du vergessen." Mit hochrotem Kopf verließ der Vater die Stube und schlug die Tür so heftig zu, dass sie fast aus den Türangeln gesprungen wäre. Reserl verließ schluchzend hinter dem Vater die Wohnstube, lief in ihre Kammer und warf sich auf ihre Bettstatt. Stundenlang kullerten herzzerreißend die Tränen über ihr Gesicht. Mit verweinten Augen ging sie später dann doch zum Abendessen, um den Vater nicht noch mehr zu erzürnen.

Zeit der Prüfung für die Liebe zwischen Franz und Therese

Auch im Haus des Albanbauers herrschte eine gedrückte Stimmung. Franz konnte den harschen, unfreundlichen Aufbruch der Familie Huber nicht verstehen. „Ich kann Dir schon sagen, Franz, woran es gelegen hat. Das Reserl und Du, Ihr wart unvorsichtig. Der Kooperator Fischer hat Euch händchenhaltend an der Friedhofsmauer verbeigehen sehen und hat davon dem Huber berichtet und es als sittliches Vergehen geschildert. Jetzt hast Du den Unmut und die Wut des Huberbauern auf Dich gezogen. Da sehe ich schwarz für eine gemeinsame Zukunft mit Dir und dem Reserl. Wenn Du weiter an ihr festhalten willst, dann müssen wir überlegen und eine Lösung finden, wie Ihr beide Euch dennoch treffen könnt. Vorläufig wird sie wohl unter der strengen Überwachung Ihres Vaters stehen. Mir hat er die Freundschaft aufgekündigt, weil er mir eine Mitschuld an der ganzen Sache gibt." „Tut mir leid, Herrmann, das wollte ich nicht. Es war eine so schöne Stunde am Waldrand mit dem Reserl und ein

Glücksmoment für unsere Liebesbeziehung. Und jetzt dieses Dilemma. Was mache ich nur? Wie kann ich weiter zu ihr Kontakt halten? Herrmann, hilf mir bitte!" „Das wird nicht leicht sein, Franz. Einen Brief schreiben und mit der Post zusenden, bringt nichts, denn die Eltern werden den Brief abfangen und vernichten. Sie wird ihn nie zu Gesicht bekommen. Und trotzdem könntest Du ihr einen Liebesbrief schreiben, aber Du musst ihn ihr selber überbringen." „Aber, Herrmann, wie soll das gehen, ohne dass mich die Eltern dabei erwischen? Ich kann doch unmöglich nachts zum Fensterln beim Reserl hinaufsteigen. Bevor ich überhaupt eine Leiter finde und sie an die Hauswand unter ihrem Fenster anlegen kann, wird der Hund anschlagen und die Eltern werden dadurch aufwachen. Den Holzknüppel des Vaters möchte ich nicht auf meinem Rücken und Kopf spüren wollen. Diese Aktion ist mir zu gefährlich und würde beim Entdecken die Situation nur noch verschärfen." „Ich hab' eine Idee, Franz. Der Weiler Wickering gehört zur Pfarrei Oberdietfurt. Sicherlich wird die ganze Familie jeden Sonntag in die Pfarrkirche zum Gottesdienst gehen. Selbst wenn der Vater seiner Tochter verboten hat, das Haus zu verlassen, so wird er ihr den Kirchgang nicht verbieten können. Ich leihe Dir an einem der nächsten Sonntage den Einspänner, fahr' damit nach Oberdietfurt, warte versteckt in der Nähe der Kirche, bis die Hubers das Gotteshaus betreten haben, und geh' dann vorsichtig auch hinein und suche einen verdeckten Platz in den hinteren Reihen hinter einer Säule. Vermutlich hat der Großbauer Huber Stuhlgeld an den dortigen Pfarrer für zwei Sitzplätze bezahlt, die er mit seiner Frau im vorderen Bereich einnehmen wird. Das Reserl und ihr Bruder werden mehr unter dem übrigen Volk hinten sitzen. Wenn Dein Reserl nach dem Kommunionempfang durch den Mittelgang zurückgeht, dann tritt aus Deinem Versteck hinter der Säule hervor. Spätestens jetzt wird sie auf Dich aufmerksam und ihr Herz wird innerlich fast vor Freude zerspringen. Wenn dann alle Leute nach dem Segen die Kirche verlassen, dann dränge Dich geschickt an ihre Seite und stecke ihr den Liebesbrief unbemerkt zu. Dann musst Du sofort das Weite suchen, damit Dich nicht ihre Eltern sehen. Für den Austausch von Zärtlichkeiten bleibt keine Zeit; der eine oder andere Kirchgänger würde dies sofort bemerken." „Also, Herrmann, ich muss schon sagen: Du hast tolle Einfälle; das muss man Dir lassen! An einem der nächsten Sonntage werde ich das Vorhaben in die Tat umsetzen. Vorher muss ich aber noch den Liebesbrief schreiben und das wird nicht so einfach sein. Die richtigen Liebesworte zu Papier zu bringen, ist furchtbar schwer, wenn man keine schriftstellerische Ader hat. Liebe Worte ihr mündlich zu sagen, würde mir leichter fallen. Aber das geht ja nicht. Hoffentlich fallen mir in der kommenden Woche die passenden Zeilen ein. Wenn ich sie habe, dann lies sie bitte durch. Schließlich bist Du ein erfahrener Ehemann und hast Deiner Frau sicherlich damals auch Liebesschwüre geschrieben. Oder etwa nicht, Herrmann?" „Oh doch, das habe ich; aber es müssen Deine Worte sein, und nicht meine. Hilfestellung kann ich Dir natürlich schon geben. Bist mir ja mittlerweile ans Herz gewachsen, als wärst Du mein eigener Sohn. Deshalb will ich auch, dass Du eine glückliche Zukunft vor Dir hast mit Deinem hübschen Reserl!" So machte sich Franz an mehreren Abenden in der Woche daran, den Liebesbrief für sein Reserl zu schreiben: „Liebstes Reserl! Es tut mir furchtbar weh im Herzen, dass Du jetzt sicherlich wegen unserer Dummheit, händchenhaltend vom Kooperator gesehen worden zu sein, viele Unannehmlichkeiten hast. Ich kann mir gut vorstellen, welchen Ärger Du mit Deinem Vater hast. Er wird Dich so schnell nicht wieder nach Taufkirchen oder in meine Nähe lassen. Deshalb komme ich unauffällig zu Dir in die Kirche und habe Dir diesen Brief geschrieben und zugesteckt. Ich möchte Dir meine große Liebe für Dich versichern. Auch wenn wir uns vermutlich in den kommenden Wochen und Monaten fast nie sehen werden, miteinander sprechen und einander liebkosen können, so sei Dir meine aufrichtige Liebe gewiss. Ich halte Dir die Treue und werde nur an Dich denken und für unsere gemeinsame Zukunft beten. Wenn Du den Brief gelesen hast, dann verbrenn' ihn im Ofen, damit ihn Dein Vater nicht in die Hände bekommt. Wir wollen schließlich jedes Ärgernis vermeiden. Irgendwann werden wir Deinen Vater umstimmen können, spätestens wenn ich den Meisterbrief in der Tasche habe und die Schmiede mir gehört. Denk' an mich in Liebe. Dein Dich liebender Franzl." Herrmann konnte am Inhalt des Briefes nichts aussetzen, und so schrieb Franz ihn schön leserlich ins Reine. An einem Sonntag Ende August in aller Frühe kutschierte Franz nach Oberdietfurt und stellte den Einspänner verdeckt hinter einer Scheune, nur hundert Meter von der Kirche entfernt, ab. Das Pferd Paula band er mit einem Lederriemen fest an einen Holzpfosten. Er schlich sich vorsichtig zur noch leeren Pfarrkirche und kundschaftete die Örtlichkeit aus. Hinter einer Säule, die die Empore mit der Orgel stützte, konnte er, ohne aufzufallen, den Gottesdienst mitfeiern und unerkannt in der Nähe seines Reserl sein. Als er sich in der Kirche umschaute, konnte er ebenfalls feststellen, dass die Kirche den heiligen Johannes, den Täufer, zum Pfarrpatron hatte. Dabei fiel ihm die biblische Erzählung des Propheten wieder ein. Dieser predigte in der Wüste Judäa und führte ein entbehrungsreiches Wüstenleben, wie auch Jesus 40 Tage in der Wüste fastete. Franz zog Parallelen zu seiner jetzigen misslichen Lage: Auch er befand sich in einer Wüstenzeit. Er musste auf ein liebes Beieinandersein mit seinem Reserl verzichten und seinen Hunger nach Liebkosungen unterdrücken. Franz kniete sich kurz zu einem stillen Gebet hin und flehte zum heiligen Johannes: „Steh' mir und dem Reserl in dieser schweren Zeit der Prüfung, unserer Wüstenzeit, bei, damit unsere Liebe trotz aller Hindernisse weiter besteht. Bitte für uns!" Als Franz den Mesner bemerkte, wie er den Altar zubereitete, verließ er eilends das Gotteshaus und versteckte sich hinter der Kirchenmauer. Langsam kamen die Gottesdienstbesucher und betraten in ihren Sonntagsgewändern das Kirchenschiff. Auch die Familie Huber kam in der Kutsche angefahren. Durch den Haupteingang betraten sie die Dorfkirche. Nach dem zweiten Zusammenläuten der Turmglocken wollte Franz aus seinem Versteck in die Kirche gehen. Da stockte ihm vor Schreck der Atem: In vielen ländlichen Gemeinden war es Brauch, nicht gerade zum Wohlgefallen der Geistlichkeit, dass einige Männer vor der Kirchentüre auf dem Kirchplatz stehen blieben und von draußen dem Gottesdienst beiwohnten. Das war kirchenrechtlich nicht einmal verwerflich, da sie in gewisser Weise der heiligen Messe beiwohnten. Während bei der Wandlung die Glocken läuteten, nahmen sie jedoch ehrfurchtsvoll ihre Hüte ab, verneigten den Kopf und beteten andächtig. Franz zog seinen Hut tief ins Gesicht und huschte an der Männergruppe vorbei ins Kircheninnere. Unbemerkt von fast allen stellte er sich hinter die Säule und verfolgte dort still mit gefalteten Händen die heilige Handlung. Tatsächlich sah er einige Bankreihen vor sich das Reserl. Es hatte ein eigenes Gebet- und Gesangbuch vor sich liegen und einen Rosenkranz in Händen. Leider konnte er von hinten ihr hübsches Gesicht nicht sehen, aber vor seinem geistigen Auge sah er ihr Bildnis vor sich. Als sie nach dem Kommunionempfang den Mittelgang zurückging, blickte sie kurz auf und sah Franz neben der Emporensäule hervortreten. Vor Schreck entschlüpfte ihr ein freudiger Seufzer, der jedoch von niemandem gehört wurde, da das Orgelspiel ihn übertönte. Franz trat nach einem innigen, kurzen Blickkontakt wieder hinter die Säule zurück. Das Reserl ging in die Kirchenbank, kniete sich zum Dankgebet nieder und überlegte dabei, wie eine Begegnung unbemerkt von den Eltern mit dem Franzl wohl möglich wäre. Sie fieberte dem Schlusslied entgegen und verließ als Erste mit den hinausströmenden Kirchenbesuchern das Gotteshaus. Franz passte den Augenblick ab, als sie an ihm vorbeigehen wollte. Er trat neben sie und im Gedränge der Menge drückte er dem Reserl seinen Brief in die Hand. Instinktiv wusste sie sofort, was zu tun war. Sie steckte den zusammengefalteten Briefbogen hurtig in ihr Gebetbuch, welches sie in die mitgebrachte Stofftasche verschwinden ließ. Leise flüsterte ihr Franz zu: „Ich liebe Dich!" Ohne ein Wort zu sagen, schritt sie zur bereitstehenden Kutsche, setzte sich hinein und wartete auf die Eltern. Franz verstand sofort ihre zurückhaltende Haltung. Was hatte er auch anderes erwartet? Um den Hals fallen und küssen konnte sie nicht. Nein, sie reagierte völlig richtig. Zuhause in ihrer Kammer wird sie den Liebesbrief dann schon lesen. Mit diesen Gedanken verließ Franz den Kirchenvorplatz, um nicht von den Hubers erkannt zu werden. Er schritt zum Einspänner und wartete noch eine Weile ab, damit die Hubers ihm nicht in die Quere kämen. Fürs Erste hatte er erreicht, was er sich vorgenommen hatte. An einem der nächsten Sonntage wollte er wieder einen Besuch in Oberdietfurt riskieren.

Als er erneut Anfang September das Gotteshaus aufsuchte, kam er allerdings vergebens. Die Hubers waren zwar bei der Messe anwesend, aber das Reserl war nicht dabei. Furchtbare Gedanken schossen ihm durch den Kopf: Ist sie etwa schwer erkrankt? Hatte sie womöglich einen Unfall? Wurde sie vom Vater in ein Nonnenkloster gesteckt und war damit für ihn unerreichbar? Mit diesen quälenden Gedanken fuhr Franz wieder nach Taufkirchen zurück. Die ganze Arbeitswoche konnte er sich keinen Reim darauf machen: Wo war sein geliebtes Reserl? Warum ließ sie ihm keine Nachricht zukommen und beantwortete nicht seinen Brief? Sollte er es am nächsten Sonntag noch einmal probieren und zur Messe nach Oberdietfurt fahren? Aber was sollte er dann tun, wenn das Reserl wieder nicht kommen würde? Außerdem musste er unbedingt wieder einmal in Taufkirchen zur Messe gehen, sonst würde sein stetiges Fernbleiben der dortigen Geistlichkeit auffallen.

Mitte des Monats bekam er dann doch unverhofft eine freudige Antwort auf seine quälenden Fragen. Am Sonntag nach der Frühmesse verabschiedete sich Franz von Herrmann und ging zum Frühschoppen. Während er bei der ersten Halben Bier saß, kam unüblicherweise auch Herrmann in die Wirtsstube. Er steuerte auf Franz zu und flüsterte ihm ins Ohr, er solle doch austrinken und mit ihm nach Hause gehen, denn es wäre Besuch gekommen. „Nun sag' schon endlich, wer gekommen ist!" Herrmann ließ sich nichts anmerken und vertröstete Franz: „Warte es ab; wirst es schon sehen!" Herrmann öffnete die Türe zur Wohnstube und zu Franz gewandt: „Hier ist Dein Besuch!" Mehr konnte und brauchte er nicht sagen, denn Franz erkannte sofort, um wen es sich handelte. Vor ihm stand sein Reserl; besser gesagt lief auf ihn zu, umarmte und küsste ihn heftig. Franz konnte sein Glück kaum fassen. Herrmann schloss leise die Türe von außen und ließ das junge Glück alleine. Endlich kam Therese zu Wort und erklärte dem Franz ihr Hiersein. „Vor über einer Woche kam der Onkel Ulrich, also der Bruder von meiner Mutter, aus Staudach zu uns auf den Hof und bat meine Eltern inständig, sie sollten doch mich zu sich in den Haushalt mitgeben, denn seine Frau liege schwerkrank mit einer Lungenentzündung im Bett. Sie könne weder bei der Stall- oder Feldarbeit mithelfen noch den Haushalt führen und die Kinder versorgen. Der besorgte Arzt mahnte eindringlich zu einer wochenlangen Bettruhe, sonst könne er für nichts garantieren. Es gab kein Zögern bei meinen Eltern und sie gaben sofort ihr Ja-Wort. Ich packte mein Bündel und konnte noch in der selben Stunde mitfahren. Jetzt bin ich schon über eine Woche bei den Verwandten und heute habe ich mich zum Kirchgang verabschiedet. Ich ließ sie glauben, dass ich zur Messe nach Volksdorf gehen würde. Stattdessen bin ich zu Fuß zu Dir geeilt. Der liebe Gott wird mir das Versäumen der Sonntagsmesse schon verzeihen, denn es geht ja um unsere Liebe. Die Liebe ist doch eine göttliche Tugend und die menschliche Liebe …". „Sicherlich ist das so, Reserl. Wenn Du stattdessen zu mir gekommen bist, dann gilt der Grundsatz: ‚Der Wille gilt fürs Werk'. Unser Herr Jesus hat doch auch gesagt, dass der Sabbat für den Menschen da ist und nicht der Mensch für den Sabbat. Außerdem hat er gegen den Willen der jüdischen Obrigkeit am Sabbat Menschen geheilt und Wunder gewirkt. Unsere Liebe ist doch auch ein Wunder, von Gott gewollt. Du hast recht getan mit Deinem Besuch." „Dein Liebesbrief hat mir so gut getan, Franzl. Immer wieder habe ich mit Tränen in den Augen Deine Zeilen gelesen, den Brief an mein Herz gedrückt und mit meinen Küssen bedeckt. Wenn die Eltern den Brief gefunden hätten, es wäre für sie schwer gewesen, ihn zu entziffern, denn durch die Tränen und die feuchten Küsse war er zum Schluss unleserlich geworden. Ich habe ihn vorsichtshalber trotzdem im Küchenherd verbrannt. Jetzt versuche ich jeden Sonntag, zu Dir zu kommen, solange ich im Haushalt des Onkels bin. Die Eltern haben nicht bedacht, dass Staudach nur eine gute Gehstunde von Taufkirchen entfernt liegt und ihre Tochter so wagemutig und trunken vor Liebe ist, um nicht doch Wege zu ihrem Liebsten zu finden. Allerdings kann ich nicht lange bleiben, damit die Verwandten keinen Verdacht schöpfen. Aber für ein paar Liebkosungen reicht es allemal. Franz, ich bleib' Dir treu und warte auf unser gemeinsames Glück." „Da kannst Du bei mir auch sicher sein, Reserl. Ich schwöre Dir auch die Treue. Nächstes Jahr werde ich den Meister in meinem Handwerk machen, und wenn mir dann der Albanbauer die Schmiede übergibt, dann werde ich bei Deinen Eltern um Deine Hand anhalten. Dann können sie doch nichts mehr dagegen haben. Bis dahin müssen wir uns gedulden und heimliche Treffen arrangieren." Therese konnte mehrere Wochen bis in den November hinein in Staudach bleiben. Mehrmals trafen sie sich an den Sonntagen im Haus des Nagelschmieds oder außerhalb an einem ruhigen, nicht so leicht einsehbaren Ort am Waldrand. Wenn sie sich im Haus des Albanbauers trafen, dann zog sich dieser sofort diskret zurück und überließ ihnen ungestört die Wohnstube. Franz sollte aber von innen den Riegel des Türschlosses vorschieben, damit die Gundi die Zweisamkeit nicht stören konnte. Herrmann wollte den Franz nicht danach fragen, wie weit sie mit dem Austausch von Zärtlichkeiten im geschlechtlichen Bereich schon waren, und außerdem wollte er sich nicht der Kuppelei schuldig machen. Die Gundi verpflichtete er zur strengsten Geheimhaltung. Sie hielt sich daran, denn sie wollte ihre Stellung im Haus behalten, auch mit Blick auf spätere Zeiten, wenn der Franz und die Therese das Nagelschmiedhaus einmal übernehmen sollten. Ende November war die Tante wieder wohlauf und so musste Therese wieder ins elterliche Anwesen zurück. Es begann der Advent, die Zeit des Wartens auf das Christkindl, und so war auch für den Franz und die Therese eine Zeit des sehnsuchtsvollen Wartens bis hinein ins neue Jahr angebrochen. Unterdessen dachte sich Therese einen Plan aus, wie sie das Warten durchbrechen konnte. Zum bevorstehenden 2. Februar, dem Lichtmesstag, bei den Bauern auch ‚Wechseltag' genannt, weil die Dienstboten beim Bauern für ein weiteres Jahr verlängern oder zu einem anderen Dienstherrn wechseln konnten, sagte Therese eines Abends am Tisch zu den Eltern: „Ich will zum Bauernneujahrstag eine Stellung antreten. Zuhause untätig rumsitzen und auf einen passenden Hochzeiter warten, bringt nichts. Es schadet keinem, auch einem Bauernmädel nicht, wenn man als Magd das Arbeiten lernt und sich sein täglich' Brot verdient. Ich habe mich schon umgehört und bin fündig geworden. In Volksdorf wird auf einem größeren Hof eine zweite Magd gesucht. Am Lichtmesstag werde ich dort mein Glück versuchen und beim dortigen Bauern anfragen. Wenn er mich nimmt, dann werde ich am 5. Februar, dem Agathafesttag, den Dienst antreten. Ihr habt doch sicherlich nichts dagegen – ‚Arbeit schändet nicht'." Zunächst waren die Eltern nicht erfreut: Eine Bauerntochter als Dienstmagd – mit diesem Gedanken mussten sich die Eltern erst anfreunden. Andererseits konnte es von Vorteil sein, und ein Bauernbursche würde leichter anbeißen, wenn er die Therese als arbeitsame Frauensperson kennenlernt. Schweren Herzens willigten sie ein, ohne zu ahnen, mit welchem Hintergedanken Therese dieses Vorhaben verband. Therese wurde am Lichtmesstag mit dem Bauern in Volksdorf einig und so packte sie am Festtag der heiligen Agatha ihr Bündel. Keiner der Beteiligten konnte zu dieser Zeit ahnen, dass dies ein Auszug aus dem Elternhaus für immer war. Die Eltern winkten ihrer Tochter nach, als der Knecht sie mit der Pferdekutsche nach Volksdorf fuhr. Beim dortigen Bauern angekommen, bezog sie eine eigene Magdkammer, hatte jedoch am Agathentag noch dienstfrei. Außer an den Sonn- und Feiertagen hatten die Knechte und Mägde nur vier Tage Urlaub im Jahr – und zwar von Lichtmess bis zur heiligen Agatha. Deshalb machte Therese sich schnell noch auf den Weg nach Taufkirchen. Der 5. Februar 1845 war ein Mittwoch und für Franz ein Arbeitstag, denn er zählte ja nicht zur Landbevölkerung, sondern war ein Handwerker. Deshalb war er wie jeden Mittwoch den ganzen Tag in der Nagelschmiede beschäftigt. An den kalten Wintertagen war Franz direkt froh darüber, denn die Glut des Feuers erwärmte die Werkstatt. „Lieber derschwitzt als erfrorn", dachte er sich. Mit dem Rücken zur Werkstatttüre hämmerte er gerade am Amboss an Hufnägeln, als die Türe sich öffnete. Er verspürte sofort die kalte Zugluft und schrie nach hinten: „Tür zu, sonst geht die ganze Wärme nach draußen!" Erst nachdem der Eintretende sich nicht bemerkbar machte, drehte sich Franz unwirsch um und wollte schon lospoltern über den ungebetenen Eindringling, als er das Reserl erkannte. Er ließ den Hammer aus der Hand gleiten, der krachend zu Boden fiel, und lief auf sie zu. Eigentlich wollte er sie umarmen, hielt aber inne und zeigte ihr stattdessen seine verschmutzten Hände und Arme. Obwohl sein Gesicht auch verrußt war, drückte er dem Reserl vorsichtig einen Kuss auf ihre Lippen. „Du bist ja schwarz wie ein Kaminkehrer. So kann ich Dich nicht umarmen, sonst wird mein sauberes Dirndl verschmutzt!" „Ja, was ist denn los, Reserl, dass Du an einem Mittwoch Zeit hast, zu mir zu kommen? Was ist passiert? Seit zwei Monaten warte ich schon auf ein Zeichen von Dir. Eine lange Zeit für einen Liebhaber, der sich schmachtend nach seiner Liebsten sehnt, der nur in Gedanken sie unaufhörlich in seinen Armen spürt und ihre heißen Küsse erahnt." „Jetzt lass' Deine liebestollen Ausführungen, Du hast ja genug Wärme von der Feuerstelle und hast sicherlich meine heißen Küsse nicht vermisst. Oder?" „Das Feuer der Esse kann man doch nicht vergleichen mit dem Feuer der Liebe. Es brennt tausendmal heißer in mir; nur für Dich, Reserl! Und wenn man seine Liebste nicht bei sich hat, dann schmerzt es unendlich stärker, als es Brandblasen an der Hand tun. Aber jetzt sag' endlich: Was ist passiert?" „Franzl, ich habe ganz in der Nähe in Volksdorf heute eine Stellung als zweite Dienstmagd angetreten. So können wir uns jetzt fast jeden Sonn- und Feiertag treffen und sicherlich auch einmal am Abend nach getaner Arbeit." „Oder in der Nacht!", ergänzte Franz. „Untersteh' Dich, dass Du zum Fensterln kommst. Wir müssen nach wie vor vorsichtig sein. Ich will ja nicht schon in der ersten Woche meine neue Stellung verlieren. Oder soll ich zu den Eltern wieder zurückgehen?" „Gott bewahre! Nein! Natürlich nicht! Das sind erfreuliche Neuigkeiten. Du in meiner Nähe, welch ein Glück! Wir können uns bald auch am Sonntag in der Kirche sehen, Reserl, denn der Kooperator Fischer wird versetzt und es sollen bald zwei neue Kooperatoren mit Namen Egger und Hieronimus Schricker kommen. Die kennen Dich nicht und schöpfen keinen Verdacht. Müssen einfach nach dem Gottesdienst zeitversetzt nacheinander ins Nagelschmiedhaus eintreten, ohne von den Nachbarn bemerkt zu werden." „Franz, sag' dem Albanbauer einen schönen Gruß von mir. Ich werde nächsten Sonntag zur Messe kommen und dann bis zum frühen Abend bleiben. Jetzt muss ich mich aber wieder auf den Weg machen, damit ich nicht am ersten Tag schon Ärger bei meinem neuen Dienstgeber bekomme. Behüt' Dich Gott, Franzl, bis bald!"

Versteckspiel und Entdeckung der körperlichen Liebe

Gott sei Dank hatte Therese am kommenden Sonntag frei bekommen, denn die Erste Magd bestand darauf, auch selbst an Sonntagen abwechselnd am Hof zu bleiben und den Dienst zu verrichten. So kam es, dass Therese am Sonntag tatsächlich am Vormittag beim Franz im Haus des Albanbauers sein konnte. Den Kirchgang vermied sie noch, weil der Wechsel der Kooperatoren noch nicht vollzogen war. Herrmann gab schon Tage vorher der Gundi Bescheid, sie solle für eine Person mehr am Sonntag aufkochen. Zu viert saßen sie dann am Esstisch und genossen den zubereiteten Schweinebraten mit Reiberknödeln und

Salat. „Der Sellerie", mischte sich die Gundi plötzlich ins Tischgespräch ein, „soll ja gut sein für die gewisse Manneskraft, die die Männer für die Frauen brauchen. Iss nur davon recht viel, Franz, wirst es beim Reserl schon brauchen!" „Aber Gundi, was redest Du für einen Schmarrn", gab der Albanbauer unwirsch zur Antwort. „Der Franz ist ein anständiger, aufrechter Bursch', der ein Mädel nicht ins Unglück stürzt und warten kann bis zur Hochzeit." „Ich mein' ja nur, soll allerhand geben, und es laufen viele uneheliche Kinder rum", erwiderte die Gundi. „Jetzt reicht's aber, Gundi! Du hast das Reserl schon ganz verlegen gemacht. Sie ist doch erst 17 Jahre alt und hat von derartigen Dingen noch nichts gehört." Aber Gundi bohrte weiter: „In diesem Alter sind schon viele verheiratet und haben bereits ein Kind. Wann läuten für Euch die Hochzeitsglocken? Kann man bald gratulieren und dem jungen Brautpaar Glück wünschen?" „So, Du gehst jetzt in die Küche und machst den Abwasch und lässt den Franz und das Reserl mit Deinem Geschwätz in Ruhe. Du gehst uns alle auf die Nerven. Halt' Dein vorwitziges Mundwerk – und auch kein Sterbenswörtchen zu irgendjemandem! Dass die beiden ein Paar sind, das bleibt in diesen vier Wänden. Wenn Du das nicht kapierst, dann kannst Du Deine sieben Sachen packen und aus meinem Haus verschwinden. Ist das nun endlich klar und in Deinen Kopf vorgedrungen?" Gundi verstand sofort, dass sie mit ihrer Rede zu weit gegangen war und verzog sich stillschweigend in die Küche. „Brauchst keine Angst haben, Reserl, ich kenn' meine Gundi, ab jetzt hält sie den Mund und wird sich hüten, ein Gerücht zu verbreiten. Aber Ihr müsst trotzdem vorsichtig sein. So ein ungeschicktes Verhalten, wie damals an der Friedhofsmauer, als Euch der Kooperator händchenhaltend erwischt hatte, darf Euch nicht mehr passieren. Ihr müsst wie die kleinen Kinder Versteck spielen. Immer neue uneinsehbare Orte aufsuchen, in der Öffentlichkeit so tun, als würdet Ihr Euch nur flüchtig oder gar nicht kennen und Liebkosungen nur hier im Haus oder in einem Versteck austauschen. Wenn Ihr Euch an meinen Ratschlag haltet, dann wird Eure Liebesbeziehung in die Ehe einmünden. Da bin ich mir sicher. Im Herbst wird der Franz dann seinen Meister machen und im nächsten Jahr die Schmiede übernehmen. Und so könntet Ihr im kommenden Jahr die Ehe eingehen. Bei Deinen Eltern, Reserl, werde ich, wenn es so weit ist, vorstellig werden und für Gutwetter sorgen. Keine Angst, es wird alles gut werden." Nach dieser Rede stand Herrmann vom Stuhl auf, ging in seine Kammer und legte sich zum Mittagsschlaf aufs Ohr. Reserl half der Gundi noch das Geschirr abräumen, und als sie endlich allein waren, verriegelte Franz von innen die Tür. Beide ließen sich auf das Sofa fallen, umarmten und küssten sich. „Ich dachte, Du bist nach vier verspeisten Knödeln satt!" „Noch lange nicht. Ich bin hungrig nach Deinen Küssen und brauch' unbedingt noch eine Nachspeise." „Aber die Küche ist geschlossen. Es gibt kein Dessert zum Nachtisch!" „Du weißt genau, wie ich das meine, Liebste. Du allein bist meine Nachspeise. Ich könnte Dich am liebsten ganz vernaschen." „Aber dann hast Du doch nächsten Sonntag nichts mehr zum Vernaschen!" „So viel lasse ich heute schon noch an Dir dran, dass ich beim nächsten Treffen weiter naschen kann." „ ‚Allzuviel ist ungesund' heißt ein altes Sprichwort. Jetzt hören wir auf, uns gegenseitig zu mopsen und überlegen ernsthaft, wo und wann wir uns wieder treffen!" „Du hast recht, Reserl. Aber im Februar ist es noch zu kalt, um sich im Freien zu treffen. Es bleibt uns nichts anderes übrig, als hier im Nagelschmiedhaus. Wenn Du nächsten Sonntag nicht kommen kannst, dann erwarte ich Dich am darauffolgenden Sonntag. Ausgemacht?" „Ja, so machen wir es. Ich werde es so einrichten, dass ich in zwei Wochen wieder einen freien Sonntag bekomme. Ich freue mich jetzt schon auf unser Wiederseh'n." „Jetzt lass' uns noch ein wenig kuscheln, bis der Herrmann wieder kommt und zum Nachmittagskaffee bittet." Die Zeit verging für die Liebenden wie im Flug und Therese musste sich bald wieder auf den Rückweg machen. Wegen der Vorsichtsmaßnahme konnte Franz sie leider nicht begleiten. Und so schlich sich das Reserl alleine aus dem Haus und marschierte angesichts der hereinbrechenden Dunkelheit schnell in ihr neues Zuhause.

Franz musste tatsächlich zwei Wochen warten. Erst dann konnte er seine Therese wieder in die Arme nehmen. So ging das bis ins Frühjahr hinein. Da der Winter lang, kalt und schneereich war, mussten sie bis zum Monat Mai warten, um ihre Gefühle füreinander auch im Freien teilen zu können. Die aufbrechende Natur und die warmen Sonnenstrahlen brachten im Wonnemonat auch bei so manchen Liebenden die Gefühle in ungeahnte Wallung. Ende Mai, spätabends, trafen sich der Franz und das Reserl außerhalb von Taufkirchen am Waldrand. Nach einem schwül-heißen Tag musste Therese noch beim Melken helfen, da der Knecht mit Fieber das Bett hüten musste. Nach getaner Arbeit konnte sie sich deshalb nur mehr am steinernen Wassertrog mit kaltem Wasser abfrischen. So gegen acht Uhr abends kam das verschwitzte Reserl dann zu der vereinbarten Stelle. „Grüß Dich, Franzl. Ist das heute eine Hitze. Bin durch den Fußmarsch schon wieder durchgeschwitzt. Entschuldige bitte mein Aussehen." „Geh', Reserl, Du gefällst mir in jedem Zustand. Wenn es Dir zu heiß ist, dann leg' halt einige Kleidungsstücke ab." „Das könnte Dir so passen. Weiß schon, dass Du mich am liebsten so sehen willst, wie mich der liebe Gott erschaffen hat. Aber da musst Du noch warten." „Jetzt komm', stell' Dich nicht so an und leg' Dich zu mir an meine Seite ins Gras. Ein paar Knöpfe an Deinem Dirndlmieder darf ich doch wohl öffnen? Wird wohl noch erlaubt sein. Will ja nur Deinen Busen küssen." „Was ist denn heut' in Dich gefahren? Hast etwa einen Sonnenstich oder zu viel Bier getrunken? Finger weg!" „Geh, Reserl, das kann doch nicht so schlimm sein, wenn ich Deine Brüste sehe und küsse. Davon bekommt man keine Kinder. Jetzt kennst Du mich schon so lange; da solltest Du mir schon mehr zeigen als Deine bissigen Zähne. Es sieht uns hier doch keiner." „Das kann schon sein; aber der da Oben sieht uns bei dem unkeuschen Treiben. Du kennst doch das Sprichwort ‚Gottes Auge schläft nicht'." „Der liebe Gott hat sicherlich nichts dagegen. Er sieht auch in unsere Herzen und darum weiß er auch um unsere Liebe. Schau', die kleinen Babys dürfen doch auch an der Brust ihrer Mutter oder der Amme nuckeln, wenn sie Hunger haben oder Zuwendung brauchen. Da ich auch Deine Zuwendung brauche und ich nach Dir hungrig bin, deshalb ist es erlaubt." „Franzl, Du bist ein großer Kindskopf. Dir kann ich kaum etwas abschlagen." Während sie so miteinander redeten, knöpfte Franz langsam Knopf für Knopf ihr Mieder auf, schlug den Stoff zur Seite und berührte sanft mit seiner Hand ihre Brust. Ohne Widerrede und ohne Gegenwehr ließ das Reserl es geschehen. Ja, es durchlief sie ein wonniger Schauer, als Franz ihre Brustspitzen küsste. Der salzig schmeckende Schweiß auf ihrer Haut steigerte zudem seine Begierde. Nach einiger Zeit meinte das Reserl: „Es ist genug, Franzl. Du hast ja nur noch Augen für meine Brüste. Schau' in mein Gesicht und küss' meine Lippen. Ein Sprichwort sagt nämlich: ‚Die Lippen einer Frau sind das schönste Tor zu ihrer Seele'." „Das kann schon sein, Reserl. Aber das Übrige an einer Frau ist auch nicht zu verachten und erfreut mich zusehends." „Du bist wirklich ein großer Kindskopf. Aber ich mag Dich, weil Du so sanft und rücksichtsvoll mit mir umgehst. Ohne grob zu sein und ohne Gewaltanwendung. Es gibt wahrscheinlich nicht viele Männer, die so behutsam und einfühlsam sind wie Du, Franzl. Es sind so viele Grobiane unter den Mannsbildern, vor allem wenn sie getrunken haben. Dann werden sie ausfällig, geschmacklos und gewalttätig. Sie nehmen sich einfach ein junges Madel, versprechen ihr das Blaue vom Himmel, vergewaltigen sie mehr oder weniger und lassen sie dann mit einem Kind sitzen. Du hast mich zwar heute auch ein Stück weit verführt, aber das hast Du liebevoll und mit den richtigen Worten getan. Ich danke Dir dafür, Franzl! Du hast mir ja versprochen, dass wir uns und den Körper des anderen Stück für Stück kennenlernen und den Höhepunkt bis zur Hochzeitsnacht aufheben wollen. Daher wollen wir jetzt das Liebesspiel beenden und beim nächsten Treffen können wir es ja wieder fortsetzen. Ich freu' mich schon jetzt darauf!" „Gut, Reserl, ich hab' es Dir versprochen, und was ich versprochen habe, das halte ich auch: ein Mann, ein Wort! Ich werde die Grenze, die Du mir setzt, nicht überschreiten. Aber es wäre sehr schön, wenn ich von Deinem wunderbaren Körper noch mehr zu sehen bekomme!" „Das muss ich mir noch gut überlegen, mein lieber Franz. Aber was nicht ist, kann ja noch werden. Doch jetzt müssen wir uns für heute trennen. Ich will noch vor dem Gebetläuten zuhause sein. Wann treffen wir uns wieder?" „Du kannst nächsten Sonntag zur Messe nach Taufkirchen kommen. Der Kooperatorenwechsel hat mittlerweile stattgefunden, so dass keine Gefahr mehr besteht. Ich werde dem Herrmann sagen, dass Du zum Mittagsmahl zu uns kommst. Er hat sicherlich nichts dagegen. Und jetzt geh', damit Du noch vor Einbruch der Dunkelheit heimkommst." „Brauchst keine Angst um mich haben, Franzl. Der liebe Gott beschützt mich doch. Du kennst doch das Sprichwort: ‚So dunkel ist keine Nacht, dass Gottes Auge nicht darüber wacht.' Komm' auch Du gut heim, Liebster, schlaf' gut und träum' was Süßes." „Mach' ich und weiß auch schon, von was ich träumen werde – von Dir, meine Süße." Handkusswerfend gingen sie auseinander, bis sie einander nicht mehr sahen.

Wie geplant und ausgemacht feierten Therese und Franz die Sonntagsmesse in Taufkirchen mit – getrennt, wie es sich damals gehörte: die Therese auf der linken Frauenseite und der Franz auf der rechten Männerseite. Beide verhielten sich so, als würden sie sich nicht kennen. Erst zeitversetzt trafen sie sich im Nagelschmiedhaus. Nach dem Mittagsmahl hielten sie es, auch wegen des schönen Wetters, nicht mehr im Hause aus. Getrennt und wieder zeitversetzt verließen sie das Anwesen und trafen sich an der bekannten Waldrandstelle. Da die Sonne am Zenit stand und unbändig heiß auf der Haut brannte, schlug das Reserl eine einsam stehende Scheune zum ungestörten Beisammensein vor. Sie kannte durch ihre Arbeit beim Volksdorfer Bauern diesen Heustadel. Um diese Zeit am Sonntag, das wusste Reserl, konnten sie ungestört darin verweilen, weil weder der Bauer noch sonst einer seiner Dienstboten dorthin kam. Gemeinsam erreichten sie die Scheune und ließen sich ins Heu fallen. Sie begannen ihr Liebesspiel mit Schmusen und Küssen. Weil es auch in der Scheune recht schwül und heiß war, zog Franz ungefragt sein Hemd aus. Therese bewunderte heimlich seinen muskulösen nackten Oberkörper. Auch sie öffnete nun ihrerseits die Knöpfe ihres Dirndlmieders, so dass sie sich nun gegenseitig streicheln konnten. Sie legte ihren Kopf auf die stark behaarte Brust von Franz und berührte zart mit ihren Fingern seinen ganzen Oberkörper. Franz begann währenddessen ihre nackten Füße zu streicheln und fuhr mit seiner Hand unter ihrem Rock über den Unterschenkel, das Knie, immer höher hinauf. Anfangs gefiel dem Reserl diese Berührung, und als Franz sich schon am Ziel seiner Lust wähnte, wehrte sie ihn ab. „Bis zum Oberschenkel und nicht weiter. Da ist für heute die Grenze!" „Du hast wirklich schöne Beine und gar keine Stampfer wie andere Landmädel." „Wieso? Hast Du etwa schon andere Mädchen berührt, wenn Du Dich so gut auskennst und meine Beine mit denen anderer Frauenspersonen vergleichen kannst? Du bist scheinbar nicht so harmlos und brav, wie Du Dich gibst. Ich muss wohl ein strenges und wachsames Auge auf Dich haben. Merk' Dir das Sprichwort ‚Die Augen sind der Liebe Pforten!'." „Ich weiß das, Reserl; aber es liegt halt in der Natur des Mannes, dass er die Lustpforte bei einer Frau woanders sucht." „Du bist und bleibst ein großer Kindskopf. Für heute reichen deine körperlichen Erkundungen. Mittlerweile kennst Du ja an mir schon fast alles." „Oh, da gäbe es noch viel zu entdecken. Ich kenn' noch nicht Deinen süßen Nabel, den Rücken und ..." „Hör' auf mit dem Aufzählen meiner Dir noch unbekannten Körperstellen. Ich weiß genau wo Deine Aufzählung enden wird." „Aber mit der Abarbeitung der aufgezählten mir noch unbekannten Körperstellen könnten wir doch jetzt beginnen!" „Das könnte Dir so passen. Aber wenn ich schon mein Mieder geöffnet habe, dann darfst Du wenigstens meinen süßen Nabel in Augenschein nehmen und küssen. Mehr nicht! Verstanden!" Irgendwann wurde es den beiden Liebenden dann doch zu heiß und schwül im Heustadel und jeder ging am späten Nachmittag in sein Heim.

Die Monate Juni, Juli, August und September waren für die Landbevölkerung arbeitsreiche Zeiten. Therese musste körperlich schwer auf den Feldern, im Stall und im Haushalt arbeiten. Deshalb konnte sie sich mit dem Franz höchstens noch ein- bis zweimal in der Woche treffen. Meist sank sie abends kraftlos ins Bett und konnte sich kaum mehr aufraffen zu einem Treffen. Erst als im Herbst die Erntezeit sich dem Ende zuneigte, konnten sie sich wieder öfters sehen. Ihr geheimer Treffpunkt war meist der abseits gelegene Heustadel. Gerade in der herbstlichen Jahreszeit, an denen die Abende schon kühler waren, bot das Heu eine wärmende Unterlage. Sie vergnügten sich im Heu, kicherten und scherzten miteinander. Wie kleine Kinder bewarfen sie sich mit Heuknäuel, spielten Fangen und warfen sich gegenseitig ins Heu. Franz wurde bei dem Liebesspiel immer dreister, und während er sie liebkoste, kletterten seine Finger auf ihren Beinen immer höher hinauf. Und plötzlich legte er seine Hand auf ihren Schamhügel. Das Reserl spürte seine warme Hand und ließ ihn gewähren. „Franzl, Deine Hand ist wohl aus Versehen auf einem falschen Platz bei mir gelandet. Meinst Du, das dies so richtig ist?" „Ich denke schon, Reserl. Wir sind doch jetzt schon so lange befreundet. Eigentlich sind wir doch schon so gut wie verlobt und einander versprochen. Du berührst Dich doch auch an dieser Stelle, wenn Du Deine Körperpflege verrichtest. Jetzt ist es halt meine und nicht Deine Hand. Ist das so ein großer Unterschied?" „Na ja, das ist schon ein gewaltiger Unterschied. Deine Hände sind nämlich rauher als meine zarten Frauenhände." „Tu' doch nicht so, Reserl. Durch die harte Arbeit hast Du doch auch Blasen und rauhe Hände bekommen. Also, so viel Unterschied ist da auch wieder nicht." „Du bist und bleibst ein großer Kindskopf. Aber nur zärtlich streicheln – und dabei bleibt es!" „Keine Angst, Reserl! Ich habe Dir doch versprochen, dass ich mit dem Geschlechtsverkehr warte bis zur Hochzeitsnacht – und darauf kannst Du Dich verlassen." „Meinst Du nicht, Franzl, dass das, was wir gerade tun, ein Verstoß gegen das sechste Gebot ist und somit eine schwere Sünde?" „Ich denke nicht, Reserl! In einer Predigt habe ich einmal den Satz vom heiligen Augustinus gehört, der ungefähr so lautet: ‚Habe die Liebe und dann tu', was du willst'." „Also, Du legst die Bibelsprüche und Aussagen der Heiligen immer nur zu Deinen Gunsten und Vorhaben aus; gerade so, wie Du es brauchst. Ich weiß nicht, ob Deine Auslegung dem entspricht, was der Heilige damit gemeint hat. Da kann ja jeder sagen: Ich liebe Dich – und dann wäre alles erlaubt. So ist es dann doch nicht! Wahre Liebe erkennt man daran, dass der Partner verantwortungsvoll mit seiner Liebsten umgeht." „Das tue ich doch, Reserl! Ich meine es wirklich ehrlich mit Dir und will Dich nicht zu einem Tun überreden, das Du nicht willst. Daran erkennst Du doch meine Aufrichtigkeit. Weil ich an den Herrgott glaube, achte ich Dich auch, denn Du bist ein kostbares Geschenk von Gott!" „Das hast Du schön gesagt, Franzl. Ich habe nie an Deiner Liebe gezweifelt. Jetzt weiß ich, dass unser Tun dem Willen Gottes entspricht, denn Du zeigst Verantwortung und kannst mit der Erfüllung des vollendeten Liebesaktes warten bis zur Eheschließung. In dem Begriff ‚Verantwortung' steckt ja das Wort ‚Antwort', und wir können aufrichtig sagen, dass wir uns bisher verantwortungsvoll verhalten haben. Ich kann und werde als Jungfrau in die Ehe gehen. Das ist mein kostbares Geschenk für Dich. Vorausgesetzt Du willst mich einmal zu Deiner Gemahlin nehmen." „Das weißt Du doch, Reserl. Du bist die Einzige, und wenn ich den Meister in der Tasche habe und sich die Schmiede in meinem Eigentum befindet, dann werde ich Dich um Deine Hand bitten und zum Traualtar führen." „Geh', Franzl, klettere doch die Leiter vom Heuboden hinunter und schau', ob weit und breit niemand zu sehen ist." Als Franz vor dem Heustadel niemand erblickt und die Scheunentür wieder verschlossen hatte, kletterte er die Leiter zum Heuboden wieder hinauf. Fast wäre er vor Schreck mit der Leiter rücklings zu Boden gekracht, denn das, was seine Augen nun erblickten, hätte ihm fast den Boden unter den Füßen, in diesem Fall die Leiter, weggezogen. Während Franz den Auftrag erledigt hatte, hatte sich sein Reserl das Dirndl ausgezogen und lag nun splitternackt im Heu vor ihm." „Das ist meine Überraschung für Dich. Weil ich mir Deiner aufrichtigen Liebe nun ganz sicher bin, darfst Du mich jetzt so sehen, wie Gott mich geschaffen hat, und Du darfst mich streicheln und küssen am ganzen Körper, weil ich Dein kostbares Geschenk bin, mit dem Du vorsichtig und behutsam umgehst. Ich hoffe, dass ich Dir gefalle. Nun sag' schon!" Franz war überwältigt von dem dargebotenen Anblick. „Du bist die Schönste von allen." „Spotte nicht, denn das ist ein Marienlied und bezieht sich nur auf die Gottesmutter." „Aber wenn ich es Dir doch sage! Ich finde keine eigenen Worte. Du bist die Schönste von allen!" Franz legte sich, nachdem er sich auch entkleidete, neben sein Reserl, betrachtete ihren Körper mit fast heiliger Ergriffenheit und streichelte und küsste sie unaufhörlich. Beide genossen in vollen Zügen diese für sie bisher unbekannte geschlechtliche Zweisamkeit, ohne jedoch die Vereinigung zu vollziehen.

Wichtige Weichenstellungen zum Glück

Anfang November 1845 meldete der Nagelschmied Albanbauer seinen Gesellen Franz zur Meisterprüfung beim Zunftbeauftragten an. Der zuständige Meisterprüfer kam eigens aus der Großstadt nach Taufkirchen. Er begutachtete an einem Vormittag die Arbeitsweise von Franz in der Nagelschmiede und die angefertigten Nägel. Im Beisein des Albanbauers befragte er ihn am Nachmittag zu seinen erworbenen Kenntnissen. Am Ende des Prüfungstages gratulierte ihm der Prüfer zur bestandenen Prüfung und versprach, ihm baldigst die Meisterurkunde auszuhändigen. Erst mit der Urkunde in Händen konnte er sich Meister nennen. Vorläufig sagte Franz der Therese nichts von seiner bestandenen Prüfung. Er wollte sie mit dieser freudigen Nachricht überraschen. Am Sonntag, den 25. November, verabredete sich Franz mit seiner Therese zum Kirchgang. Anschließend trafen sie sich, wieder zeitversetzt, im Nagelschmiedhaus. Als Therese die Wohnstube betrat, standen der Albanbauer, die Gundi und der Franz, jeder mit einem Glas Wein in der Hand, noch vor dem Esstisch. „Was ist los? Habe ich was verpasst? Gibt es was zu feiern?" Franz reichte dem Reserl auch ein Glas Wein mit den Worten: „Jetzt tu' nicht so unwissend. Heute ist doch Dein 18. Geburtstag, und darauf wollen wir mit Dir anstoßen. Herzlichen Glückwunsch, Gottes Segen, Gesundheit und alles erdenklich Gute für die Zukunft!" Die Gläser klirrten hell beim Anstoßen. Franz umarmte sie herzlich und drückte ihr einen Kuss auf ihre Lippen. Auch der Albanbauer und die Gundi umarmten das völlig überraschte Reserl. „Ich habe doch tatsächlich nicht mehr an meinen Geburtstag gedacht. Die Überraschung ist Euch wirklich gelungen. Vielen herzlichen Dank!" „Franz holte ein Schriftstück, das hinter ihm auf dem Tisch lag, und reichte es dem Reserl. „Und das ist noch eine Überraschung an Deinem Ehrentag für Dich. Lies es bitte laut vor!" Therese nahm das Pergamentpapier entgegen und begann vorzulesen: „Meisterbrief für Franz Diller, geboren zu Merkendorf am 06. Oktober 1817, der nach bestandener Lehrzeit und nach der Walzzeit im Monat November 1845 die Meisterprüfung in der Nagelschmiede zu Taufkirchen erfolgreich bestanden hat. Mit Aushändigung der Urkunde darf sich von nun an Franz Diller als Nagelschmiedmeister bezeichnen." Therese konnte ihren Augen kaum trauen und noch weniger ihren vorgetragenen Worten. „Ist das wirklich wahr? Ich kann es kaum glauben! Du bist tatsächlich Meister?." „Ja, Reserl, ich habe es geschafft und damit bin ich meinem angestrebten Ziel näher gekommen." „Herzlichen Glückwunsch, Franz Diller, Nagelschmiedmeister!" „Nicht so förmlich Reserl, ich bin und bleibe Dein Franzl." Gemeinsam setzten sie sich zu Tisch, während die Gundi das Essen auftrug. Das Tischgespräch drehte sich um den Prüfungsablauf und die erfolgreich bestandene Prüfung. Das Reserl wollte alles ganz genau wissen und auch, warum er ihr vorher nichts erzählte. „Das sollte eine Überraschung für Dich zu

Deinem Geburtstag werden. Außerdem wurde mir erst kürzlich die Urkunde ausgehändigt. Erst als ich sie in Händen hatte, wusste ich: Es ist geschafft." Alle freuten sich schon auf einen gemütlichen Nachmittag, als Therese beim Mittagsläuten der nahen Kirchglocken plötzlich aufsprang und zur Tür eilte. „Ich muss sofort nach Volksdorf zurück. Meine Eltern werden vielleicht dorthin kommen, um mir zum Geburtstag zu gratulieren. Sie dürfen keinen Verdacht schöpfen." „Das ist gut möglich, Reserl, beeil' Dich. Wenn sie schon auf Dich warten, dann sag' einfach: Die Kirche hätte länger gedauert, der neue Kooperator hat nicht aufgehört zu predigen, Du hättest noch im Gebet bei einigen Gräbern verweilt, beim Krämer eine Zuckerstange zum Geburtstag gekauft und beim Heimgehen getrödelt. Das werden sie Dir heute sicher abnehmen und nicht schimpfen." Tatsächlich, Reserl sollte Recht behalten: Ihre Eltern saßen beim Großbauern in Volksdorf am Tisch und warteten schon eine geschlagene Stunde auf das Reserl. „Das ist eine Überraschung. Ihr kommt zu mir!" „Tu' nicht so unwissend. Du hast doch heute Geburtstag. Zum Gratulieren sind wir extra den weiten Weg gekommen und Du bist nicht hier. Wo warst Du denn so lange?" Bevor Therese Antwort geben konnte, mischte sich die Mutter ein: „Lass gut sein, Mann, wir wollen unserer Tochter doch nicht den Geburtstag vermiesen. Wird schon seinen Grund haben, warum der Kirchgang so lange gedauert hat. Gratuliere, Reserl, und herzliche Glück- und Segenswünsche." Sie überreichte ihrer Tochter ein schönes Halstuch und band es ihr sofort um. „Es steht Dir gut, Reserl. Damit gefällst Du sicher einem Hochzeiter." „Geh', Mutter, so eilig hab' ich es nicht, unter die Haube zu kommen. Hab' ja vor lauter Arbeit keine Gelegenheit, auf den Tanzboden zu gehen und mich nach einem Bauernburschen umzusehen." Der Großbauer mischte sich in das Gespräch ein und gratulierte ebenfalls seiner Zweiten Magd. „Wenn Ihr schon einmal da seid, dann bleibt doch zum Kaffee. Kann Euch so nicht gehen lassen. In der Küche findet sich sicherlich ein Gebäck, Rohrnudeln oder ein Kuchen oder auch eine deftige Brotzeit. Das muss gefeiert werden." Es entwickelte sich ein lebhaftes Gespräch über landwirtschaftliche Angelegenheiten, das Wetter und über Gott und die Welt. „Nun, bist Du zufrieden mit unserer Tochter?", fragte der Huber unvermittelt. „Ja, sehr sogar. Eure Tochter hat eine flotte Arbeitsweise, erledigt alles zu meiner Zufriedenheit. Sie ist sehr selbstständig. Um die braucht Ihr Euch keine Sorgen machen. Und wegen einem Hochzeiter braucht Ihr Euch sicherlich auch keine Gedanken machen. Ich glaube, den sucht sie sich selber oder hat vielleicht schon einen." Mit ernster Miene bohrte der Huber weiter und fragte den Großbauern aus. Dieser meinte: „Na ja, sie geht oft und gerne nach Taufkirchen zur Messe und abends macht sie gerne einen ausgiebigen Spaziergang. Vielleicht hat sie schon einen Auserwählten an der Angel?" Therese lief rot im Gesicht an und senkte verschämt den Kopf. An seine

Tochter gewandt fragte der Huberbauer: „Ist da was dran am Gerede Deines Dienstherrn? Hast Du etwa einen Freund? Gar diesen Nagelschmiedgesellen? Wenn das so ist, dann gibst Du zu Lichtmess Deine Stellung hier auf und kehrst an den elterlichen Hof zurück! Jetzt red' endlich oder muss man Dir jedes Wort einzeln aus der Nase herausziehen." Therese druckste umständlich nach einer passenden Antwort herum: „Sehen tu' ich den Franz manchmal in der Kirche, und da bleibt man nach dem Gottesdienst halt stehen und tauscht ein paar Worte aus. Da ist doch nichts Schlimmes dabei. Und außerdem ist er kein Geselle mehr, er ist seit Kurzem Nagelschmiedmeister. Er hat die Prüfung erfolgreich bestanden. Mehr will ich jetzt nicht dazu sagen." Die Eltern hatten sehr wohl die Aussage ihrer Tochter verstanden und hätten sie am liebsten sofort mitgenommen, um eine tiefere Beziehung mit Franz zu verhindern, wenn der Großbauer nicht vehement Einspruch erhoben hätte. So ging der Geburtstag von Therese mit einer unguten Stimmung zu Ende. Die Eltern bestiegen die Kutsche mit ernster Miene und Sorgenfalten auf der Stirn. „Denk' dran, Therese, an Lichtmess bist Du wieder zuhause in der Obhut Deiner Eltern. Und bis dahin hältst Du Dich fern von diesem Franz!" Ohne einen Abschiedsgruß fuhren die Eltern aus dem Hof von Volksdorf nach Wickering zurück. „Hab' ich da in ein Wespennest gestochen? Deine Eltern sind ja fuchsteufelswild abgefahren. Hättest mir sagen müssen, dass ich das Thema über einen Freund nicht anschneiden darf. Hoffentlich bekommst Du jetzt keinen weiteren Ärger!" „Ist schon gut, Bauer. Konntest ja von meiner Liebschaft nichts wissen. Es sollte wegen meiner Eltern geheim bleiben, da sie mit dem Franz nicht einverstanden sind. Sie wollen für ihre Tochter nur das Beste und das soll als Hochzeiter ein Bauer sein. Ich habe mich aber bereits für den Franz entschieden." „Vorläufig können sie nichts ausrichten, denn über Weihnachten bis Lichtmess bist Du noch bei mir in Stellung. Da stehst Du unter meinem Schutz. Dagegen kann selbst Dein Vater nichts ausrichten. Sonst müsste er eine Strafzahlung an mich leisten. Aber an Lichtmess kann er gegen eine weitere Anstellung sein Veto erheben und es durchsetzen. Überleg' Dir bis dahin eine Lösung des Problems!" Am ersten Adventssonntag war Therese wieder nach der Messe Gast im Haus des Albanbauers. Diesmal allerdings nicht zu einem geselligen, fröhlichen Beisammensein, sondern mehr zu einer Krisensitzung. Therese erzählte dem Franz und dem Herrmann von der Auseinandersetzung mit den Eltern und dass sie an Lichtmess wieder zuhause sein müsse. „Das werden wir verhindern, Reserl!", sagte der Albanbauer. „Noch vor Weihnachten werde ich dem Graf Arco einen Brief schreiben, mit der Bitte, dass er Dich, lieber Franz, zu meinem Nachfolger bestimmt. Ich werde ihm darin von Deiner bestandenen Meisterprüfung schreiben und Deinen guten Charakter hervorheben. Mit meiner Empfehlung wird er sicherlich Dich zu meinem Nachfolger ernennen. Dann könnten im nächsten

Jahr die Hochzeitsglocken für Euch läuten. Vorausgesetzt Ihr seid Euch einig und wollt wirklich in den heiligen Stand der Ehe eintreten." „Natürlich wollen wir das!", riefen beide wie aus einem Munde. „Aber was machen wir mit meinen Eltern und mit Lichtmess?" „Das lass' meine Sorge sein. Ich werde an Weihnachten für Euch bei den Eltern vorsprechen. Da sind sie sicher in einer rührseligen Stimmung und eher geneigt, nachzugeben. Bis Lichtmess werde ich sie immer wieder bearbeiten, bis sie endlich Ihr Ja-Wort geben." Therese fiel ein Stein vom Herzen und ging erleichtert nach Volksdorf zurück. Jeder wusste aber, dass ohne die Einwilligung des Vaters keine Eheschließung möglich war. Therese war erst 18 Jahre alt und stand bis zum 25. Lebensjahr unter der Vormundschaft des Vaters. Und ohne den Segen des Vaters wollte sie auch nicht heiraten. Ohne die Einwilligung der Eltern hätte sich außerdem kein Pfarrer für die Eheschließung gefunden. Die Hoffnung der Liebenden war der Albanbauer. Wenn dieser nichts zuwege brächte und die Eltern umstimmen könnte, dann müssten sie sieben Jahre mit der Eheschließung warten – bis zur Volljährigkeit des Reserl. Ob der Franz so lange auf sie warten würde? Konnte sie ihn hinhalten und auf ihre Jungfräulichkeit pochen? Oder sollte sie einwilligen in eine wilde Ehe? Welche Schande würde sie damit über die Eltern bringen und welch ein unverzeihliches Zerwürfnis damit heraufbeschwören? Thereses Gedanken gingen in alle erdenklichen Richtungen. Ihr blieb jedoch nichts anderes übrig, als auf das Gespräch des Albanbauers mit den Eltern zu warten. Dieser ließ noch den Advent verstreichen und fuhr dann mit dem Einspänner am ersten Weihnachtsfeiertag nach Wickering. Er betrat mit dem Gruß „Frohe Weihnachten" die gute Stube der Hubers. Ein kleiner Christbaum, geschmückt mit Strohsternen und einigen Äpfeln, stand auf einem Hocker. Die Hubers saßen am Esstisch vor einer brennenden Kerze. Die Mutter hatte das Strickzeug in den Händen und der Vater das Wochenblatt. Die Stube war gut geheizt und deshalb legte Herrmann sofort den Wintermantel ab. „Setz' Dich zu uns", forderte ihn der Huber auf. „Was führt Dich zu uns? Wegen dem Weihnachtsgruß hast Du sicherlich nicht den weiten Weg auf Dich genommen. Haben uns lange nicht mehr gesehen! Du willst doch am hochheiligen Weihnachtstag keine Nägel verkaufen und Geschäfte tätigen? Also, rück' raus mit der Sprache! Was willst?" „Ich bin heute zu Euch gekommen in einer heiklen Mission. Als Bittsteller für das Glück Eurer Tochter Therese. Sie hat sich in den Franz verliebt und beide möchten im nächsten Jahr heiraten. Ich soll Euch die Bitte zur Einwilligung überbringen, denn ohne den Segen der Eltern möchte sie den Bund nicht eingehen." „Das kann sie auch nicht", brauste der Huber sofort los, „und den Segen wird sie auch nicht von mir bekommen. Nur über meine Leiche. Das kannst Du ihr ausrichten!" „Steht das Glück Deiner Tochter nicht im Vordergrund? Was hast Du davon, wenn ein Bauer ihr Ehemann wird, der recht grobschlächtig ist und sie rumkommandiert? Der Dein eigen Fleisch und Blut womöglich mit Schlägen traktiert und sie bis zum Lebensende unglücklich macht? Das kannst Du doch unmöglich wollen. Schau', der Franz ist ein liebevoller Mann, der Deiner Tochter nichts zuleide tut, der sie achtet und ehrt, der in der Liebe nicht ungestüm ist und warten kann. Für den leg' ich die Hand ins Feuer. Bei ihm wird es die Therese gut haben. Er ist jetzt Meister und wird im nächsten Jahr die Schmiede übernehmen. Ich habe schon an den Grafen von Arco geschrieben; denn ich werde mich zur Ruhe setzen, und Franz soll dann mit dessen Einwilligung mein Nachfolger werden. Dann kann er eine Familie gründen und ernähren. Es gibt keinen guten Grund, der gegen den Franz sprechen würde und gegen eine Heirat mit Eurer Tochter. Jetzt gib Deinem Dickschädel einen Ruck und willige ein. Sag' doch auch etwas dazu, Huberin!" „Ja, mei, was soll ich sagen. Wenn der Franz sie glücklich machen kann, dann hätte ich nichts dagegen einzuwenden. Aber Du hörst ja, was mein Mann dazu sagt, und der hat immerhin das letzte Wort. Dem will ich mich nicht widersetzen." „Geh', Huberbäuerin, in den meisten Familien haben die Ehefrauen mehr zu sagen als der Mann. Nach außen tun die Männer so scheinheilig und klopfen große Sprüche, dass sie das Sagen haben. In Wirklichkeit haben aber die Frauen die Hosen an. Jetzt feiern wir doch gerade Weihnachten und wir alle sind frohgestimmt über das Glück der Heiligen Familie. So ein kleines Buberl als Enkelkind in den Armen zu halten, wie einst Maria den Gottessohn – der Gedanke, Bäuerin, müsste in Dir doch das Herz zum Schmelzen bringen." „Natürlich will ich für meine Therese nur das Allerbeste und den richtigen Mann an ihrer Seite. Ich wäre auch einverstanden mit dem Franz. Habe ihn zwar erst zweimal gesehen, bei uns und als wir bei Dir zu Gast waren, und da war er mir nicht unsympatisch. Wenn er nun Meister ist und bald eine eigene Schmiede sein Eigen nennt, dann gibt es meinerseits keine Einwände. Heute wird mein Mann von seiner Meinung nicht mehr abweichen. Wenn wir wieder alleine sind, dann werden wir ausführlich über das Glück unserer Tochter sprechen. Komm' doch im neuen Jahr wieder bei uns vorbei, vielleicht sieht dann die Sache anders aus. Da kannst Du dann noch einmal vorsprechen." „Gut, Bäuerin, das ist ein Wort. Freu' mich über Deinen Sinneswandel und dass Du einverstanden bist, wenn Dein Mann auch seine Einwilligung gibt. Immerhin kann ich jetzt von einer halben Zusage der Therese und dem Franz berichten. Ist wenigstens ein kleines Weihnachtsgeschenk. Von Eurer Tochter soll ich auch ein „Frohes Weihnachtsfest" ausrichten, und sie wäre gerne gekommen, aber sie hat Angst, sie müsste dann hierbleiben und würde festgehalten. Dann mache ich mich wieder auf den Weg und wünsche Euch bereits jetzt einen guten Rutsch ins neue Jahr." Der Huberbauer äußerte sich nicht weiter und sagte nur: „Ebenfalls einen guten Rutsch!"

Am zweiten Weihnachtstag hatte die Therese arbeitsfrei und verbrachte den Feiertag in Taufkirchen. Nach dem Kirchgang berichtete der Albanbauer den jungen Leuten von seinem halbwegs erfolgreichen Besuch bei den Eltern in Wickering. Er versprach ihnen, im neuen Jahr sich erneut ins Elternhaus zu wagen. Am Fest der Heiligen Drei Könige, am 6. Januar, fuhr der Albanbauer wieder zu den Hubers . Weil es wieder ein Feiertag war und die Arbeit ruhte – bis auf die Stallarbeit, und die verrichtete der Knecht und die Magd – waren die Hubers wieder am Nachmittag am Esstisch zu finden. „Grüß Gott beieinander und ein gutes neues Jahr 1846 wünsche ich Euch und dem ganzen Hof!" „Setz' Dich, Albanbauer! Auch Dir ein gutes neues! Wissen ja eh, warum Du schon so bald wieder zu uns auf den Hof kommst. Daher will ich nicht lange um den heißen Brei herumreden. Mein Eheweib und ich hatten eine lange Auseinandersetzung wegen Dir und Deinem Ansinnen. Und sie hat mich umgestimmt. Wenn also der Nagelschmiedmeister Franz in diesem Jahr Deine Schmiede übernehmen kann, dann soll unsererseits einer ehelichen Verbindung mit unserer Tochter nichts mehr im Wege stehen. Ganz recht ist es mir zwar nicht, aber es soll wieder Frieden herrschen im Haus und mit meiner Frau. Außerdem wollen wir mit unserer Tochter nicht im Unfrieden leben. Dieses neue Jahr soll für uns alle ein glückliches und von Gott gesegnetes werden. Kannst es den beiden ausrichten – mit einer Bedingung: An Lichtmess muss unser Reserl aus dem Dienst in Volksdorf ausscheiden und auf den elterlichen Hof zurückkehren. Wir wollen nicht, dass sie ins Gerede kommt. Wenn dann die Übergabe der Schmiede feststeht, dann kann der Franz zu uns kommen und um die Hand unserer Tochter anhalten. Vom Elternhaus soll sie dann in einer festlich geschmückten Kutsche zur Kirche nach Taufkirchen fahren und nach der Eheschließung bei ihrem Mann im Nagelschmiedhaus für immer wohnen." „Das sind ja gute Nachrichten, die ich den beiden überbringen kann. Alles soll so geschehen, wie Du es gesagt hast. Ich hab' Dein Wort, Huberbauer, und ich möchte, dass Du mir den Handschlag vor'm Herrgottswinkel gibst. Dann bin ich von Deinem Sinneswandel überzeugt." Mit diesem freudigen Ergebnis fuhr der Albanbauer zuerst nach Volksdorf, unterrichtete davon das Reserl, und dann in Taufkirchen angekommen erzählte er es dem Franz. „Jetzt könnt Ihr Hochzeitspläne schmieden und Euer zukünftiges Leben planen. Da ich ja auch betroffen bin, wegen der Schmiedeübergabe, sollten wir am nächsten Sonntag, wenn das Reserl wieder vorbeikommt, alles Wichtige miteinander besprechen." So geschah es dann auch: Als sie zu dritt, ohne die Dienstmagd Gundi, am Tisch versammelt waren, ergriff zuerst der Albanbauer das Wort: „Wenn wir vom Grafen Bescheid erhalten, dann werde ich die Nagelschmiede übergeben und zu meiner Schwester ziehen. Dann habt Ihr das Haus für Euch und für die kommende Kinderschar. Die meisten Möbelstücke werde ich Euch hier lassen, denn bei meiner Schwester ist alles vorhanden und Ihr tut Euch für den Anfang leichter. Du wirst zwar als Bauerntochter sicherlich mit einem Kammerwagen, vollbepackt mit Aussteuer, hier ankommen, aber neben der Wäsche, Geschirr, Kleidung und religiösen Gegenstände ist eigentlich alles vorhanden. Eine Bettstatt und einen Kleiderschrank brauchst Du daher nicht auf den Kammerwagen laden. Wenn Ihr wollt, dann soll die Gundi bei Euch bleiben und Dir, Reserl, anfangs im Haushalt helfen. Ihr müsst dann später über ihr Arbeitsverhältnis entscheiden. Ist ja auch ein Kostenfaktor. Du wirst zwar als Bauerntochter ein Brautgeld von den Eltern mitbekommen, aber das kann schneller aufgezehrt sein, als Ihr denkt. Jetzt habe ich das Meinige gesagt und überlasse Euch die weiteren Entscheidungen." „Wir sind mit allem einverstanden, Herrmann. Du musst auch nicht zu Deiner Schwester umziehen und kannst gerne im Haus mit uns unter einem Dach leben." „Dein Angebot, Franz, ehrt Dich, aber ‚Alt und jung, das tut selten gut'. Ich will Euer junges Glück nicht mit mir belasten. Glaubt mir, es ist besser so. Solltest Du einmal Hilfe in der Schmiede brauchen, dann verständige mich und ich werde, wenn es meine Gesundheit erlaubt, Dir gerne einige Tage helfen und als Gast bei Euch wohnen. Wir verstehen uns jetzt gut, aber wenn wir immer miteinander unter einem Dach leben würden, dann müsste ich Abstriche machen und mich Euch unterordnen. Und umgekehrt nach meiner Pfeife tanzen, das wollt Ihr doch auch nicht. Es soll Friede herrschen im Nagelschmiedhaus und nicht Streit!" „Jetzt aber müssen wir Schritt für Schritt vorgehen und Pläne für die Zukunft entwerfen: Die Übernahme der Schmiede, die Hochzeit, die Haushaltsführung, das Kindermachen." „Franzl, Du bist und bleibst ein großer Kindskopf. Du träumst wohl ständig nur vom Kindermachen in der Schlafkammer." „Na ja, liebes Reserl, das ist ja auch neben der Schmiedewerkstatt die zweitwichtigste Werkstatt, wie man zum Schlafzimmer so sagt. Und das Kindermachen ist ja die schönste Sache der Welt für einen Mann. Ich denke mir, dass es schon ein, zwei, drei, vier Kinderlein oder auch mehr werden können." „Zum Kindermachen gehören immer noch zwei dazu. So ungefragt kannst Du nicht ständig über mich verfügen. Und merk' Dir den Spruch ‚Vater werden ist nicht schwer, Vater sein dagegen sehr!'. Die Kindererziehung kannst Du nicht nur mir alleine überlassen, da bist Du auch gefragt und kannst Dich nicht davor drücken. Wer den Spaß hat, muss auch die Folgen mittragen." „Mach' Dir darüber keine Gedanken, Reserl, ich helfe Dir, wo ich kann, auch im Haushalt und in der Kindererziehung. Und jetzt schmieden wir weiter Pläne." „Davon halte ich nicht viel, Franzl, denn es kommt eh meistens anders als man denkt. Die Wege Gottes sind für uns Menschen oft unergründlich, und wir müssen zu seinem Willen oft Ja sagen, auch wenn es uns schwer fällt. Dazu habe ich erst kürzlich einen Spruch gehört: ‚Willst Du Gott zum Lachen bringen, dann erzähle ihm

Deine Pläne'." „Hast ja recht, Reserl, aber die kommenden Wochen und Monate müssen wir planen, da führt kein Weg dran vorbei. Und das willst Du doch auch. Die nächsten Schritte im Monat Februar stehen an: An Lichtmess kehrst Du, wie von Deinem Vater gefordert, ins Elternhaus zurück; und am Valentinstag werde ich meinen Antrittsbesuch bei Deinen Eltern machen und um Deine Hand anhalten." „Wieso gerade am 14. Februar, am Fest des heiligen Valentin?" „Ich habe in einer Heiligenlegende über den Bischof Valentin gelesen, dass er der Patron der Liebenden ist. Und ich werde in aller Frühe schon zu Deinen Eltern kommen, weil ein alter Glaube sagt: ,Ein lediges Mädchen wird jenen Burschen zum Ehemann nehmen, den es am 14. Februar als Ersten erblickt.' Also, mach' erst Deine Kammertüre auf, wenn ich in Deinem Elternhaus bin." „Hast Du etwa Angst, es könnte ein anderer kommen und mich Dir vor der Nase wegschnappen? Steh' nur ja früh auf, denn es könnte ja sein, dass ich, vorwitzig wie ich bin, aus dem Haus laufe und mich nach einem schneidigen Burschen umsehe." „Untersteh' Dich! Jetzt habe ich so lange um Dich gekämpft, und deshalb hast Du mir zu gehorchen und bleibst im Haus, bis ich komme." „Das fängt ja gut an. Sind noch nicht einmal verlobt, geschweige denn verheiratet, und schon muss ich Dir gehorchen. Das muss ich mir gut überlegen, ob ich da noch Ja sagen werde." Albanbauer hat den beiden ruhig zugehört und meldete sich wieder zu Wort, indem er sagte: „Jetzt weiß ich, dass Ihr Euch wirklich liebt, denn es heißt ja: ,Was sich neckt, das liebt sich!'"

Antrittsbesuch und Verlobung in Wickering

Am Lichtmesstag kündigte Therese ihren Dienst in Volksdorf und kehrte mit ihrem Bündel zurück ins Elternhaus. Der Großbauer wünschte ihr alles Gute und zahlte den Lohn für ein ganzes Dienstjahr aus. Wegen der winterlichen Verhältnisse holte sie der Knecht ihres Vaters mit der Kutsche ab. Obwohl sie eingewickelt in eine Decke war, setzte ihr die Kälte und der schneidige Wind gehörig zu. Zuhause angekommen stieg sie hustend aus der Kutsche. Es war nicht zu überhören: Sie hatte sich erkältet. Die Mutter bereitete ihrer Tochter sofort einen heißen Tee mit verschiedenen Kräutern, wie Salbei, Kamille und Pfefferminzblättern, zu. Mit ihren kalten Händen umschloss Therese die heiße Tasse und wärmte sich auf. Die Mutter legte ihr derweil einen heißen Ziegelstein ins Bett. Ohne Widerrede fügte sie sich den Anordnungen der Mutter und legte sich, obwohl es erst früher Nachmittag war, ins Bett. Die kommenden Tage waren für Therese kein Zuckerschlecken. Der Husten verschlimmerte sich; hohes Fieber und Schüttelfrost kamen hinzu und quälten Therese. Man schickte sogar nach einem Arzt, weil eine Lungenentzündung drohte. Dieser verordnete kalte Umschläge mit Quarkwickel an den Beinen, um das Fieber zu senken. Erst nach zehn Tagen verbesserte sich ihr Zustand und sie kam wieder zu Kräften.

Allerdings musste sie tagsüber das Bett hüten und durfte sich nur zwei bis drei Stunden in der Wohnstube aufhalten. Therese musste und wollte selber wieder gesund werden, denn der Kalender zeigte für den nächsten Tag den 14. Februar an. Und an diesem Tag wollte Franz ja um ihre Hand anhalten. Während sie zur Mittagszeit eine heiße Milchsuppe mit eingebrockten Brotstücken zu sich nahm, unterrichtete sie die Eltern, dass morgen, am Valentinstag, der Franz vorbeikommen wolle, um formell um ihre Hand zu bitten. „Sollen wir das nicht lieber verschieben und damit warten, bis Du wieder ganz gesund bist? Das hat doch keine Eile! Oder bist Du etwa schon in guter Hoffnung?" „Nein, Mutter, mach' Dir keine Sorgen, wo denkst Du hin. Ich kann Dir und dem Vater versichern, dass ich als Jungfrau vor den Traualtar treten werde. Aber der Franz hat es sich für morgen vorgenommen und da will ich ihm mit einer Absage die Freude nicht verderben. Er will in aller Frühe, gleich nach der Stallarbeit, vorbeikommen. Also, bereitet Euch darauf vor, damit Ihr ihn ordentlich gekleidet empfangen könnt. Ich werde derweil noch in meiner Kammer warten und erst dann zu Euch kommen, wenn Ihr mich ruft." Und so kam der heißersehnte Tag, auf den Therese und Franz so lange warten mussten. Tatsächlich fuhr Franz am nächsten Tag schon um neun Uhr morgens in den Hof mit dem Einspänner und betrat das Bauernhaus. Als sie die Haustüre knarren hörte, saß sie fertig angekleidet auf dem Bettrand, drehte nervös an ihren Dirndlknöpfen und hoffte inständig, dass der Vater sein Wort hielt und in die Verbindung einwilligte. Zu gerne hätte sie dem Gespräch der Eltern mit dem Franz zugehört und wäre ihrem Liebsten zur Seite gestanden. Er musste ihr später alles Gesprochene erzählen, und sie würde ihn ausfragen nach ‚Strich und Faden'. Aber vorläufig hieß es, geduldig abwarten. Franz trat derweil in die gute Stube, legte seinen Mantel ab und stellte sich vor die zukünftigen Schwiegereltern hin und begann mit zittrigen, feuchten Händen und holprigen Worten: „Grüß Gott! Verehrte Frau Mutter und geehrter Herr Vater Huber! Ich, der Nagelschmiedmeister Franz Diller aus Taufkirchen, im gestandenen Mannesalter von 28 Jahren und nach bestandener Meisterprüfung, ledigen Standes, katholischen Glaubens, erlaube mir nach reiflicher Überlegung um die Hand Eurer Tochter Therese zu bitten, um mit ihr in den Stand der heiligen Ehe einzutreten. Daher ersuche ich höflichst um die elterliche Einwilligung, denn nur mit dem Segen der Eltern will ich Eure Tochter zum Altare führen. Die Hochzeit soll noch im Frühjahr sein, wenn die Übertragung der Nagelschmiede in meinen Besitz vollzogen ist, denn dann kann ich der Therese eine sichere gemeinsame Zukunft bieten. Ich bitte die Brauteltern um ihre Zustimmung." Nach diesem Prolog, dem die Eltern schweigend zuhörten, stand der Huber vom Stuhl auf, ging auf den Franz zu, gab ihm die Hand und sprach ebenfalls ganz feierlich: „Wie bereits mit dem Albanbauer abgesprochen und nach Deiner respektierlichen Antragsrede willigen wir, die Eheleute Huber, in die Verbindung Deinerseits mit unserer Tochter Therese ein. Deine Bitte um die Hand unserer Tochter ehrt uns, auch wenn unsere Vorstellungen, wie Du weißt, in eine andere Richtung gingen. Aber ein gestandener Handwerker erfüllt auch unsere Ansprüche. So bist Du herzlich bei uns als zukünftiger Schwiegersohn aufgenommen." Auch die Mutter erhob sich nun, ging auf den Franz zu und umarmte ihn herzlich: „Stimme gerne Deinem Antrag zu. Mach' unser Reserl glücklich! Als Deine zukünftige Schwiegermutter darfst Du mich ruhig Mutter nennen. Ich freue mich über meinen neuen Sohn in der Familie. Nachdem wir nun den formellen Akt vollzogen haben, will ich das Reserl holen. Bei dem ganzen Handel ist sie ja die Hauptperson. Und Du musst sie noch vor uns, den Eltern, fragen, ob sie Deinen Heiratsantrag annimmt. Wenn dem so ist, dann geltet Ihr ab heute als Verlobte. Du musst das Reserl aber behutsam in die Arme nehmen und nicht stürmisch, denn sie ist seit Lichtmess krank und erst langsam auf dem Weg der Besserung. Sie hat sich seit der Kutschfahrt erkältet, lag zehn Tage mit Fieber und Husten im Bett und ist einer Lungenentzündung gerade noch entkommen." Die Huberin ging in den Hausflur und rief nach ihrer Tochter, während Franz einen noch blasseren Gesichtsausdruck angesichts der Nachricht von der Erkrankung Reserls annahm. Therese ging freudig gestimmt die Treppe herunter und betrat mit einer gewissen Anspannung den Wohnraum. Da begann Franz auch schon seinen Antrag vorzubringen: „Liebes Reserl! Ich bin heute zu Dir in das Haus Deiner Eltern gekommen, um Deine Hand zur Eheschließung mit mir, Franz Diller, Nagelschmiedmeister von Taufkirchen, zu erbitten. Deine Eltern haben keine Einwände vorgebracht und dieser Verbindung zugestimmt. Weil ich Dich liebe, deshalb frage ich Dich, ob Du mich heiraten willst. Als meine Ehefrau werde ich Dich lieben und achten. Bitte willige ein und sag' Ja!" Das Reserl umarmte ihren Franzl, gab ihm aber nur einen Kuss auf die Wange, um ihn nicht anzustecken, und sagte mit einem strahlenden Gesichtsausdruck: „Ja, ich will Dich, Franz, zu meinem Ehemann, weil ich Dich von ganzem Herzen liebe." „Dann", so mischte sich die Mutter ein, „ist es eine beschlossene Sache und Ihr seid somit verbandelt. Ihr braucht nichts mehr zu verheimlichen, denn mit unserer Zustimmung, seid Ihr ab jetzt miteinander verlobt. Als Verlobter kannst Du, Franzl, jederzeit zu uns ins Haus kommen und die Therese besuchen. Allerdings müssen wir noch darauf bestehen, dass Du nicht in der Kammer der Therese bis zur Hochzeit übernachtest. Unser gutes Ansehen darf in der Nachbarschaft und bei den Verwandten nicht darunter leiden." „Ich werde mich an die Anordnung halten und sage ein Danke für die Zustimmung zur Eheschließung." Der nunmehrige Brautvater schenkte für alle vier einen Likör in die Gläser und gemeinsam stießen sie auf eine gute und glückliche Zukunft an. „Reserl, was machst Du nur für Sachen! Hab' erst aus dem Mund Deiner Mutter von Deiner Erkrankung erfahren. Ich hoffe, Dir geht es schon wieder besser! Schon' Dich, damit Du bald gesund bist!" „Das wird schon wieder, Franzl. Noch vor dem Mittagessen will der Doktor vorbeikommen und nach meinem Zustand sehen. Bleib', dann kannst es aus seinem Mund hören, dass es mir schon viel besser geht." Als der Doktor das Haus betrat flüsterte ihm die Mutter die Neuigkeit von der Verlobung sofort ins Ohr. „Da gratuliere ich Euch beiden von ganzem Herzen und wünsche viel Glück. Ich hoffe, nach der Untersuchung eine weitere gute Nachricht Euch geben zu können. Das Abhören der Lunge kann ich sofort in der Wohnstube tätigen – denn der Franz gehört ja nun zur Familie. Geh', Therese, dreh' Dich um und mach Deinen Rücken frei." Der Doktor setzte das Stethoskop mehrmals an verschiedenen Stellen am Rücken an, bat sie, laut zu husten, und klopfte mehrmals mit seinen Fingern den Rücken ab. „Du kannst Dich wieder anziehen. Die Erkältung und der Husten haben sich gebessert. Aber Du bist noch sehr schwach und angeschlagen. Du musst Dich in den nächsten Wochen noch sehr schonen, darfst keine Zugluft erwischen und keine weitere Infektion bekommen. Das würde unweigerlich zu einer schweren Lungenentzündung führen und deren Ausgang möchte ich lieber nicht beschreiben. Außerdem habe ich noch ein Geräusch durch das Stethoskop gehört, das mir ernsthafte Sorgen macht. Es könnte sich vielleicht um einen bisher unerkannten Herzfehler handeln, der sich natürlich bei einer Grippe entzünden und schwerwiegende Folgen haben kann. Ich will jetzt keine Angst verbreiten, aber die Therese darf sich nicht überanstrengen und muss jede schwere Arbeit meiden. Wann wollt Ihr heiraten?" „Noch im Frühjahr, vielleicht im Mai, wenn nichts dazwischen kommt", gab Franz zur Antwort. „Als Arzt habe ich nichts einzuwenden, aber die Therese darf in diesem Jahr nicht schwanger werden. Ihr Allgemeinzustand muss sich verbessern und stabiler werden. Ende des Jahres werde ich sie dann wieder untersuchen und vielleicht dann einem Kinderwunsch zustimmen. Ab der Hochzeitsnacht müsst Ihr Euch halt überlegen, wie Ihr miteinander verkehrt, ohne ein Kind zu zeugen. Entweder wartet Ihr noch bis zum Jahresende damit oder Du, Franz, ziehst rechtzeitig Dein bestes Stück zurück. Verstehst schon, was ich meine. Oder muss ich es noch deutlicher erklären? Aber auch das ist keine sichere Methode. Hoffentlich habe ich Euch jetzt mit meiner Diagnose die Vorfreude und den Reiz der Hochzeitsnacht nicht verdorben! Ein ausgelassenes Treiben auf dem Tanzboden ist ebenfalls für Therese nicht ratsam. Ein langsamer Hochzeitswalzer ist genehmigt, aber kein weiterer. Sollten noch Beschwerden bei Dir, Reserl, auftreten und sollte sich Dein Zustand nicht verbessern, dann schickt nach mir. Für heute, alles Gute! Behüt' Euch Gott!" Alle im Raum waren nach den Ausführungen des Arztes zunächst in eine Schockstarre verfallen. Erst allmählich wich das Entsetzen über die Diagnose, und Franz ergriff als Erster das Wort: „Reserl, auch mit einem Herzfehler nehme ich Dich zur Frau. Das ändert nichts an meinen Gefühlen und an meiner Liebe zu Dir. Aber, dass Dein Herz für mich gleich so entzündet ist, soweit hättest Du es nicht treiben dürfen!" „Du bist und bleibst mein Kindskopf, Franzl. Ich will Dir auch mit einem möglichen Herzfehler eine gute Ehefrau sein. Warten wir bis zum Jahresende ab, ob sich die Diagnose bestätigt." Und zu den Eltern gewandt: „Dürfen der Franz und ich uns ausnahmsweise doch in meine Kammer zurückziehen, denn zwischen uns müssen noch intime Angelegenheiten besprochen werden, die der Arzt angedeutet hat." „Natürlich, Kinder, dürft Ihr das tun. Ihr seid ja vernünftig und verantwortungsvoll. Geht nur und lasst Euch Zeit!" Beide setzten sie sich in der Kammer auf das Bett und hielten sich mit ihren Händen gegenseitig fest. Mit Tränen in den Augen begann das Reserl stockend das Gespräch: „Franz, es ist von Dir edel, dass Du vorhin in Anwesenheit meiner Eltern Dich trotz der Diagnose zu mir bekannt hast. Aber Du kannst es jetzt unter vier Augen ruhig aussprechen, wenn Du mich unter diesen Umständen nicht zur Ehefrau nehmen willst. Du bist zu nichts gezwungen und kannst dein Ja-Wort zurücknehmen. Deswegen bin ich Dir nicht böse!" „Aber, Reserl, was sagst Du denn da? Ich bin und bleibe in guten wie in schlechten Zeiten Dein Franz. Ich halte an meinem Antrag fest und werde Dich so bald als möglich zum Traualtar führen." „Aber Franzl, Du hast Dich doch schon so auf die Hochzeitsnacht gefreut und auf das Kindermachen. Was machen wir denn jetzt?" „Wir machen es so, wie der Doktor es vorgeschlagen hat. Ich werde in der Hochzeitsnacht ganz behutsam sein, vorsichtig Dich entjungfern und rechtzeitig den Akt abbrechen. Dann haben wir auch den von der Kirche geforderten Vollzug der Ehe geleistet. Dann kann keiner behaupten, wir wären den ehelichen Pflichten nicht nachgekommen. Und sonst werde ich mich bis Weihnachten in Enthaltsamkeit üben. Ist für mich kein Problem, hab' es Dir ja die vergangenen Monate bewiesen. Und wie wir uns lieben, das geht niemanden etwas an, keiner sieht in unser Schlafzimmer hinein. Alles, was wir darin tun, ist unser Geheimnis, das wir nicht ausplaudern. Soweit Du einverstanden bist, kennt meine Zärtlichkeit keine Grenzen und ich werde Dich darin glücklich machen." „Franzl, ich bin mit allen Deinen Überlegungen einverstanden. Dieses Gespräch war für mich sehr wichtig, und wir hätten es nicht vor den Eltern führen können. Du hast alle meine Ängste und Befürchtungen zerstreut. Ich danke Dir." So endete der Verlobungstag von Therese und Franz in einem innigen, zärtlichen Beisammensein, unterbrochen von einem herzhaften Mittagsmahl in der Wohnstube. Schon am frühen Nachmittag trat Franz die Heimfahrt nach Taufkirchen an, nachdem ein Schneetreiben eingesetzt hatte. „Franzl, ich hab' mich auch über den heiligen Valentin erkundigt. Er ist nicht nur der Patron der Liebenden und Heiratswilligen, sondern er ist auch der Patron der Reisenden.

So wünsche ich Dir auf die Fürsprache des heiligen Valentin eine gute, sichere und unfallfreie Heimfahrt. Das klingt jetzt ein bisschen komisch, denn Du bist ja jetzt in gewisser Weise auch hier daheim. Ich freue mich schon darauf, einmal mit Dir in Taufkirchen daheim zu sein. Behüt' Dich Gott, mein geliebter Schatz!"

Inbesitznahme der Nagelschmiede und Bestellung des Aufgebots

Schneereich und klirrend kalt waren die Wintermonate bis hinein in den April. Franz konnte deshalb nur sporadisch und selten zu seiner Braut fahren. Bei seinen Besuchen konnte er den gesundheitlichen Aufschwung bei seinem Reserl zunehmend feststellen. Am Ostersonntag, den 12. April 1846, brachte er als Ostergeschenk die frohe Kunde mit, dass der Graf in Kürze den Erbrechtsbrief unterzeichnen und zusenden wolle. Man könne deshalb eine Hochzeit im Monat Mai planen. „Sobald ich den Erbrechtsbrief in Händen halte, werde ich sofort zu Dir kommen, Dich abholen und das Aufgebot beim Pfarrer bestellen. Es kann sich nur noch um einige Wochen handeln – dann sind wir am Ziel unserer Träume." „Franzl, ich freu' mich so und kann es kaum mehr erwarten. Bitte komm' doch sofort zu mir, wenn Du den Erbrechtsbrief bekommen hast. Ich will ihn auch lesen und dann sofort mit Dir zum Pfarrherrn fahren." Franz verschwieg ihr jedoch, dass er mit dem Albanbauer am kommenden Freitag nach München zum Grafen Arco fahren würde, um den Erbrechtsbrief zu erhalten. Der Graf hatte ihn wissen lassen, dass er ihm das Erbrecht übertragen werde. Zur Abholung des Dokuments solle Franz die geforderte Geldsumme mitbringen. Gesagt getan: Im Haus des Grafen händigte ihm der Grundherr den Erbrechtsbrief nach erfolgter Zahlung in einem verschnürten Lederetui aus. Er hätte ihn mit Herrmann zu gerne geöffnet, aber das wollte er nur im Beisein von Therese. Auf der Rückfahrt von München machten sie am späten Nachmittag Halt in Wickering. Beim Eintreten des Albanbauers mit dem Franz erkannte Therese sofort die große Wichtigkeit des Besuchs. An einem Freitag war Franz noch nie gekommen. Unter dem Wintermantel zog Franz das Etui mit dem Brief hervor, schnürte die Lederriemen auf und entnahm das Dokument. Er überreichte es Therese und bat, sie möge den Inhalt vorlesen. Die Schwiegereltern, der Albanbauer und Franz setzten sich um den Esstisch, während das Reserl den Brief im Stehen vorlas:

„Erbrechtsbrief per 760 f:

Ich Maximilian Graf von Arco Valley p. p. erblicher Reichsrath, königlich bayer'scher Kammerer, des Hausordens vom heiligen Georg Commentheur, und der russischen Ict: Anna Ordens in Brillianten Commantheur p. p. bekunde und bekenne hiemit, dass ich auf geschehen unterthäniges Bitten dem Franz Diller auf das zu meiner Hofmark Taufkirchen genudbare Schlößl mit Vorplatz zu Taufkirchen gegen das heute baar bezahlte Erbrechts-Laudemium zu siebenzig sechs Gulden neue Erbrechtigkeit gegeben und verliehen habe. Dagegen ist derselbe schuldig und gehalten, mir nach Inhalt des Stift- und Saalbuches meiner Hofmark Taufkirchen fol. 21 r gegen Aufhebung aller bisher in dem Stift- und Saalbuche so wie in den früheren Briefrechten von kommenden Giebigkeiten und Bodsteugen von diesem Schlößl jährlich, wann und wohin ihm eingesagt wird, eine Grundstift von 4 G. 20 Kr./: vier Gulden zwanzig Kreuzer: / getreu und ohne Abgang zu entrichten. Bey allen in der dienenden Hand sich ergebenden Veränderungen sind die herkömmlichen Ab- und Zustandslandpremien mit 10% zu bezahlen. Übrigens hat der neue Erbrechten dieses Schlößl mit Grund stets in gutem Zustande zu erhalten, sonst dasselbe ohne warnen vorher verlangt grundherrlichen Kosten werden im ganzen noch theilweise verkaufen, umtauschen, noch auf eine andere Art beschweren lassen, sondern hat sich überhaupts so zu betragen, wie es getreuen Erbrechtsunterthanen nach bayer'-schen Gesetzen sich zu verhalten zustehet. Urkunde dessen habe ich gegenwärtigen Kausens ausgestellt, eigenhändig unterschrieben, und mit meinem angeborenen Insiegel gefertiget. Geschehen München den 17ten April 1846. Siegel   Maximilian Graf zu Arco"

Nach dem Verlesen der Urkunde umarmte und herzte Reserl ihren Franzl und gratulierte ihm mit einem langen Kuss. Auch die Schwiegereltern und der Albanbauer reihten sich in die kleine Gratulantenschar ein. „Aber Franzl, woher hattest Du so viel Geld, um das Erbrecht auf die Nagelschmiede dem Grafen zu bezahlen?" „Reserl, darüber brauchst Du Dir keine Gedanken zu machen. Über zehn Jahre war ich auf der Walz, habe in verschiedenen Nagelschmieden gearbeitet, jahrelang bei den Kanalbauarbeiten mitgeholfen, und jetzt sind es schon wieder drei Jahre in der Nagelschmiede zu Taufkirchen; da konnte ich mir ein schönes Sümmchen zusammensparen. Natürlich verdient ein Geselle in der Woche höchstens zwei Gulden, wovon man sich nur einen Gulden sparen kann. Da ich aber sehr sparsam gelebt habe, den Verdienst nicht zum Fenster hinausgeworfen und jeden Kreuzer und Gulden zweimal umgedreht habe, ist so im Laufe der Jahre eine hübsche Sparsumme angewachsen. Du siehst, ich kann wirtschaften und das Geld zusammenhalten. Und für die Gründung eines Hausstandes mit Dir als Ehefrau ist auch noch Einiges übrig." „Dann können wir doch am Weißen Sonntag in Taufkirchen die Messe besuchen und anschließend beim Pfarrer das Aufgebot bestellen." „Wenn Du Dich gesundheitlich gut fühlst, dann komm' zu mir und dann machen wir das, Reserl!" So trafen sich das Reserl und der Franz zur Sonntagsmesse in Taufkirchen und gingen nach dem Gottesdienst in die Sakristei um beim Pfarrer ihr Anliegen vorzubringen. Pfarrer Josef Schoenberger hörte sich das Ansuchen in der Sakristei an und bat sie, ins Pfarrhaus mitzugehen. Im Amtszimmer legten sie den Dienstag, den 12. Mai, als Tag der Trauung fest. Franz und Therese wollten nur während der Wochentagsfrühmesse um neun Uhr in aller Stille getraut werden, ohne großen Aufwand aus Rücksicht auf den Gesundheitszustand der Braut. „Bis dahin ist noch Einiges vorzubereiten und zu erledigen", belehrte sie der Pfarrer. „Da die Braut nicht zur Pfarrgemeinde gehört, sondern aus Wickering stammt, benötige ich eine Heiratslizenz von der zuständigen Pfarrgemeinde Sallach, damit ich oder ein Kooperator die Trauung in Taufkirchen vornehmen kann. Und nach dem Traugespräch müsst Ihr noch zur Beichte gehen, sonst kann ich Euch nicht das Sakrament der Ehe spenden. Am besten machen wir das Traugespräch noch heute am Nachmittag, wenn Ihr schon einmal da seid, dann braucht die Braut nicht noch einmal extra hierherkommen; und anschließend gehen wir in die Pfarrkirche hinüber, und dort nehme ich Euch die Beichte ab." Als Therese und Franz das Pfarrhaus wieder verlassen hatten, spazierten sie an der Friedhofsmauer vorbei den Weg in die freie Natur. „Du, Franzl, was soll ich denn im Beichtstuhl sagen, wenn der geistliche Herr mich über das sechste Gebot ausfragen will? Der will sicher von mir wissen, ob wir gesündigt haben. Haben wir eine Unkeuschheit begangen?" „Ich denke nicht, Reserl! Du bist doch noch Jungfrau, und küssen, schmusen, streicheln und sich nackt sehen wird doch noch erlaubt sein." „Das könnte aber auch als unschamhaft vom Pfarrer gewertet werden." „Sag' einfach, dass Du noch Jungfrau bist und deswegen keine Unkeuschheit begehen konntest. Das ist doch die Wahrheit." „Eigentlich nur die halbe Wahrheit, Franzl. Zwischen uns ist schon etwas im geschlechtlichen Bereich gelaufen." „Aber, Reserl, jetzt mach' Dir doch kein schlechtes Gewissen. Wir heiraten doch eh in drei Wochen, dann dürfen wir doch miteinander verkehren. Die meisten Männer kaufen eh keine Katze im Sack." „Was heißt jetzt das schon wieder?" „Na ja, ist so ein Spruch unter Männern im Wirtshaus. Damit wollen sie sagen, dass sie die Katze schon vorher sehen und ausprobieren wollen, bevor sie sie kaufen, sprich heiraten." „Ich bin doch keine Katze, und kaufen lass' ich mich auch nicht." „Du nicht, Reserl. Aber es gibt viele junge Mädchen, die von einem Mann gedrängt werden, schon vor der Ehe miteinander zu verkehren, und dann lassen sie von ihnen ab, wenn sie ihnen nicht mehr gefällt. Heiraten wollen sie dann lieber eine Jungfrau. Und so werden manche Mädchen rumgereicht und kommen immer mehr in einen schlechten Ruf." „Dann haben wir doch alles richtig gemacht!" „Sag' ich doch, und deshalb brauchst Du zum sechsten Gebot nicht mehr sagen, als ich Dir erklärt habe."

Am Nachmittag betraten Therese und Franz wieder das Pfarrhaus. Der Pfarrer nahm alle notwendigen Personalien und Daten auf, die für die Trauung nötig waren. Da die Brautleute beide katholisch getauft und ledigen Standes waren, gab es keine Einwände von Seiten des Pfarrherrn. Eine Woche vor der Trauung würde er in den Gottesdiensten die bevorstehende Heirat von der Kanzel verkünden. Wenn niemand zu der Eheschließung Einwände erheben würde, dann kann die Sakramentenspendung stattfinden. Dann versuchte der Pfarrer den vor ihm sitzenden Brautleuten den heiligen Stand der Ehe zu erklären: „Zwei Menschen, ein Mann und eine Frau, gehen eine gottgewollte Verbindung ein. Mit dem gegenseitigen Ja-Wort versprecht Ihr vor Gottes Angesicht, vor dem Pfarrer, vor den Trauzeugen und der versammelten Gemeinde einander zu lieben und zu achten, bis dass der Tod Euch scheidet. Es ist ein schwerwiegendes Ja-Wort – das müsst Ihr wissen und reiflich bedenken, denn die Ehe ist unauflöslich und kennt keine Scheidung. Darum wird der Priester seine Stola nehmen und um Eure Hände wickeln, um zu zeigen, dass Ihr für immer miteinander verbunden seid. Dann wird er den biblischen Spruch sagen: ‚Was Gott verbunden hat, das darf der Mensch nicht trennen!‘. Und dann muss ich Euch noch darauf hinweisen, dass zu einer christlichen Ehe die Zeugung von Kindern gehört – dazu hat Gott Mann und Frau geschaffen, dass sie am Schöpfungswerk Gottes durch ihr geschlechtliches Tun mitwirken dürfen. Dazu, und nur dazu, ist der Geschlechtsakt da. Merkt Euch das! Wenn keine Kinder kommen, dann müsst Ihr Euer sündiges Tun beichten." Nach dem Traugespräch folgte die Beichte mit den mahnenden Worten des Pfarrers, bis zur Eheschließung ja keine Sünde zu begehen, sonst könnten sie bei der Trauungsmesse die heilige Kommunion nicht empfangen. Erleichtert verließen Therese und Franz die Kirche, verabschiedeten sich vom Pfarrer und gingen zurück ins Nagelschmiedhaus. „Jetzt wissen wir Bescheid, Reserl! Gut, dass der Pfarrer nicht in unsere Schlafkammer blicken kann. Muss er schon uns überlassen, wie und was wir unter der Bettdecke so treiben und ob dabei Kinder zustande kommen." „Geh', Franzl, es ist doch eh dunkel, wenn wir uns in der Kammer lieben, da kann der Pfarrer doch sowieso nichts sehen, auch wenn er zum Fenster hereinschauen würde." „Na, na, Reserl, so ist es nicht. Wir lassen schon manchmal auch die Kerze brennen; will Dich doch so sehen, wie Gott Dich erschaffen hat!" „Du bist und bleibst mein großer Kindskopf, Franzl!" „Reserl, Du wiederholst Dich. Aber vielleicht bin ich tatsächlich ein Kindskopf." „Aber ein lieber Kindskopf, einer zum Heiraten, Franzl."

Ein glückliches Brautpaar

Während der Fastenzeit im Monat März hatte die Mutter von Therese die Schneiderin ins Haus nach Wickering kommen lassen. Für die Braut sollte sie ein prächtiges schwarzes Dirndlkleid nach Maß schneidern. „Könnten wir nicht einen helleren Stoff nehmen, Mutter?" „Das geht nicht, Reserl. Alle Frauen tragen bei der Hochzeit die Farbe schwarz. Das ist die Festtagsfarbe. Auch die Geistlichkeit und die hohen Gerichtsherren tragen einen schwarzen Talar. Ein schwarzer Stoff ist der teuerste, denn der Färber muss den Stoff viermal färben, damit die Farbe entsteht." „Aber Schwarz trägt man doch auch bei einer Beerdigung und im Trauerjahr. Können wir wirklich keine andere Farbe nehmen?" „Nein, Reserl, das geht nicht! Was würden die Leute und der Pfarrer dazu sagen? Außerdem ist dieses schwarze Dirndl Dein künftiges Sonntagskleid für den Kirchgang." „Aber, ich hab' gehört, dass adelige Frauen in einem weißen Brautkleid geheiratet haben. Das sei jetzt die neueste Mode." „Wir verkehren aber nicht in Adelskreisen und sind keine Adeligen. Beim einfachen Volk wird nach wie vor in Schwarz geheiratet." „Aber dann möchte ich ein Myrtenkränzchen und daran befestigt einen kurzen weißen Schleier, denn weiß ist die Farbe der Unschuld. Alle sollen sehen, dass ich als Jungfrau in die Ehe gehe." „Dann müssen wir für den Schleier noch den passenden Stoff besorgen." Nach altem Brauch durfte der Bräutigam seine Braut im Hochzeitskleid erst am Tag der Trauung sehen. Deshalb bekam Franz das Festtagskleid vorher nicht zu Gesicht. Der Bräutigam heiratete auch in einem schwarzen, landestypischen Anzug, den er von Herrmann geschenkt bekam und den dieser sich damals zu seiner Hochzeit hatte anfertigen lassen. Der Schneider im Dorf musste ihn nur an wenigen Stellen abändern; danach passte er dem Franz wie angegossen und fast neu. Da es keine typische Bauernhochzeit sein sollte, weil Franz kein Bauernbursch' war und das geschwächte Reserl keine überlange Feier in einem Wirtshaus mit Musikanten und Tanz durchgestanden hätte, entschied sich das Brautpaar nur für eine einfache kirchliche Feier mit anschließendem Essen im engsten Kreis der Familie im Nagelschmiedhaus. Dienstmagd Gundi sollte dafür aufkochen und servieren. Der Kammerwagen mit all den Habseligkeiten von Therese – mit Bettwäsche, Leibwäsche, Kleidung, Tischwäsche, Stoffen, Nähsachen, bestickten Decken und Geschirr, verpackt in Kisten – sollte bereits am Vortag in Taufkirchen sein. Der Knecht des Hofes lenkte den Wagen und lud mit Hilfe von Herrmann die Kisten ab. Diese wurden vorerst in der Schmiede abgestellt, da das Reserl selbst das Auspacken und Einräumen vornehmen wollte. Am Hochzeitstag, beim ersten Hahnenschrei, stand Therese auf, wusch sich, legte eine neue Unterwäsche an, dazu schwarze Kniestrümpfe und Schuhe, ließ sich von der Mutter das Haar zu einem Zopf richten und zog dann das schwarze, neue Brautkleid an. Die Mutter steckte ihrer Tochter dann den Myrtenkranz ins Haar und befestigte mit Haarnadeln den weißen Schleier. Nun war Therese fertig für die Trauung. Therese kniete sich noch in der Wohnstube vor dem Herrgottswinkel nieder. Der Brautvater und die Brautmutter segneten ihre Tochter, zeichneten ein Kreuz auf ihre Stirn, besprengten sie mit Weihwasser und wünschten ihr mit Tränen in den Augen viel Glück. Der Hochzeitstag der Tochter bedeutete ein Abschied-Nehmen vom Elternhaus. Die schönen Tage der Kindheit und Jugend in der Heimat bei den Eltern gingen zu Ende. Auch Therese vergoss einige Tränen, denn sie wusste, dass dies ein Abschied für immer war. Bisher konnte sie sich auf die Eltern verlassen; nun musste sie selbst Verantwortung für einen Ehemann und den Haushalt übernehmen. Keine leichte Aufgabe kam auf sie zu, schoss es ihr durch den Kopf, vor allem wenn dann noch Kinder dazu kämen. Sie war dann fern von der Mutter und ganz auf sich gestellt. Ein Zurück gab es nicht. Als sie aus dem Elternhaus ins Freie trat, stolperte Therese und fiel auf den gepflasterten Boden. Gott sei Dank hatte sie sich nicht verletzt, bis auf ein paar blaue Flecken, und auch das Hochzeitskleid trug keinen Schaden davon. Aber was bedeutete dieser Sturz? War es ein gutes oder ein böses Zeichen? „Keine Angst, Therese, Du stürzt nicht ins Unglück", tröstete sie die Mutter. „Das ist nur ein Aberglaube. So ein Stolperer kann jedem passieren. Das sind nur die ungewohnt neuen Schuhe. Schau', die mit grünen Girlanden geschmückte Hochzeitskutsche! Grün ist die Farbe der Hoffnung – und Du gehst in eine hoffnungsvolle Zukunft." Die Eltern und ihre Tochter nahmen in der Kutsche Platz und fuhren nach Taufkirchen. Rechtzeitig zur Hochzeitsmesse am Dienstag, den 12. Mai 1846 kurz vor neun Uhr fuhr die Kutsche mit der Braut und den Brauteltern in Taufkirchen vor die Pfarrkirche. Franz wartete vor dem Kirchenportal, zusammen mit dem Alban-bauer und dem Trauzeugen Matthias Mausberger, auf das Kommen der Braut. Der Brautvater übergab dem Franz seine Tochter, und dieser führte sie in die Kirche. Das Brautpaar setzte sich in die erste Bankreihe, um dann nach der Predigt zur Trauzeremonie vor die Altarstufen zu treten. Zur Überraschung aller spielte die Orgel zu den Liedern der Schubertmesse. Ein wenig enttäuscht stellten Franz und Therese fest, dass nicht Pfarrer Josef Schoenberger die Traumesse hielt, sondern Kooperator Josef Schneider. Dieser war jedoch stimmgewaltiger und sang aus voller, kräftiger Kehle die Lieder mit. Das Eingangslied drückte einerseits die freudige, vertrauensvolle Stimmung des Festtages aus: „Wem künd ich mein Entzücken, wenn freudig pocht mein Herz?". Andererseits führte es auch das bedrückende Elend vor Augen, das nur mit Gottvertrauen zu bewältigen sei: „Wohin soll ich mich wenden, wenn Gram und Schmerz mich drücken? Zu dir, zu dir, o Vater, komm ich in Freud und Leiden, du sendest ja die Freuden, du heilest jeden Schmerz." „ Ja", dachte Therese, „hoffentlich sendest Du hauptsächlich Freuden." Sie wusste, dass das Leben kein Honigschlecken war, aber Gott sollte doch bitteschön ihr und ihrem Franzl zum Glück verhelfen. Auch die zweite Strophe sang Therese innig mit, vor allem die Liedzeile „Du bists, der meinen Wegen ein sichres Ziel verleihet". In diese Verse und in die Trauungsmesse legte Therese all ihr Gottvertrauen mit der Hoffnung auf eine gute, glückliche gemeinsame Ehezeit. Die Predigtworte des Kooperators stimmten Therese dagegen traurig, denn er sprach nur von den ehelichen Pflichten und nicht von der Liebe: „Die gute christliche Ehefrau erkennt man daran, dass sie ihrem Mann gehorcht, sie ihm untertan ist. Sie hat den Haushalt gut zu versorgen und sparsam zu wirtschaften. Das Weib hat unter Schmerzen die Kinder zu gebären, wie es im Alten Testament heißt. Die Kinder hat sie christkatholisch zu erziehen und sich an der Heiligen Familie ein Vorbild zu nehmen. Deshalb sollen die Neuvermählten ein Bildnis von der Heiligen Familie über das Ehebett hängen. Dadurch werden sie nächtens immer daran erinnert, zu welcher heiligen Pflicht und Aufgabe sie berufen sind. Ein Lusterlebnis darf der Beischlaf für die Frau nicht sein, sondern nur ein Sich-Fügen in das Verlangen des Mannes. Und dies wiederum geschieht nur zur Zeugung von Kindern. Alles andere wäre sündhaft und Teufelswerk." Von der geschlechtlichen, lusterfüllten Liebe sprach zur Enttäuschung von Therese der Kooperator nicht. Nach der Predigt trat das Brautpaar vor die Stufen des Altarraumes; daneben stellten sich der Trauzeuge Matthias Mausberger und der Brautvater Anton Huber. Der Kooperator befragte die Brautleute, ob sie bereit seien, öffentlich zu bekunden, dass sie zu dieser christlichen Ehe entschlossen wären. Nacheinander befragte er den Bräutigam und die Braut. Braut und Bräutigam gaben durch ihr Ja-Wort die geforderte Zustimmung. Anschließend segnete der Zelebrant die Eheringe: „Segne + diese Ringe, segne diese Brautleute, die sie als Zeichen ihrer Liebe und Treue tragen werden." Dann durften sie einander die Ringe anstecken und dabei sprechen: „Vor Gottes Angesicht nehme ich Dich als meine(n) Frau/Mann. Ich verspreche Dir die Treue in guten und bösen Tagen, in Gesundheit und Krankheit, bis dass der Tod uns scheidet. Ich will Dich lieben, achten und ehren alle Tage meines Lebens. Trag' diesen Ring als Zeichen unserer Liebe und Treue: Im Namen des Vaters und des Sohnes und des Heiligen Geistes". Der Zelebrant wandte sich den Brautleuten zu und sprach zu ihnen: „Reichen Sie nun einander die rechte Hand. Gott, der Herr, hat Sie als Mann und Frau verbunden. Er ist treu. Er wird zu Ihnen stehen und das Gute, das er begonnen hat, vollenden. Im Namen Gottes und seiner Kirche bestätige ich den Ehebund, den Sie geschlossen haben. Die beiden Trauzeugen und alle, die zugegen sind, nehme ich zu Zeugen dieses heiligen Bundes. Was Gott verbunden hat, das darf der Mensch nicht trennen." Währenddessen legte der Priester die Stola um die ineinanderge-legten Hände der Brautleute und sprach den Brautsegen. Während der Opferung sangen alle das Lied „Du gabst, o Herr, mir Sein und Leben … Nur danken kann ich mehr doch nicht". Die beiden Neuvermählten schauten sich dabei mit strahlenden Augen an und dachten sich: „Ja, wir können beide dankbar sein, dass wir uns gefunden haben." „Die Pläne Gottes gehen oft seltsame Wege", dachte sich Franz: „Von Merkendorf in Oberfranken muss ich auf die Walz nach Taufkirchen in Niederbayern gehen, um mein Glück in beruflicher und privater Hinsicht zu finden." Wäre er diesen Weg nicht ge-gangen, hätte er sein Reserl nie kennengelernt. Später erzählte der Franz der

Therese seine Gedanken, die er während der Hochzeitsmesse hatte. Therese sagte ganz nüchtern darauf: „Dann hättest Du woanders eine andere Braut gefunden." Das hatte der Franz aber nicht gelten lassen: „Nein, so ein hübsches, nettes Frauenzimmer wie Du hätte ich nirgendwo im Bayernland gefunden." Während der Trauungsmesse hatte Franz sein Reserl unentwegt von der Seite anschauen müssen. Sie sah wie ein Engel aus, ein Geschenk des Himmels. Am liebsten hätte er sie vor allen Leuten in die Arme genommen und immerzu geküsst. Nach dem Segen hatten alle noch jubilierend das Schlusslied „Herr, du hast mein Fleh'n vernommen" gesungen. Franz sang besonders kräftig die Liedzeile „Segne, Herr, mich und die Meinen, segne unsern Lebensgang!" mit. „Unter Gottes Schutz und Segen", so dachte sich Franz, „soll unsere Ehe stehen". Nach einer Kniebeuge in Richtung des Tabernakels verließen sie als jungvermähltes Ehepaar die Kirche, wo ihnen vor dem Portal die Glück- und Segenswünsche der Eltern, Verwandten und der werktäglichen Gottesdienstbesucher entgegengebracht wurden. Zu Fuß gingen sie dann hinüber ins Nagelschmiedhaus, um im engsten Familienkreis bei einem Festmahl die Hochzeit zu feiern. Für viele Jahrzehnte, so dachten sie, würde dieses Haus ihre gemeinsame Wohnstatt auf dieser Erde sein. Bis in die Abendstunden waren die Brauteltern, Reserls Bruder, der Trauzeuge, der Albanbauer und die Gundi in fröhlicher Runde zusammen. Erst beim abendlichen Gebetläuten verabschiedeten sich alle und ließen das junge Glück allein zurück. „Jetzt, Franzl, sind wir wirklich verheiratet und ein Ehepaar. Ich werde mich bemühen, Dir eine gute Ehefrau zu sein und für Dich da sein. Das vor uns liegende Leben wird nicht leicht sein – mühevoll, aber sicherlich mit kleinen Glücksmomenten." „Auch ich will Dir ein guter Ehemann sein, Reserl! Ich will Dir helfen und beistehen und Dich glücklich machen. Reich werden wir sicherlich nicht. Aber wir werden beide versuchen, mit dem auszukommen, was ich verdiene!" „Du, Franzl, ich geh' schon einmal voraus in die Schlafkammer. Sperr' doch die Haustüre ab und komm' dann nach!" Während Franz die Haustüre abschloss, die Fensterläden zumachte und noch nach dem Herdfeuer schaute, zog Therese das Hochzeitsdirndl und die Unterwäsche aus und legte sich ins Bett. Franz kam mit einer brennenden Kerze ins Schlafgemach, verschloss auch hier die Fensterläden, zog dann seinen Hochzeitsanzug, das Hemd und die Unterwäsche aus und legte sich zu Therese ins Bett. „Franzl, das ist unsere Hochzeitsnacht – die Krönung unserer Liebe. Ich wünsche mir, dass Du mich behutsam und zärtlich entjungferst. Es soll für uns beide ein schönes, einmaliges und unvergessliches Erlebnis werden." „Aber Reserl, bei einem Mal soll es doch nicht bleiben. Es soll ein immer wiederkehrendes Erlebnis werden." „Franz, Du bist auch jetzt ein großer Kindskopf! Wenn Du zu mir ganz lieb und zärtlich bist, dann machen wir das sicherlich ein zweites Mal." „Reserl, Du beliebst zu scherzen. Nicht zweimal, sondern immer wieder."

„Aufarbeiten darfst Du mich aber nicht, Franzl. Es wird sich zeigen, ob Du nach getaner Arbeit noch die Kraft dazu hast. Aber wenn wir jetzt noch lange um den heißen Brei herumreden, dann kommen wir nicht einmal in der Hochzeitsnacht zum Beischlaf. Oder bist Du schon zu müde, nachdem Du heute dem Bier ausgiebig zugesprochen hast?" Als Reserl die Bettdecke zur Seite schlug und Franz ihren wunderschönen Körper sah, verflog bei ihm jede Müdigkeit. Er legte sich vorsichtig auf sein Reserl und vollzog bei ihr den Beischlaf. Leise, kurze Schmerzenslaute, die dann überwechselten in beginnende Lustlaute, zeigten Franz, dass sein Reserl die Jungfräulichkeit nun verloren hatte. Noch vor dem Höhepunkt küsste Therese ihren Ehemann herzhaft und flüsterte ihm ins Ohr: „Danke, Franzl, es war wunderschön. Du hast mich zur Frau gemacht. Aber jetzt ist es besser, wir unterbrechen und streicheln uns weiter, denn wir müssen auf den Arzt hören. Im ersten Ehejahr dürfen wir noch kein Kind zeugen wegen meiner angeschlagenen Gesundheit." Nach diesem ersten Liebesakt zogen beide ein langes weißes Nachthemd an und sanken erschöpft ins Bett und schliefen glückselig in den nächsten Morgen hinein.

Geburt und Tod des ersten Kindes

Franz und Therese befolgten den Rat des Arztes, kein Kind bis zur nächsten Untersuchung zu zeugen. Der Allgemeinzustand besserte sich, und die Hustenanfälle blieben aus. Kurz vor Silvester kam der Doktor vorbei und hörte mit dem Stethoskop Thereses Oberkörper ab. Er konnte keine krankhaften Geräusche mehr feststellen. Trotzdem bat er das Ehepaar, mit der Zeugung eines Kindes bis in das Frühjahr hinein zu warten. Eine Erkältung hätte zum jetzigen Zeitpunkt für die werdende Mutter noch ungeahnte Folgen. So kam es erst Anfang Juni 1847 zur Zeugung des ersten Kindes. Es war Mitte Juli, als Therese ihrem Mann mitteilte: „Du, Franzl, bei mir ist vor zwei, drei Wochen die Monatsblutung ausgeblieben. Das könnte womöglich ein Zeichen für eine Schwangerschaft sein. Wenn dem so sein sollte, dann freue ich mich riesig. Aber sag' vorläufig niemandem etwas davon, solange ich mir nicht hundertprozentig sicher bin und auch kein Bäuchlein zu sehen ist." „Reserl, das ist aber eine gute Nachricht. Ich freue mich auch und werde selbstverständlich meinen Mund halten. Erst wenn alle Deinen Zustand sehen können, werden wir es Deinen Eltern sagen und sie schonend darauf vorbereiten, dass sie Großeltern werden." „Ich möchte unbedingt das Kindlein behalten, fühl' mich aber zur Zeit wieder körperlich sehr schwach. Könnten wir nicht wieder die Gundi für die Hausarbeit holen? Schade, dass wir sie kurz nach der Hochzeit entlassen haben, weil ich dachte, ich könnte den Haushalt alleine stemmen." „Morgen, Reserl, werde ich sofort bei der Gundi anfragen. Vielleicht hat sie zur Zeit keine Beschäftigung und ist einem Zuverdienst nicht abgeneigt." „Und ich werde auch den Doktor konsultieren und mit ihm über die Schwangerschaft reden. Hoffentlich kann er mir den glücklichen Zustand bestätigen."

Die Gundi kam wieder in den Nagelschmiedhaushalt und verrichtete die schwere Hausarbeit. Vor allem das Wäsche-Waschen war besonders anstrengend. Therese war über Gundis Kommen sehr erleichtert. Im August suchte sie auch den Doktor in Eggenfelden auf und bat um eine Untersuchung. Dieser horchte mit dem Stethoskop den Bauchraum ab und konnte die Schwangerschaft bestätigen: „Ja, ich höre bereits einen leisen Herzschlag des Kindes. Gratuliere! Sie müssen sich aber in der Schwangerschaft sehr schonen, keine schweren Sachen und Gegenstände heben, nur leichte Tätigkeiten im Haushalt verrichten. Legen Sie sich während des Tages öfters auf ein Sofa und ruhen Sie sich aus. Sollten während der Schwangerschaft besondere Vorkommnisse auftreten, dann kommen Sie wieder bei mir vorbei – wenn nicht, dann erst zum Jahresende." Erfreut über die Bestätigung des Arztes begab sich Therese wieder nach Hause und überbrachte ihrem Franzl die frohe Kunde. Danach durften es auch die Eltern von Therese, die Verwandten und Bekannten erfahren. Alle freuten sich mit dem jungen Ehepaar. Auch den Ortspfarrer erreichte die Nachricht, dass Therese Diller in guter Hoffnung sei: „Es ist Zeit geworden, Frau Nachbarin, dass Euer Ehebund von Gott mit Kindern gesegnet wird. Wäre ansonsten ein sündhaftes Verhältnis, und ich hätte Dir fast schon den Kommunionempfang verweigert. Aber jetzt scheint ja alles in Ordnung zu sein."

Die Wochen und Monate der Schwangerschaft verliefen reibungslos und ohne Vorkommnisse, da sich Therese an die Anweisungen des Doktors hielt und mit Gundi eine Hilfe im Haushalt hatte. Das Kind wuchs im Mutterleib heran, und auch der Arztbesuch Ende des Jahres erbrachte keine negativen Befunde. „Ich denke mir", so der Doktor, „dass Dein Kind Ende Februar zur Welt kommen wird. Hoffentlich nicht am letzten Tag im Februar, denn 1848 haben wir ein Schaltjahr und somit hätte Dein Kind nur alle vier Jahre Geburtstag." Therese wartete schon Anfang Februar voller Ungeduld auf das Einsetzen der Wehen. Es zeigten sich jedoch keine Anzeichen. Und so betete sie nicht nur verstärkt um einen guten Geburtsverlauf, sondern auch darum, dass es nicht der 29. Februar sei. Am letzten Sonntag im Februar spürte Therese ein Ziehen im Bauch und sie verständigte die Hebamme von Taufkirchen. Diese kam, um die Hausgeburt vorzubereiten und Therese in den schweren Stunden der Niederkunft beizustehen. Die Wehen wurden stündlich stärker und schmerzhafter. Am Montag, den 28. Februar 1848, morgens um halb vier Uhr gebar Therese ihr erstes Kind, eine Tochter, die noch am selben Tag von Kooperator Joseph Kaltenberger auf den Namen Anna Maria getauft worden war. „Franz", flüsterte die vom Geburtsvorgang noch geschwächte Therese, „es tut mir leid. Es ist leider nur ein Mädchen. Du hättest sicher einen Buben gewollt, sozusagen als Stammhalter." „Aber, Reserl, das ist doch nicht so schlimm. Hauptsache, das Mädel ist gesund und Du hast die Geburt unversehrt überstanden. Dann probieren wir es wieder, und beim zweiten Mal wird es dann ein Bub." Die Großeltern wurden von der Ankunft der Neubürgerin benachrichtigt. Die Oma freute sich besonders über den Vornamen Anna Maria, denn das war auch ihr Vorname, und sie sagte dazu: „Es ist sicherlich ein gutes Zeichen, dass ihr die beiden himmlischen Mütter als Namenspatrone gewählt habt."

Die Zeit im Wochenbett war für Therese nicht leicht. Das häufige Anlegen des Kindes an die Brust schwächte sie zusehends. Auch wurde das Kind von der Muttermilch nicht satt, und die Amme musste mit ihrer Milch zufüttern. Anna Maria hatte tagsüber Schreianfälle und war kaum zu beruhigen. Die Nachbarn und Bekannten sagten, dass das Kind in ‚Froas' gefallen sei. Franz war genervt von dem schreienden Kind. Er kümmerte sich tagsüber nicht um das Kind und ging mehr als sonst in seine Werkstatt. Abends verließ er das Haus und stillte seinen Durst im Wirtshaus. Erst spät in der Nacht kam er angetrunken nach Hause und verhielt sich sehr gereizt gegenüber seiner Frau. Diese war in den ersten Monaten nicht fähig, den Beischlaf auszuüben, und wies Franz immer wieder in seinem Verlangen ab. Das wiederum steigerte seine Aggresivität noch mehr: Er wurde ungehaltener und streitsüchtig. „Jetzt sind wir schon zwei Jahre verheiratet, und immer noch soll ich enthaltsam leben. Dann hätte ich gleich Eremit werden oder ins Kloster gehen können." „Gut, Franzl, wenn Du unbedingt darauf bestehst, dann stehe ich ab dem zweiten Hochzeitstag wieder für Dich zur Verfügung", sagte Therese obwohl sie keine große Lust verspürte. Der Zustand von Anna Maria war gleichbleibend und veränderte sich nicht zum Guten. Immer wieder wurde das Kind von Schrei- und Krampfanfällen geplagt. Ende August, Franz war gerade in der Werkstatt beschäftigt, drang ein markerschütternder Schrei von Therese an sein Ohr. Er lief, so schnell er konnte, ins Haus. Therese hielt das von starken Krampfanfällen geplagte Mädchen in den Armen. Franz sah, wie Anna Maria die Augen verdrehte, dann nach kurzer Zeit verstummte und verstarb. Schluchzend und weinend legte Therese das Kind in die Wiege zurück. „Franz, ich kann nichts dafür. Ich weiß nicht, warum es diese Krampfanfälle hatte und nun daran gestorben ist. Es tut mir so leid." Nach kurzer Zeit ging Franz ins Pfarrhaus hinüber, um den Tod des kleinen Mädchens zu melden und den Beerdigungstermin mit dem Geistlichen festzulegen. Der Pfarrer ließ sich von Franz genau die Umstände des Hinscheidens erklären. „Dann schreib' ich in das Totenbuch der Pfarrei: Anna Maria Diller, Nagelschmiedkind von Taufkirchen, ledig, ein halbes Jahr alt, verstorben am Mittwoch, 23. August 1848, morgens um 9.00 Uhr, an Fraisen gestorben, Beerdigung am Freitag, 25. August 1848. Den Beerdigungsritus wird der Kooperator Johann Nepomuk Satzenhofer vornehmen. Und sag' Deiner Frau, sie soll sich deswegen nicht krämen. Jetzt hat sie ja ein Engerl im Himmel, das fürsprechend dafür eintritt, dass sie bald wieder ein Kind bekommen wird." Auch der Kooperator versuchte bei der Beerdigung die trauernden Eltern mit dem Hinweis zu trösten, dass sie jetzt einen Engel im Himmel hätten und sie sollten doch im Gotteshaus einen der kleinen, lächelnden, barocken Putto aussuchen und diesen bei jedem Kirchenbesuch liebevoll betrachten, um darin ihre jetzt im Himmel weilende kleine Anna Maria zu erkennen. Für die tief betrübten Eltern war dies jedoch nur ein schwacher Trost.

Geburt und Ableben des Stammhalters

Doch bereits Anfang September, kurze Zeit nach dem Verlust des ersten Kindes, konnte Therese ihrem Franzl wieder eine erfreuliche Nachricht sagen: „Franzl, ich glaube, bei mir hat sich wieder eine Schwangerschaft eingestellt. Ich hätte schon längst meine Regelblutung haben müssen." Nach einem Arztbesuch Anfang Oktober hatte Therese die Gewissheit, wieder ein Kind zu bekommen: „Nachdem Euer erstes Kind an Fraisen gestorben ist, rate ich zur Anschaffung einer Kuh. Damit Deinem zweiten Kind nicht das gleiche Schicksal widerfährt, musst Du in der Schwangerschaft viel Milch trinken. Das stärkt den Knochenaufbau für Dich und Dein heranwachsendes Kind." Franz war vom Kauf einer Kuh nicht gerade begeistert, denn diese und das Futter kosteten viel Geld. Vor allem fehlte auch der Platz auf dem Anwesen. Stattdessen holte er öfters bei einem Bauern die benötigte Milch.

Nach einem problemlosen Verlauf der Schwangerschaft gebar Therese mit Hilfe der Hebamme am Samstag, den 31. März 1849, um fünf Uhr abends in Taufkirchen den langersehnten Stammhalter, einen Sohn. Er wurde traditionsbewusst auf den Vornamen des Vaters getauft. Im Taufbuch der Pfarrei wurden die Daten eingetragen: „Franciscus Xaverius Diller, Tauftag am Sonntag, den 01. April 1849 in Taufkirchen, getauft von Pfarrer Mathias Steckermeier." Therese war von der Geburt noch viel zu schwach, um an der Tauffeier teilzunehmen. Die Taufpaten und Franz trugen den Neugeborenen zum Taufbecken in die Pfarrkirche. Anfang April war es noch ziemlich kalt in der unbeheizten Kirche. Der kleine Franziskus zuckte zusammen, als der Pfarrer das eiskalte Wasser über seinen Kopf goss. Ein lautes Schreien war die Folge, das der Pfarrer mit dem im Volksmund bekannten Zitat kommentierte: „Ein Kind, das bei der Taufe weint, wird die Kirche nicht oft von innen zu sehen bekommen" – heißt, er wird kein guter Kirchgänger. Franz war das Schreien des Säuglings während der Taufe peinlich; umgekehrt empfand er auch die Worte des Pfarrers als unangebracht. Er war deshalb heilfroh, als die Taufe vorüber war und er die Kirche mit dem Säugling samt Taufzeugen wieder verlassen konnte. Zuhause wurde das Kind von der Hebamme gewickelt und in die warme Wiege gelegt. Der Bub schlief erschöpft von der Taufe ein. Auch bei Franz fiel die Anspannung langsam ab. Die Geburt am Tag zuvor und die Taufe zehrten an seinen Nerven. „Hast Du gut gemacht, Reserl. Schön, dass es diesmal ein Bub geworden ist. Jetzt hab' ich einen Stammhalter, der vielleicht einmal die Schmiede übernimmt. Hoffentlich wächst unser Bub gesund und kräftig heran, dann könnte das klappen!" „Franzl, ich werde mein Bestes geben und auf den Bub achten. Es soll ihm nicht so ergehen wie der Anna Maria. Mit der Hilfe Gottes und aller Heiligen wird er schon groß werden."

Tatsächlich wuchs der kleine Franziskus prächtig heran. Bei ihm traten keine Schrei- und Krampfanfälle auf. Bis zu seinem ersten Lebensjahr traten keine Auffälligkeiten auf. Entwicklungsgemäß fing er mit einem Jahr zu laufen an und brummelte die ersten Wörter. Die Eltern waren darüber erleichtert; alles deutete darauf hin, dass dem kleinen Franz das Schicksal seiner früh verstorbenen Schwester erspart bleiben würde. Doch dann stellte sich ein anderes Krankheitsbild bei ihm ein: Verdauungsstörungen mit Durchfall, Erbrechen und kolikartigen Leibschmerzen traten auf. Therese versuchte alles in ihrer Macht Stehende zu tun. Schuld daran, so meinten die Nachbarn, wäre die Mangelernährung. Doch auch eine Ernährungsumstellung brachte keine Besserung. Durch die nicht zu stillenden Durchfälle wurde der kleine Franziskus immer kraftloser. Die Krankheit zehrte an seinem kleinen Körper, bis seine Organe versagten und er am 7. September 1850 um zehn Uhr vormittags verstarb. Tief gebeugt und mit traurigem Herzen musste Franz den schweren Weg zum Pfarrhaus antreten, um den Tod seines Sohnes anzuzeigen. Nach der Schilderung des Krankheitsverlaufs schrieb der Pfarrer ins Totenbuch: „Franz Diller, Kind des Nagelschmied, katholisch, Aufenthaltsort Taufkirchen, verstorben an Atrophia, ohne Arzt, Beerdigung am 9. September 1850 in Taufkirchen."

Den Trauergottesdienst mit anschließender Beerdigung hielt Kooperator Johann Baptist Hinterwimmer, der in seiner Predigt den nunmehr zweiten kindlichen Todesfall in der Familie Diller als eine Prüfung Gottes bezeichnete: „In diesen schweren Stunden dürfen Sie nicht an der großen Güte unseres himmlischen Vaters zweifeln. Er hat den kleinen Franziskus zu sich in den Himmel geholt, um die Schar der Engel, die an seinem Throne stehen, zu erhöhen. Als Ersatz für den Verlust wird Ihnen der Herrgott sicherlich wieder ein Kind schenken. Mit der verstorbenen Anna Maria und dem Franziskus Xaverius haben Sie nun zwei Engelchen im Himmel, die auf Sie herabschauen und Ihnen als Fürsprecher am Throne Gottes helfen, die Zeit der schweren Prüfung zu bestehen. Ich hoffe nicht, dass dieser zweifache Todesfall in Ihrer Familie eine Strafe Gottes für eine falsche Lebensführung ist. Um ganz sicher zu gehen, rate ich den betrübten Eltern zur Buße. Bereuen Sie Ihre Sünden und gehen Sie zur Beichte, beten sie unentwegt, bringen Sie verschiedene Opfer dar oder wallfahren Sie nach Altötting zu unserer lieben Frau. Nur der Glaube, das Gebet und der regelmäßige Gottesdienstbesuch können Ihnen in diesen schweren Stunden helfen. Weihen Sie Ihr nächstes Kind der Gottesmutter Maria. Die Schutzmantelmadonna wird es sicherlich unter ihren Schutz nehmen. Dann können Sie gewiss sein, dass Ihr drittes Kind gesund heranwachsen wird."

Als das Ehepaar Diller nach der Beerdigung ihres Sohnes wieder zuhause war, wetterte und schimpfte Franz über die Predigtworte des Kooperators. „Sollen wir Gott noch dankbar dafür sein, dass er uns das Liebste genommen hat? Der Priester kann leicht daherreden. Hat selber keine Kinder und weiß nicht, was so ein Verlust bedeutet. Wenn Gott uns so bestraft, dann werde ich auch nicht mehr zu ihm beten und in die Kirche gehen." „Aber Franzl, was sagst Du denn da! Versündige Dich nicht! Wir müssen jetzt im Glauben standhaft bleiben und dürfen nicht verzagen. Wir werden sicherlich bald wieder ein Kind bekommen. Und wenn es eine Tochter wird, dann geben wir ihr den Vornamen der Gottesmutter Maria, wie es der Kooperator vorgeschlagen hat. Ich vertraue seinen Worten." „Das kannst Du machen, wie Du willst. Ich werde vorläufig keinen Fuß mehr in die Kirche setzen, bis der Herrgott uns wieder ein Kind schenkt, das die Kindertage überlebt und groß wird." „Franz, ich musste schon einmal einem Kind, der Anna Maria, ins Grab schauen und war zu dieser Zeit bereits schwanger. Auch dieses Mal kann es wieder so gewesen sein. Seit Anfang August habe ich keine Regelblutung mehr, und scheinbar habe ich wieder als Schwangere meinem zweiten Kind Franziskus ins Grab geschaut. Gott hat vorgesorgt, und so bin ich wohl in guter Hoffnung mit einem dritten Kindlein unter dem Herzen."

Maria – die Wohlgenährte

Auch die dritte Schwangerschaft von Therese verlief ohne größere gesundheitliche Probleme. Verstärkt spürte sie die Stöße der kleinen Füße und Hände der Leibesfrucht in den letzten Monaten der Schwangerschaft. „Vielleicht wird es wieder ein Bub! Das wäre doch schön, Franzl! Bei so kräftigen Bewegungen kann es doch nur ein Junge sein. Spür' doch einmal." Franz berührte sanft den gewölbten Leib seiner Frau. „Tatsächlich, der Bursche arbeitet ganz schön heftig unter Deinem Herzen rum. Könnte wirklich ein Stammhalter werden." Doch am Tag der Geburt war die Enttäuschung dem Franz und der Therese ins Gesicht geschrieben. Vonwegen: Es war nicht der erhoffte Sohn. Das dritte Kind, eine Tochter, erblickte am 9. April 1851 um elf Uhr mittags unter Mithilfe der Hebamme im Haus des Nagelschmieds das Licht der Welt. Noch am selbigen Tag wurde das Kind auf den Namen Maria von Kooperator Stephan Reger getauft. Als stellvertretende Taufzeugin fungierte die Hebamme Kunigund Kufmiller von Taufkirchen. In seiner kurzen Ansprache ging der Geistliche auf die Bedeutung des Taufnamens ‚Maria' ein. „ Maria, die Mutter Jesu, des Sohnes Gottes, ist die von Gott Geliebte. Sie ist der Stern des Meeres, zu dem wir in der finsteren Nacht aufblicken, um Orientierung für unser Leben zu erhalten. Sie ist unsere himmlische Mutter, unser Vorbild im Glauben. Eure Tochter trägt ab jetzt den Namen der Königin des Himmels. Sie soll groß werden im Glauben, groß in der Hoffnung und groß in der Liebe. Möge dieser mein Segenswunsch für Eure Tochter Maria in Erfüllung gehen." Zum Vater Franz Diller gewandt sprach er weiter: „Die Eltern haben für ihr Kind nicht nur die Leibsorge, sondern auch die Seelsorge. Gehen Sie als Vater mit gutem Beispiel voran. Und wenn Ihr Kind zwei Jahre alt ist, nehmen Sie es regelmäßig am Sonntag mit in die Kirche. Gott hat Ihnen wieder ein Kind geschenkt. Statten Sie daher Ihren Dank dem Herrgott ab und bemühen Sie sich wieder, ein frommes Leben zu führen. Ich weiß um die schweren Schicksalsschläge, die Sie zu verkraften hatten. Aber jetzt ist ein neuer Anfang gemacht. Gott hat wieder Ja gesagt zum Leben, Ja gesagt zu Euch, indem Ihr wieder ein Kind bekommen habt. Im Gesichtlein Ihres Kindes erblicken Sie das Antlitz Gottes, seine unendliche Liebe zu uns Menschen. Überbringen Sie bitte meinen herzlichen Glückwunsch der Mutter des Täuflings. Und sagen Sie ihr auch, dass der Name Maria übersetzt wird als ‚die Wohlgenährte'. Und darum wird Eure Maria sicherlich dieses Mal überleben und zu einem stattlichen Weib heranwachsen. Amen." Beim Verlassen der Kirche wünschte sich Franz nichts sehnlicher, als dass die Wünsche des Kooperators für seine Tochter in Erfüllung gehen mögen. Jetzt hatten sie schon zweimal Pech gehabt; das dritte Mal musste doch das Glück auf ihrer Seite sein. Der Gevatter Tod durfte nicht wieder ins Nagelschmiedhaus kommen; das würde auch seine Therese wohl nicht mehr verkraften. Frohgemut, mit leichtem Schritt, das kleine Kindsbündel in seinen Armen, schritt Franz nach Hause. Am späten Nachmittag begab er sich dann ins Wirtshaus, um die Geburt seiner Tochter mit viel Alkohol zu feiern. Die Nachricht, dass er wieder Vater geworden war, hatte sich im Dorf in Windeseile herumgesprochen. Einige schon angetrunkene Wirtshaushocker begrüßten ihn mit einem Hallo-Geschrei und bespöttelten ihn abschätzig als ‚Büchsenmacher'. „Gib einen Umtrunk aus, Franz, zur Geburt Deiner Tochter, Du Büchsenmacher! Jetzt dachten wir immer, Du seist ein Nagelschmied. Aber Du kannst offensichtlich nicht einmal Nägel mit Köpfen machen, sprich einen Buben zeugen, Du Schlappschwanz!" Franz ärgerte sich maßlos über diese blöden Bemerkungen der Wirtshausbrüder. Zornesröte stieg ihm ins Gesicht, und unwirsch schrie er sie an: „Wenn Ihr nicht aufhört mit Euren beleidigenden, unflätigen Bemerkungen, dann zahl' ich keine Runde Schnaps, und Nägel verkauf' ich Euch auch nicht mehr!" „Das kannst Du haben, Nagelschmied, dann boykottieren wir Deine Nagelschmiede! Hau' ab und lass' Dich hier im Wirtshaus nicht mehr sehen! Wir pfeifen auf Deinen Schnaps und auf Deine Nägel! Von uns wird keiner mehr an Deine Werkstatttür anklopfen!" Wie ein begossener Pudel verließ Franz wütend die Wirtschaft und ging zornentbrannt nach Hause. Dort angekommen brüllte er seine Frau, die gerade noch von der Hebamme umsorgt wurde, ungehalten an: „Bist Du nicht fähig, einen Buben zur Welt zu bringen? Was hab' ich da für ein schwaches Weib geheiratet, die kränkliche Kinder zur Welt bringt und sterben lässt? Wie lange muss ich noch warten, bis Du mir einen gesunden Stammhalter zur Welt bringst? Verspottet werde ich im ganzen Dorf als Büchsenmacher, als Weichling! Daran bist nur Du schuld!" Nach dieser Schimpfkanonade wandte er sich ab, schlug krachend die Tür ins Schloss und verzog sich in seine Werkstatt. Sichtlich geschockt versuchte die Hebamme, die völlig verstörte Therese zu beruhigen und zu trösten. „Er wird sich schon wieder beruhigen. Morgen schaut die Welt wieder anders aus und er wird sich sicherlich bei Dir für die Vorhaltungen entschuldigen." Therese schluchzte und weinte fürchterlich. Anstatt Dank für die Mühsal der Schwangerschaft, der erlittenen Wehen und die glückliche Geburt erntete sie von ihrem Ehemann Vorwürfe und bitterböse Unterstellungen. Mit Wehmut dachte sie an die glücklichen vergangenen Zeiten zurück und hoffte auf deren Wiederkehr. Am liebsten wäre sie aus der Bettstatt aufgestanden und dem Franz hinterhergelaufen, um eine Versöhnung herbeizuführen. Aber das konnte sie nicht – sie war nach dem langen, strapaziösen Geburtsverlauf viel zu schwach. Dagegen ging die Hebamme schnurstracks zu Franz in die Werkstatt. Dort stellte sie ihn zur Rede: „Nagelschmied, was fällt Dir ein? Bist Du von allen guten Geistern verlassen? Dein treues Eheweib so anzubrüllen und ihr unberechtigte Vorwürfe zu machen! Du hast doch das Kind gezeugt und bist der Vater des Kindes. Deine Frau hat so eine Behandlung nicht verdient. Sie bringt Dir Deine Kinder auf die Welt, und Du behandelst sie wie den letzten Bauerntrampel. Schäm' Dich und mach' wieder gut, was Du angerichtet hast. Wenn Du Dich nicht bei Deiner Frau entschuldigst und sie in Zukunft anders behandelst, dann werde ich im ganzen Dorf Deine Schandtat rumerzählen. Willst Du das? Wenn ich morgen wieder nach Deiner Frau und dem Neugeborenen schaue, dann hoffe ich, dass sich das Ehegewitter verzogen hat!" Sprach's, drehte sich um und ließ den verdutzten Franz stehen. Viel Zeit zum Nachdenken blieb ihm nicht, denn er hörte schwach aus dem Wohnhaus das helle Schreien seiner Tochter. Er konnte seine Frau jetzt nicht mit dem Baby allein lassen und sich in den Schmollwinkel zurückziehen. Also suchte er das Schlafgemach auf, ging hinein und nahm den kleinen Schreihals aus der Wiege. Er versuchte, seine Tochter zu beruhigen, und wiegte sie in seinen Armen hin und her. Nachdem das Kindlein wieder eingeschlafen war, räusperte er sich kurz und begann dann, seinen Wutausbruch zu erklären: „Es tut mir leid, Therese. Mein Verhalten Dir gegenüber ist unentschuldbar. Ich bitte Dich um Verzeihung! Die Wirtshausbrü-der haben mich so erniedrigt und geärgert und als Büchsenmacher beleidigt." „Das ist aber kein Grund, mich so anzuschreien. Ich hoffe, dass Du in Zukunft vor Deiner Frau mehr Respekt zeigst und mich achtest, wie Du es am Altar bei der Eheschließung versprochen hast. Um des lieben Ehefriedens willen verzeihe ich Dir." „Schau', Reserl, zu einer Ehe gehören halt nicht nur Freudentränen. Ein altes Sprichwort sagt: ,Der Dich liebt, wird Dich auch zum Weinen bringen'. Wahre Liebe erkennt man am Versöhnungswillen eines Ehepaares. Schon wegen unserer süßen Maria und wegen unserer Liebe wollen wir uns wieder versöhnen." „Danke, Franz, für Deine Einsicht. Lass' die Männer im Dorf ab-schätzig über Dich reden. Sie sind die eigentlichen Weichlinge, die großkotzig ihr Maul aufreißen. Du dagegen bist ein aufrechter Mann, der zu mir und unse-rer Tochter hält. Wir wollen als Familie zusammenhalten – dann sind wir stark und können gemeinsam das Leben meistern. Leider werden in unserer Zeit und unserer Gesellschaft nur die Söhne geschätzt und die Mädchen als zweitrangig und weniger wertvoll eingestuft. Das darf doch nicht sein. In der Bibel steht doch geschrieben, dass Gott den Mann und die Frau gleichwertig geschaffen hat. Die Frau ist Hilfe und Partnerin des Mannes. Doch bis alle Männer zu dieser Einsicht gelangen, wird wohl noch ein weiter Weg sein." „Mit Deiner Ansicht wirst Du wohl recht haben. Vorurteile und festgefahrene Meinungen halten sich bei den Leuten ewig lange. Bis ein Meinungsumschwung stattfindet, wird noch viel Wasser die Rott hinunterlaufen." „Leg' Dich doch zu mir ins Ehebett, Franzl, und nimm die Kleine aus der Wiege und leg' sie mir an die Brust. Wenn sie so quengelt, hat sie sicher Hunger. Und trag' sie bitte anschließend, bis sie aufstößt, und dann leg' sie ins Ehebett zwischen uns, dann hat sie es schön warm und ich kann sie während der Nacht leichter an die Brust legen, ohne Dich aufwecken zu müssen." „Hoffentlich gewöhnt sich die Kleine nicht daran und will ständig bei uns im Bett schlafen. Zu sehr verwöhnen dürfen wir Maria nicht." „Die Hebamme hat zu mir gesagt: Therese, es ist nicht schlecht, wenn die Kleine zwischen Euch schläft, denn das ist die beste Verhütungsmethode." „Du machst mir Angst, Reserl. Scheinbar willst Du vorläufig keinen Beischlaf und keinen Nachwuchs mehr." „So hab' ich es nicht gemeint, Franzl. Die Wiege lassen wir schon im Schlafzimmer für alle Fälle. Gedulde Dich vorläufig. Deine Manneskraft wird von mir später noch gebraucht. Jetzt schlaf', Franzl, und träum' was Süßes von mir. Ich liebe Dich." „Ich liebe Dich auch, mein Reserl!"

Anhang

Nachtrag

Der Tochter Maria Diller erging es erfreulicherweise nicht so wie ihren beiden Geschwistern Anna Maria und Franziskus Xaverius. Sie hat nachweislich das Kinder- und Jugendalter überlebt. Als ledige Dienstmagd brachte sie in Taufkirchen mehrere uneheliche Kinder zur Welt.

Personenverzeichnis der real existierenden Personen

Könige von Bayern

Maximilian I.	König v. Bayern (†13.10.1825)
Ludwig I.	König v. Bayern (*25.08.1786, †29.02.1868) nach dem Tod seines Vaters 1825 - 1848
Maximilian II.	König v. Bayern (*28.11.1811, †10.03.1864) nach der Abdankung seines Vaters 1848 - 1864

Pfarrer von Taufkirchen

Adam Stuhlberger	1835 - 03.08.1844 (†)
Josef Schoenberger	1845 - 1848 (Weggang)
Mathias Steckermeier	1849 - 11.05.1851 (†)
Johann B. Fischer	1851 - 25.07.1868 (†); Kirchenrestaurierung, Friedhofneuanlage, beerdigt an der Südseite der Sakristei

Kooperatoren in Taufkirchen

Joseph Ring	1841 - 1843
Fischer	1844 - 1845
Egger	1845 - 1846
Hieronimus Schricker	1845 - 1846
Josef Schneider	1846
Johann Bapt. Kirndorfer	1842 - 1845
Arent	1845
Joseph Kaltenberger	1846 - 1848
Alois Zogler	1848 - 1849
Johann Nep. Satzenhofer	1846 - 1850
Batholomäus Siglhofer	1850
Stephan Reger	1850 - 1851
Rainer Schneider	1850

| Thomas Haider | 1849 - 1852 |
| Joh. Bapt. Hinterwimmer | 1850 - 1853 |

Nagelschmied von Taufkirchen

Albanbauer	ab 1818
Diller Franz	ab 1846 (s. Erbrechtsbrief)
Gerhartsreiter	ab 1852

Hebamme von Taufkirchen

| Kufmiller Kunigund | Hebamme (†14.06.1865) |

Stammbaum /rückwirkend vom Autor aus gesehen

Ur-, Urgroßvater	Johannes Diller (*11.05.1783 in Laubend)
dessen Ehefrau	Margaretha Schmitt (*03.12.1780 in Weichendorf)
	∞ 03.08.1812 in Merkendorf
deren Kinder	Petrus (*13.02.1814)
	Johannes Thomas (*18.12.1815, †02.09.1816)
	Johannes Franziskus (*06.10.1817)
	Josef Johannes (*18.08.1819)
Urgroßvater	**(Johannes Franziskus) Franz Diller** (*06.10.1817 in Merkendorf, †14.07.1891 in Regensburg)
dessen 1. Ehefrau	Therese Huber (*25.11.1827 in Wickering)
	∞ 12.05.1846 in Taufkirchen
deren Kinder	Anna Maria (*28.02.1848, †23.08.1848)
	Franziskus Xaverius (*31.03.1849, †07.09.1850)
	Maria (*16.03.1851)

Wissenswertes

Adler	Name der ersten Lokomotive, betriebene Dampflokomotive mit Waggons, Premierenfahrt 07.12.1835 von Nürnberg nach Fürth
Angelus	Engel des Herrn (Gebet)
Arrest	Haft
Atrophia	Auszehrung, Schwund von Organen, Mangelernährung; Kinderkrankheit im ersten, zweiten und dritten Lebensjahr

Bader	zuständig für Körperpflege (Badehaus), Ärzte der kleinen Leute (Aderlass, Schröpfen), Barbier, Friseur
Bangert	uneheliches, unerwünschtes Kind
Bauerntrampel	plumpe, schwerfällige, ungeschickte Person
Befreiungshalle	Gedenkstätte bei Kelheim für die siegreichen Schlachten gegen Napoleon in den Befreiungskämpfen (1813 - 1815); Baubeginn 1842, Grundsteinlegung 19.10.1842 durch König Ludwig I., Vollendung 1863
betucht	begütert, vermögend, wohlhabend
Bibel	Heilige Schrift
Brevier	Stundengebetbuch der katholischen Geistlichen
Büchsenmacher	Spottname für Väter von Töchtern (Mädchen = Büchsn, Bixn)
Depp	Schimpfwort für Idiot
Devotionalien	Andachtsgegenstände (Medaillen, Kreuze, Heiligenfiguren)
Donau	zweitlängster Fluss in Europa (2.857 km); durchfließt zehn Länder; höchster Punkt bei Regensburg
Erbrecht	Das Erbrecht besagte, dass das verliehene Gut auch auf die Nachkommen des Grundholden übergeht.
Erbrechtsbrief	ausgestellt für meinen Urgroßvater Franz Diller; gerettet bei einer Gemeindeverbrennungsaktion alter Unterlagen
Eremit	Einsiedler
Erhard	Bischof von Regensburg um 680/690 (†um 715/ 717); Grab in der Krypta der Niedermünsterkirche
Erstkommunion	Sakrament der Katholischen Kirche: erstmaliger Empfang der Hostie (Leib Christi)
Fegfeuer	Reinigung(-sort) von den Sünden
Firmung	Sakrament der Katholischen Kirche: Stärkung durch die Herabrufung des Heiligen Geistes
Fraisen	Volksmund: in Froas fallen; Krampfanfälle; Mangelerkrankung durch Kalk-und Vitamin-D-Mangel; früher hohe Kleinkindersterblichkeit, da die Mütter jährlich Kinder bekamen
Gazettenblatt	Tages-/Wochenzeitung, Zeitschrift, Provinzblatt
gaffen	mit offenem Mund anstarren

Gendarm	Polizist, Ordnungshüter
„Goldene Ente"	ältester Gasthof Regensburgs; von 1652
Gottesacker	Friedhof
g'schamig	schamhaft
G'selchte(s)	geräucherter Schinken
Haderlump	Schimpfwort für Habenichts, Taugenichts
Hirschtalg	weißes Fett aus dem geschmolzenen Talg von Hirschen; verhindert Wundwerden
Hölle	ewige Verdammnis
Janker	Trachtenjacke
Kadi	Gericht
Katechisimus	Katechismus, Glaubenslehrbuch der Katholischen Kirche
Kooperator	der einer Pfarrei beigeordnete Hilfsgeistliche ohne Leitungsgewalt
Kramer	Lebensmitteleinzelhändler, Tante-Emma-Laden
Leviten lesen	Mahn- und Strafpredigt, Tadel, Ermahnung
Lichtmess	Mariä Lichtmess; Darstellung des Herrn im Tempel; Festtag 2. Februar; 40 Tage nach Weihnachten; früher: Ende der Weihnachtszeit, Kerzenweihe
Lokus	WC, Abort
Luder	Schimpfwort für liederliches Frauenzimmer
Ludwig-Donau-Main-Kanal	künstlich angelegte Wasserstraße zwischen Kelheim und Bamberg (173 km); 100 Schleusen, 117 Brücken und Stege, 40.000 Obstbäume; schon unter Karl dem Großen 793 begonnen (Karlsgraben), jedoch gescheitert, später Ludwigskanal, nach König Ludwig I. benannt; Baubeginn1830/1836, Erdarbeiten 1839 abgeschlossen, Fertigstellung der Schleusen und Schleusenwärterhäuschen 1840, Probebetrieb 1843 von Nürnberg nach Bamberg und 1845 von Kelheim nach Nürnberg, Einweihung nach zehnjähriger Bauzeit am 15.07.1846 – ohne König Ludwig I. (Wahrscheinlich schlug sein Herz zu dieser Zeit bereits für die Eisenbahn.)
Matting	erste Erwähnung 875; Pfarrkirche St. Wolfgang, erbaut 1740, Turm vom Vorgängerbau aus dem 13. Jahrhundert
Mores	Moral

Niederkunft	Geburt eines Kindes
Obolus	kleiner Geldbetrag, Spende, Trinkgeld
Ochsenfiesel	Züchtigungswerkzeug, Holzknüppel
Pater noster	Vater unser (Gebet)
Patrone der Nagelschmiede	Chlodoald (Chlodwald) (*um 520, †07.09.560), Priester, Gründer des Klosters Saint-Cloud bei Paris
	Eligius (*um 589, †01.12.659), Bischof von Noyon, Schutzpatron unter anderem der Gold-schmiede, Hufschmiede, Metallarbeiter, Schlos-ser, Schmiede, Zinngießer ...
	weitere Patrone: Erhard von Regensburg, Adrianus, Georg, Florian, Leonhard, Matthias, Patrick, Johannes der Täufer, Petrus
Pfarrei Taufkirchen	früher eigenständige Pfarrei, heute Pfarreienge-meinschaft mit Falkenberg (Sitz des Pfarrers)
Pfarrkirche Taufkirchen	jetzige Kirche 1459 erbaut, Anbau nach Westen 1913, Patrozinium 15.08. (Maria Himmelfahrt); spätgotisches Rippengewölbe, Spitzbogenfenster
Putto	kleine Engelsfigur, bildliche Kunst einer nackten Kinderfigur
quengeln	weinerlich nörgeln, keine Ruhe geben
Rosenkranz	Gebetsperlenschnur
Rott	Fluss im Rottal
Sach	Besitz, Eigentum, Ländereien
Sankt Katharinenspital	Alten- und Pflegeheim, Bürgerspital von Regens-burg; um 1220 errichtet als Gemeinschaftspro-jekt des Bischofs und der Bürger; 1226 erste Er-wähnung der Brauerei
Sakrament	Die Katholische Kirche kennt sieben Sakramente, Heilige Zeichen, in denen Gott das Heil am Glau-benden bewirkt.
Sakristei	Nebenraum der Kirche, Vorbereitungs- und Um-kleideraum der Geistlichen und Ministranten
Saubua	frecher, ungezogener Bursche
Sauerampfer	Bezeichnung für säuerlich schmeckenden Wein
Scherzel	Endstück vom Leberkäse
Schiache	hässliche, unschöne Frau
Schlappschwanz	abwertend, verächtlich für einen willensschwa-chen, weichlichen Menschen, Flasche, Wasch-lappen

„Schlenkerla"	Wirtshaus mit Brauerei seit 1678 in Bamberg
Schmarrn	unsinnige Äußerung, Unsinn
Schmarotzer	Person, die vom Geld, von der Arbeit anderer lebt
Schneid	Mut, Tatkraft
Schneiztuch	Stofftaschentuch
Schulhaus	wird in Merkendorf im Oktober 1817 wörtlich erwähnt
Schusser	Glasmurmeln
Servus	Unterschrift
Spanische	Rohrstock zur Züchtigung
Spund	Jungspund, junge, unerfahrene Person, Grünschnabel
Stadtamhof	Ortsteil von Regensburg; urkundlich erstmals erwähnt 1050, durch österreichische Truppen am 23.04.1809 in Brand geschossen und vollständig zerstört
Steinerne Brücke	älteste erhaltene Brücke Deutschlands in Regensburg; Meisterwerk mittelalterlicher Baukunst; verbindet Altstadt mit Stadtamhof; Bauzeit 1135 - 1146
Stenz	Wanderstab der Walzbrüder
Stethoskop	medizinisches Gerät zum Abhören des Herzens und der Lunge
„Stille Nacht, heilige Nacht"	Weihnachtslied; erstmals am Heiligen Abend 1818 in St. Nikola in Oberndorf bei Salzburg mit Gitarrenbegleitung aufgeführt
Taufkirchen	zwischen Falkenberg und Eggenfelden in Niederbayern; urkundlich erwähnt 1224; Schon zur Zeit des heiligen Rupert (*um 650, †nach 715) wurde hier die Taufe gespendet.
Unsere liebe Frau	katholische Pfarrkirche im Zentrum von Fürth; klassizistische Saalkirche, Architekt: Leo von Klenze, erbaut 1824 - 1829
Vesper	Abendgebet der Kirche
Wagner	Fahrzeugbauer (Räder, Achsen, Kufen, Speichen)
Walhalla	Ruhmestempel bei Donaustauf; Erbauungszeit 1831 - 1842, Eröffnung am 18.10.1842 durch König Ludwig I., Architekt: Leo von Klenze
Watsch'n	Ohrfeige, Backpfeife, Schlag auf die Wange
Weihkessel	Weihwasserkessel

„Weiße Bräuhaus"	Gasthof und Brauerei in Kelheim; gegründet 1607
Weltenburg	Kloster an der Donau oberhalb von Kelheim; Gründung als iroschottisches Kloster um 617 als Ausgangspunkt für die Missionierung Bayerns; 1716 Baubeginn der barocken Kirche, 1735 Fertigstellung, 1803 Aufhebung des Konvents (Säkularisation), Wiederbelebung des Konvents am 01.06.1842 durch König Ludwig I.; älteste Klosterbrauerei der Welt (seit 1050), nach der Säkularisation jedoch erst 1846 zurückerhalten
Wurstkuchl	Garküche auf dem Kranchen (Kräne) am Ufer der Donau, älteste Bratwurstkuchl Deutschlands am Aufgang zur Steineren Brücke in Regensburg
Zelebrant	Vorsteher der Liturgie (Gottesdienst)

Königreich Bayern

Zeichnung: Siegfried Diller

Literaturverzeichnis

Hans Billo: „Früher und jetzt in der Gemeinde Falkenberg". Herausgegeben von der Gemeinde Falkenberg. Gesamtherstellung: Neue Presse Verlags-GmbH, Passau 1986 by Gemeinde Falkenberg.

Fotos

Buchdeckel Vorderseite: Nagelschmied bei der Arbeit (Fotografiert in der Schlosserei von Josef Mosner in Kastl; Foto: Anna Diller)

Buchdeckel Rückseite: Hausschild an den alten Nagelschmiedhäusern (heute Handwerkskunstmuseum) in Rattenberg in Tirol (Foto: Anna Diller)